L'ANGE DU TRIANON

L'ANGE DU TRIANON

Aline Cannebotin

On n'apprivoise pas la joie : elle n'est que temporaire. [illegible]

Éditions
Terre d'Histoires

Photo de couverture : Collaboration JS/Arcangel

ISBN : 978-2-8246-1912-5
Code Hachette : 71 0515 4
Catalogues et manuscrits : city-editions.com/terredhistoires

Dépôt légal : Août 2021

À Mathilde.
À Léopold.

Partie 1

1

Le ciel était gris et menaçant en cette matinée printanière. Le vent soufflait, gémissait, pénétrait dans les ruelles et les jardins, soulevant une à une les enseignes des commerçants qui oscillaient et retombaient en grinçant. Il hurlait dans le port, s'engouffrait dans les cheminées des boucanes, renversait les étals des marchands. Les rares passants hâtaient le pas pour regagner leur demeure et s'abriter avant l'arrivée de l'averse tandis que, sur les rivages normands, les vagues déferlaient avec une puissance inouïe et se projetaient violemment contre les falaises. L'inévitable pluie se mit à tomber, une pluie glaciale qui fouettait le visage et vous pénétrait de froid.

Déformée par la forte houle, la mer furieuse ne laissait entrer aucun bateau dans le chenal. C'est le douloureux constat qu'avait fait le capitaine du *Serena*. Son trois-mâts avait tournoyé sur lui-même, en direction du cap Fagnet, l'entraînant inexorablement vers les rochers où il s'était abîmé. À bord, les quatre équipiers n'en menaient pas large, se cramponnant au grand mât alors que le bâtiment commençait à s'incliner dangereusement. La coque gémissait à chaque nouvelle vague, les malmenant encore davantage.

À terre, un homme donna l'alerte en agitant la cloche au bout de la jetée, cloche qui retentit sur le port et dont le son amplifié par l'écho des falaises se répandit jusqu'aux hauteurs de la ville. Aussitôt, un premier sauveteur accourut. Il s'agissait de Quito, ouvrier sur le chantier naval. Ce n'était pas la première opération qu'il exécutait de la sorte, loin de là. Depuis le début de cette année 1909, il en avait réalisé trois. Au vu de la situation inconfortable du voilier, il détala en direction du bâtiment du port alors qu'un homme se précipitait pour le seconder. Les deux sauveteurs hissèrent le lance-amarre sur un brancard pour l'amener sur place. Des badauds s'attroupaient déjà, avides de ce spectacle.

À l'aide du canon, Quito tenta à plusieurs reprises d'atteindre le navire. Une ligne parvint à bord ; un des équipiers la réceptionna et l'accrocha sur le mât avec difficulté, tant la houle était puissante. Le jeune sauveteur se saisit sans hésitation du câble et franchit avec les pieds et les mains la distance qui le séparait du bateau au-dessus de la mer déchaînée. Il réussit à installer le va-et-vient et à secourir les quatre hommes à l'aide des bouées. Quito s'élança le dernier au-dessus des vagues, recueillant l'ovation des spectateurs sur la grève. Derrière eux, un grand chien noir sautillait, semblant prendre part à la liesse générale.

Les matelots étaient restés près d'une heure, penchés au-dessus des flots, fouettés par les vents furieux et trempés par la pluie battante qui leur avait brûlé le visage. Devancés par Quito, ils durent se frayer un chemin à travers la foule des badauds. Lorsqu'ils parvinrent à sa hauteur, l'animal frétilla d'impatience, tournoyant sur lui-même. L'un des matelots, très jeune, le reconnut et le caressa. Puis il suivit ses compagnons jusqu'au bâtiment du port où, grâce à la solidarité des gens de mer, ils furent accueillis, séchés, parés de vêtements chauds et réconfortés.

Il était près de deux heures lorsque Quito franchit la porte d'un bar, sur le quai, en compagnie du jeune homme, habillé d'une vareuse et d'un pantalon un peu large pour lui, le chien collé à ses semelles. L'établissement était vide. Les clients, des ouvriers pour la plupart, avaient repris leurs fonctions. Le patron du café, Lecor, lui lança :

— Alors, Quito, tu as donné du service, à ce que j'ai pu entendre ?

— Oui. D'ailleurs, je te ramène un des rescapés, Jules, fit-il en se tournant vers le nouveau venu, c'est bien ça ?

Ce dernier, le visage rougi, encore secoué par les événements, hocha la tête en guise de réponse.

— Je ne peux pas rester, le travail m'appelle, reprit Quito, sers-lui donc à manger et un remontant, et mets ça sur mon compte.

— Merci, fit Jules, mais je vous dois déjà tellement.

— Ne t'inquiète pas. Si tu veux me voir, je suis sur le chantier en face, chez Chantelot, le long du quai de la Vicomté. N'hésite pas, ça me fera plaisir.

Puis, il se hâta pour rejoindre son poste.

— Ah, ce Quito ! Tout le monde l'apprécie. Toujours prêt à rendre service. Des gars comme ça, on n'en fait plus ! Installez-vous donc.

Le patron désigna une des tables qu'il débarrassa et disparut à l'arrière du bar, dans une pièce qu'on devinait être la cuisine. Il revint aussitôt, un torchon sur le bras, avec une assiette et des couverts.

— Il est à vous ce chien ? Cela fait plusieurs semaines qu'il traîne par ici. Ces derniers jours, il ne quittait pas le port, une voisine, madame Guerland, lui a même porté de la soupe.

— Non. Je l'ai rencontré avant de prendre la mer avec l'équipage.

— C'est un newfie. Ils sont quelques-uns à avoir élu domicile dans la région. Les pêcheurs les ramènent de Terre-Neuve et les donnent à leur famille. On dirait qu'il vous a adopté. Les animaux sentent bien si vous les aimez ou pas. J'ai eu un berger autrefois. Sa disparition m'a tellement chagriné que je n'en ai jamais repris d'autre. Aimez-vous le poisson ?

— Oui.

— J'ai de la sole à la fécampoise, vous m'en direz des nouvelles et on va bien trouver quelques restes pour le chien.

Lorsque le plat fut servi, Jules huma le délicieux fumet de crème et de vin blanc, admira les généreux filets nappés de sauce dans laquelle se fondaient moules, carottes et crevettes, et les pommes de terre qui l'accompagnaient. Il les dévora à pleines bouchées sous l'œil satisfait du taulier.

— Vous, au moins, vous faites honneur.

— Ça fait du bien de se restaurer. D'autant qu'avec le tangage du navire, je n'ai rien pu garder dans le gosier.

— Vous pourrez dire une prière à Notre-Dame du Salut. Certains ne s'en tirent pas aussi bien. C'est la mer qui décide. D'où rentriez-vous avec ce navire ?

— De Cherbourg. J'ai été embauché sur une petite mission, embarquer des tonneaux pour la maison Charles Limare. L'aller s'est bien passé, mais, au retour, la mer s'est mise à enfler, le bateau a peiné à sortir des creux de vague et alors que nous étions soulagés d'apercevoir le phare, le capitaine a tenté à maintes reprises de l'orienter vers le chenal. En vain. L'écueil était inévitable. Si près du port, c'est un comble. Avec l'endommagement du navire, je ne vais pas être payé, c'est certain. Drôle de mission.

— À l'èbe ou à flot ?

— …

— À marée montante ?

— Euh, répondit Jules, à marée montante, je crois.

— Allez, fit Lecor, je vous sers un verre de fil, oui ?

Le patron emplit deux demoiselles et trinqua avec lui.

— Vous ne connaîtriez pas quelqu'un qui recrute de la main-d'œuvre ?

— Ça dépend, vous êtes dans quelle partie ?

— Le bois. Je suis menuisier. Je travaille sur les charpentes de maison, la rénovation, la pose et la sculpture de poutre, ce genre de choses.

— Il y a bien quelques villas bourgeoises à Fécamp. Il faudrait vous renseigner sur place. Sinon, avec le nombre de bateaux qui partent chaque année pour Terre-Neuve, l'entretien, la réparation et la construction de voiliers, on embauche plutôt sur les chantiers navals.

Le jeune homme but à petites lampées mais le verre lui glissa fâcheusement des doigts lorsqu'il voulut le reposer sur la table.

— J'ai les mains de beurre, s'excusa-t-il.

— Cela fait longtemps que je n'ai pas entendu cette expression.

— Je la tiens de mes grands-parents en pays de Bray. J'ai quitté mon village pour découvrir votre ville et peut-être m'y installer. Ma grand-mère Célestine m'a donné l'adresse d'une cousine qui, semble-t-il, n'y habite plus. Eulalie Persan, ça ne vous dit rien ?

— Eh bien, jeune homme, on peut dire que vous tombez bien. Eulalie et Charles Persan sont justement mes voisins, depuis, disons… une dizaine d'années. Ils travaillent tous les deux à la Bénédictine. Nous résidons à deux rues en dessous de la distillerie, ce n'est pas très loin d'ici. Tenez, je vous note l'adresse. Passez plutôt par la plage et par le bassin Bérigny, vous n'aurez plus qu'à monter, c'est juste au-dessus.

Jules se leva.

— Merci à vous et à Tito. Je vous payerai ma dette dès que j'aurai un peu d'argent.

— Quito, vous voulez dire. Ne vous inquiétez pas de ça. Il rénove de temps à autre ma caïque, ma barque si vous préférez, alors nous avons nos arrangements.

Jules monta la pente qui l'amenait dans la rue des Prés. Serein, il ne l'était pas. Demander l'asile à Eulalie, lui, un Desmoulins, le rendait honteux et confus. Comment pouvait-il se présenter à elle et, surtout, comment l'accueilleraient ces cousins qu'il n'avait jamais rencontrés ? Il tenta de se rassurer en se remémorant les paroles de Célestine. « Eulalie est une belle personne. Lorsqu'elle a su que tu voulais venir à Fécamp, elle s'est tout naturellement proposé de t'héberger. » Au fil de ses pas, l'angoisse s'intensifiait, accélérant les battements de son cœur. C'est ainsi qu'il parvint à l'adresse indiquée, les joues rouges et à bout de souffle. Les Persan habitaient une maison mitoyenne, blanche et toute simple avec deux étages. Jules caressa le chien puis inspira profondément avant de faire tinter le carillon.

C'est Eulalie qui l'accueillit, une grande et belle femme vêtue d'un tailleur bleu assorti à son regard. Le temps ne semblait pas avoir eu d'ascendant sur elle. La quinquagénaire arborait une figure aux joues lisses et aux pommettes saillantes. Seuls de discrets sillons apparaissaient sur le côté de ses yeux lorsqu'elle souriait. De magnifiques yeux d'un bleu intense qui exprimaient la bonté. Un chignon retenait ses cheveux, laissant échapper quelques boucles autour de son visage, boucles qui n'avaient pas pris les couleurs de l'hiver et affichaient un insolent châtain foncé. Il n'eut pas besoin de se présenter. Elle le toisa puis, après un court instant de perplexité, s'écria :

— Jules ! Comme tu ressembles à Célestine, tu as les mêmes yeux. Mais à qui est ce chien ?

— Il me suit depuis quelque temps déjà.

Elle le fit entrer et referma la porte derrière lui en avisant l'animal avec une grimace de dégoût. On pénétrait dans la maison par un long corridor qui laissait entrevoir un escalier à son extrémité. Toutes les pièces se situaient sur la partie droite du couloir. Elle le guida vers la salle à manger dans laquelle trônait un vaisselier surmonté d'assiettes décoratives et l'invita à s'asseoir, tandis qu'elle s'en allait vers la cuisine lui chercher un rafraîchissement. Une odeur de soupe de légumes s'en échappait, flattant les narines. Il but le breuvage qu'elle lui présentait, un sirop de pomme, arrosé d'eau, en détaillant le buffet, du chêne assurément. Les assiettes, disposées par couleurs, formaient un camaïeu de bleus sur l'étage supérieur. En bas, l'une d'entre elles affichait sur son pourtour « Société nationale des sauveteurs en mer ». Eulalie suivit son regard et lui expliqua qu'elle assistait chaque année à la vente de charité organisée à leur profit.

La maison était impeccablement tenue. Jules se sentit intimidé et un peu gauche, mais le sourire et la voix enjouée de sa cousine eurent tôt fait de le mettre à l'aise. Elle lui posa des dizaines de questions. Avait-il bien voyagé ? Qu'avait-il pensé en découvrant la ville ? En apprenant qu'il était arrivé depuis plusieurs jours, elle s'épouvanta :

— Mon pauvre enfant ! Si j'avais su ! Et où donc as-tu dormi ?

— J'ai pris une chambre d'hôtel et j'ai pu trouver un petit travail sur un bateau.

Jules mentait, omettant volontairement de lui conter l'incident du matin et sa première nuit de misère. N'ayant trouvé refuge, il avait couché entre deux cabanes de plage, devant le casino, sans se poser de questions, comme un prolongement naturel des années de conscription qu'il venait d'effectuer. Cependant, aux premières lueurs du jour, une mauvaise surprise l'attendait ; son argent avait disparu de son bagage. L'avait-il égaré dans le train ou le lui avait-on volé sans qu'il s'en aperçoive ? Toujours est-il qu'il s'était retrouvé à la rue et sans le sou. Un va-nu-pieds sans les ressources suffisantes pour parcourir le chemin inverse et rentrer chez lui. Quel drôle d'aventurier il incarnait !

Le front penché, le visage entre ses paumes, il avait maudit l'imprudence dont il avait fait preuve et s'était inquiété de son sort. Qu'allait-il devenir, sans argent ? Au plus profond de son désespoir, il avait senti sur ses doigts un souffle chaud. Surpris, il avait levé le regard et vu un chien tout noir à l'imposante silhouette. Une large tête pourvue d'un épais museau, des oreilles triangulaires et pendantes aux bouts arrondis et deux yeux sombres bien écartés qui l'observaient. L'animal avait émis un petit gémissement en inclinant la tête d'une manière comique. Jules avait caressé la fourrure longue et soyeuse, en souriant, y avait enfoncé ses doigts et pris entre ses mains le museau affectueux. La queue touffue avait balayé l'air dans un geste de satisfaction.

— Toi, non plus, tu n'as pas d'endroit où aller ?

Le chien ne l'avait pas quitté de la journée et lui avait porté chance sur le port. Un des hommes manquait à l'appel pour la mission du lendemain. Jules avait accepté tout de suite de le remplacer. Le capitaine, de surcroît, l'avait autorisé à dormir sur le bateau et lui avait donné des biscuits de mer qui lui avaient permis, pour quelques heures au moins, de tromper sa faim. Au petit matin, l'équipage avait embarqué pour Cherbourg. Il s'était vite familiarisé avec les manœuvres du voilier, avait pris goût à l'aventure. La compagnie des matelots lui paraissait agréable jusqu'à ce malheureux échouage.

Eulalie proposa de lui faire visiter la maison. En prolongement de la salle à manger, le long de la rue, se trouvait un salon. Comme une invitation à la détente, le tapis oriental, de forme ovale, recevait une banquette et des fauteuils de velours bleu nuit dont les pieds étaient dissimulés sous de longues franges qui descendaient jusqu'au sol. Une console était disposée devant les sièges tandis qu'au coin de la pièce, côté rue, trônait un poêle de modestes dimensions. Contre l'une des cloisons, une maie accueillait un rouet et la statuette en terre cuite d'un marin. L'homme vêtu d'une veste et d'un chapeau de pêcheur portait des sabots. L'une de ses jambes, pliée, soutenait un bambin, son pied reposant sur un panier retourné. Un autre enfant plus âgé se tenait à ses côtés. En face, sur le mur contigu à la salle de séjour, un tableau illustrait une scène de mariage en pays de Caux. On y voyait les époux à la sortie d'une église, entourés de leurs invités.

Elle le laissa contempler l'œuvre, s'excusant de s'absenter dans la pièce voisine, afin de disposer le couvert pour ses hommes qui allaient bientôt rentrer. Il la rejoignit à côté de la cuisinière à charbon qui réchauffait la soupe. Elle extirpait des assiettes d'un buffet bas contenant marmites et vaisselle tandis qu'était suspendue au-dessus d'elle toute une série de poêles et de casseroles en cuivre. Il regarda au-dehors par la fenêtre qui donnait sur la cour. On pouvait y apercevoir deux bâtiments. L'un comportait les réserves d'eau, de charbon et de bois, et le plus petit abritait, ainsi qu'il l'avait deviné, les indispensables tinettes. Des fils à linge étaient repliés de part et d'autre de la clôture. Un carré de jardin contenait des herbes aromatiques le long du mur mitoyen, qu'une plante grimpante recouvrait dans sa quasi-globalité. Eulalie la nomma « clématite ». Jules proposa ses services pour mettre la table, initiative qu'Eulalie déclina poliment, le sourire aux lèvres.

Des pas se firent entendre dans le corridor. Charles arrivait. Barbe grise et petites lunettes, il était contremaître à la distillerie. Une personnalité très calme qui contrastait avec le caractère enthousiaste d'Eulalie. Le couple avait cinq enfants.

Les trois premiers avaient quitté la maison ; le cadet étudiait le droit à Paris et ne regagnait Fécamp que pour les fêtes de Noël. Hugo, seul, demeurait encore chez ses parents, un garçon qui n'avait pas la vingtaine et qui travaillait comme comptable à la distillerie. Il rentra quelques minutes après Charles. Le dîner se prolongea, animé par les questions des uns et des autres, mais Jules ne tarda pas à montrer des signes de fatigue. La journée avait été éprouvante. Eulalie s'en aperçut et proposa de lui indiquer sa chambre, ce qu'il accepta sans résistance. Cette pièce du second étage comportait deux lits, une armoire et une bonnetière. Hugo dormirait dans la salle attenante. Le cabinet de toilette se situait un palier plus bas, en face de la chambre des parents. Jules remercia poliment Eulalie pour son accueil et redescendit l'escalier, afin de donner un morceau de pain et une caresse à son nouveau compagnon, qui, lui, coucherait dans la rue.

Le lendemain, frais et dispos, le jeune homme se mit en quête de découvrir la ville, toujours accompagné du chien, avec l'espoir de croiser son propriétaire. La tempête de la veille avait cédé la place à une brise matinale. Dans le ciel blanc parsemé de bleu, le soleil apparaissait voilé, comme une perle sur l'horizon nacré. Le port grouillait d'animation. Des dizaines de voiliers s'y trouvaient, trois-mâts barques ou trois-mâts goélettes, morutiers pour la plupart que des terre-neuvas préparaient en vue d'un départ imminent. Quelques navires destinés à la pêche aux harengs, des dundees à filet dérivant, étaient amarrés à quai, dans l'attente d'une hypothétique réparation. Au milieu de cette armada, des bateaux franchissaient le chenal, emplis d'une pêche matinale fructueuse. D'autres déchargeaient des caisses de marchandises tandis que devant le *Jean-Edmée*, un chalutier à vapeur, s'affairaient les vendeuses à la criée au-dessus des étals de poissons. On criait, on s'apostrophait, et au milieu de ce brouhaha ambiant œuvraient les ramendeuses.

Jules préféra fuir cet univers bruyant. Comme le lui avait indiqué Lecor, il monta la sente aux Matelots qui conduisait au cap Fagnet, ignorant que chaque année les marins empruntaient ce chemin de pèlerinage avant de partir en mer. Il prit son temps pour apprécier le paysage, se retournant sans cesse pour apercevoir le panorama qui se dévoilait au gré de l'ascension. La côte de la Vierge lui offrit une formidable vue sur le port, les estacades, la passerelle et le quai de la Vicomté. La fumée s'échappait des diverses boucanes qu'abritait la ville. C'était de longs bâtiments surmontés d'une série de cheminées en enfilade. L'odeur puissante et âcre, due à la fumaison des harengs, l'avait saisi à son arrivée. Aujourd'hui, il n'y pensait même plus.

Il pénétra à l'intérieur de la chapelle. Le long des murs figuraient un grand nombre d'ex-voto, essentiellement des médailles ou des statuettes de la Sainte Vierge, mais aussi des représentations de la mer symbolisées par des maquettes de navires ou des peintures. Son attention se porta sur des bris de verre et des fleurs répandues au sol, sans doute une offrande qu'un tableau voisin avait fait choir. L'eau avait séché, laissant une marque blanche sur les pavés de l'église. Cette vision lui procura une sorte de malaise indéfinissable. Une douleur s'installa des deux côtés de sa nuque et une sensation de chaleur progressa de l'arrière de son crâne vers ses oreilles, lesquelles devinrent sensibles à leur tour. Il se remémora son incident de la veille, sans doute y avait-il pris froid, incliné vers la houle, à la merci de la tempête et des flots déchaînés.

Il ne s'attarda pas, formula une prière à Notre-Dame puis redescendit par le même chemin. Sur la plage régnait une atmosphère paisible qui contrastait avec l'agitation du port.

Au loin, les mouettes planaient en poussant leurs cris stridents et atterrissaient sur le sable. Quelques lavandières, accroupies, s'affairaient autour d'un feu, brûlant le varech afin d'en extraire la soude, indispensable à la lessive. Jules engagea la conversation avec elles. Ainsi, apprit-il, certains jours de grande marée, la mer découvrait une curieuse source d'eau douce dont elles profitaient pour rincer leur linge. Sa céphalée avait disparu lors de son retour en ville. Le printemps s'installait enfin. Il éprouva sur son visage la chaleur réconfortante des premiers rayons du soleil.

La semaine qui suivit se déroula à merveille. Eulalie avait finalement proposé de recueillir le chien dans l'arrière-cour, moins par charité que pour véhiculer une image convenable auprès des voisins. Ceux-ci se seraient sans doute lassés de voir cette imposante masse encombrer continuellement le trottoir, sans parler des déjections. L'affection que Jules semblait lui porter l'avait touchée, aussi avait-elle relégué sa méticulosité aux oubliettes afin de le laisser cheminer le long du corridor, sans paraître s'en offusquer. Elle lui suggéra de venir l'attendre à la sortie du palais Bénédictine afin qu'elle le lui fasse visiter. Elle y travaillait depuis de nombreuses années, élaborait les étiquettes apposées sur les bouteilles de liqueur, formait et dirigeait une équipe de femmes à la conception des cachets de cire, tâche dans laquelle elle excellait. C'est du moins ce que disait Charles en son absence, Eulalie étant bien trop modeste pour accepter pareil compliment.

Jules se posta donc un après-midi dans la cour d'honneur du bâtiment. Le style de l'architecture, de briques et de pierres, lui fit grand effet, même s'il le trouva un peu surchargé. L'auteur s'en était visiblement donné à cœur joie. Alors qu'il rêvassait devant l'escalier en queue de paon, digne, selon lui, du conte de *La Belle au bois dormant*, Eulalie vint à sa rencontre. Elle lui montra d'un geste de la main le bronze qui représentait le fondateur du palais Alexandre-Legrand. Tandis qu'elle lui indiquait qu'après l'incendie qui l'avait ravagé, l'édifice fut reconstruit quelques années plus tard dans un style plus grandiose, un homme s'avança pour les saluer. C'était le docteur Dufour. Le médecin ne resta qu'un instant, mais Eulalie en fut émerveillée. Une personne remarquable, se contenta-t-elle d'ajouter, sans pour autant perdre le fil de ses explications.

Dans les ateliers de fabrication, il admira le gigantesque alambic cuivré et la quantité de cuves et de fûts alors que l'odeur vivifiante des plantes venait flatter ses narines. La recette de la liqueur aux vingt-sept épices, qu'avait développée Alexandre Legrand, provenait, selon Eulalie, d'un grimoire retrouvé dans sa bibliothèque familiale et ayant appartenu à un moine bénédictin de l'abbaye de Fécamp. Peut-être était-ce une légende ? En tout cas, elle plut à Jules et donnait tout son sens à la présence des vitraux et aux pièces religieuses que présentait le palais.

2

Les déjeuners de la famille Persan se composaient presque exclusivement du fruit de la mer, de harengs, de soles, de moules ou de raies, mets étrangers auxquels Jules dut s'habituer. Les dimanches, cependant, apportaient une variante puisqu'on cuisait une volaille. Les dîners, eux, comportaient une soupe préparée à partir de légumes du marché auxquels venaient s'ajouter des œufs ou du lard. Une fois par mois, ses cousins amélioraient l'ordinaire en réunissant à table leur progéniture, une joyeuse assemblée qui mêlait les adultes à cinq petits, âgés d'un à cinq ans.

Lorsqu'ils apprirent qu'un des membres de leur famille s'installait pour un temps à Fécamp, les enfants d'Eulalie voulurent le connaître et s'empressèrent d'organiser un déjeuner. Le fils aîné d'Eulalie et de Charles, pâtissier dans un restaurant, apporta un gâteau confectionné la veille tandis que la première des filles, ouvrière à la Bénédictine, dont le mari était avocat, se chargea des fromages. Élise, assistante de direction, était née la même année que Jules. Une complicité apparut entre eux dès le premier regard. Son époux, qui était journaliste au *Journal de Fécamp,* se prénommait Jocelyn. On pouvait compter sur son talent de cuisinière pour l'élaboration des hors-d'œuvre. Quant à Jules, qui insista pour se rendre utile, il seconda Eulalie dans l'épluchage des légumes. Les discussions allaient bon train et le cousin brayon fut bien vite adopté. Seul manquait à l'appel le cadet, au grand désespoir d'Eulalie. Lorsqu'ils se furent tous présentés, la cacophonie des prénoms tourna dans la tête de Jules comme une valse musette étourdissante. Élise s'amusa de sa détresse, le taquina et l'interrogea, jusqu'à ce qu'il puisse rendre à chacun son prénom.

— Comment s'appelle mon mari ?

— Paul, euh, non, Jocelyn.

— Très bien. Et maintenant, où est Paul ?

Jules rougit, transpira sous l'effet de la concentration, lui dont la mémoire des prénoms ne constituait pas le point fort.

— Un indice proposa Jocelyn, il a une moustache.

Jules parcourut du regard les visages de ses cousins. Tous en portaient une.

— Tu te moques de moi, fit-il en s'esclaffant.

Des éclats de rire accueillirent sa remarque, rires auxquels prirent part les enfants. Les bambins avaient bien vite adopté le chien. Sitôt arrivés, ils s'étaient précipités vers le fond du couloir avec des cris d'allégresse, trépignant d'impatience à l'idée de le caresser. Rotoutou, l'appelèrent-ils. Il fallut ensuite tenir à table cette joyeuse marmaille avant de leur accorder des moments de jeu dans la cour. Le repas à peine terminé, ils disparurent en piaillant telle une envolée d'étourneaux.

Rotoutou, au caractère docile, se prêta de bonne grâce aux effusions et aux démonstrations bruyantes de leur amitié, accéda à toutes leurs demandes, concéda à s'abaisser pour leur servir de monture, sembla prendre part à leurs acclamations enjouées. Avec sa taille imposante, il dominait tout ce petit monde. Voyant qu'ensuite il se couchait, Élise ordonna qu'on le laisse se reposer. Après quelques jérémiades, les cinq complices entourèrent l'animal de leurs bras. Une scène attendrissante qui fit fondre leurs parents. Les hommes s'installèrent dans le salon pendant que les femmes œuvraient en cuisine en surveillant les enfants. Charles parcourut l'exemplaire du *Journal de Fécamp* qu'avait apporté Jocelyn :

— Toujours cette petite guerre avec votre concurrent, le *Mémorial cauchois*. Je vois que vous réglez vos comptes en recopiant leurs propos. « Au seul mot "Bénédictine", mon estimé client fulmine. Ce nom au parfum monacal le fait hurler comme un chacal. »

Il replia le tabloïd avec une moue contrariée.

— Vous ne devriez pas citer ces mots dans vos pages. Sans vouloir vous offenser, ils n'ont rien à faire là. Parce que, comment vous dire... ils ne sont pas dignes de votre bon journal. Et puis, cela fait le jeu de vos concurrents, vous leur fournissez une publicité gratuite. Ils ne la méritent pas.

Tandis qu'il s'exprimait, le rouge lui montait aux joues et le débit de ses paroles s'accélérait. Jules en fut étonné. Charles lui avait paru si calme. *Toujours se méfier de l'eau qui dort*, pensa-t-il alors que Charles poursuivait son argumentation.

— Pour nous qui travaillons à la Bénédictine, c'est assez insultant. Même si leur ligne éditoriale n'est un secret pour personne.

— Je suis désolé que notre article vous ait blessé. Ce n'était évidemment pas le but recherché et votre avis est intéressant. Je n'en suis pas l'auteur mais un journaliste se doit d'être objectif et transparent. Selon moi, son rôle consiste d'abord à offrir au lecteur une prose réaliste. J'espère, ma foi, davantage desservir leur image que leur fournir une réclame inattendue. De toute façon, nous ne pouvions pas laisser passer de tels propos sous silence. C'est notre manière à nous de riposter.

— Vous avez sans doute raison, admit Charles, vaincu et apaisé. Chacun est libre de son opinion.

Jules découvrit à son tour le tabloïd. Les dernières pages l'interpellèrent. En dessous des publicités pour la revue hebdomadaire *Noël*, consacrée à l'enfance, et de celles pour la liqueur Bénédictine, figurait un encart titré *Les Nouvelles Maritimes*. On y dénombrait les entrées et les sorties des vaisseaux vers le port ainsi que la liste des terre-neuviers avec leur date de départ. Jules y reconnut des noms qu'il avait pu lire sur les bateaux du bassin, tels que *L'Étoile de mer*, le *Saint-Louis* ou encore le *Saint-Malo*. D'ici le mois d'avril, comme l'annonçait l'article, tous les navires auraient quitté Fécamp.

Eulalie vint rejoindre les hommes au petit salon afin de servir une liqueur de Bénédictine dans leur tasse à café. Jules replia le journal. Il avait fini par apprécier ce breuvage parfumé aux plantes qui, pourtant, l'avait surpris la première fois qu'il l'avait goûté, lui rappelant une préparation pharmaceutique. Ce déjeuner lui évoqua les repas de communions de ses neveux et nièces. Il en gardait un souvenir mitigé de bonheur forcé. Personne ne semblait lui porter attention. L'indifférence, c'est ce qui caractérisait le mieux l'attitude des gens à son égard. Ses oncles et ses tantes s'intéressaient davantage à son frère et à ses petites sœurs, le délaissant totalement. Sa mère elle-même lui portait si peu d'affection qu'il avait le sentiment de devenir transparent. Sa personnalité s'étiolait. Il ne s'était jamais senti aussi bien accueilli que par ses cousins dont il n'avait appris l'existence qu'un an auparavant.

Il eut une pensée pour Célestine. Sa grand-mère avait pris soin de l'élever comme s'il s'était agi de son propre enfant, tissant avec lui des liens indéfectibles. Ces dernières années, elle avait dû faire face à une série de décès, d'abord son mari Fernand, ses deux sœurs puis son fils Alfred dans un accident de chasse. Cette tragédie avait plongé la pauvre femme dans un océan de tristesse. Jules décida de lui envoyer de ses nouvelles.

Le lendemain, il rendit visite à Quito, sur le chantier Chantelot. Celui-ci l'accueillit gentiment tout en poursuivant son travail sur la coque d'un bateau. Jules le seconda, maintenant l'une des planches, pendant que Quito la clouait. Les outils lui paraissaient familiers. Au fil du temps, il avait appris à reconnaître les différentes essences de bois, leur couleur, leur fermeté, les veines qui couraient en surface, les marbrures et les nœuds qui les traversaient parfois. Les rabots et les ciseaux n'avaient plus de secret pour lui. Il les maniait avec aisance pour sculpter des pièces qu'il achevait de creuser avec la soie de sa gouge. Les planes apportaient l'arrondi d'une poutre ou d'une commode. Jules appréciait la finesse des copeaux qui tombaient à ses pieds lorsqu'il ramenait l'outil vers lui en suivant le fil du bois. Humer l'essence des arbres lui procurait un plaisir délicieux, une sensation olfactive presque addictive. Puis il regardait son œuvre avec minutie, l'étudiant sous toutes ses faces, rarement assouvi de la première ébauche, souhaitant approcher le plus près possible de la perfection. Quand enfin il atteignait ce stade, émanait en lui un sentiment de légèreté, la satisfaction du travail bien fait. Il caressait alors l'objet avec délectation, non sans une certaine fierté.

L'activité ne lui déplut pas, si bien qu'il se porta candidat à l'embauche. Le patron ne déclina pas sa demande, mais le former exigeait du temps et le sacrifice des heures d'un ouvrier. C'était autant d'argent perdu. Jules assura qu'il apprenait vite et confia son expérience en menuiserie. Le chef d'atelier accepta de le prendre à l'essai. Ce contrat importait pour lui. Il constituait la première étape de son établissement en pays de Caux, loin du giron maternel. C'est donc heureux et fier qu'il s'en alla annoncer cette nouvelle à ses cousins.

Œuvrer sur la construction de bateaux s'avéra totalement innovant pour lui. Ce travail commença par l'élaboration des doris, ces modestes barques à fond plat qu'utilisent les marins pour installer et relever les filets sur les bancs de Terre-Neuve. Sa tâche consistait à découper les parties de la coque dans du chêne, à les assembler pour former sa structure, à détailler le bois en petites lattes qu'il posait et bordait de pièces courbes en hêtre, pièces dont les dimensions variaient tout au long de la carène. Un travail de patience, méticuleux, qui convenait assez bien à son caractère. En un mois, il avait acquis les gestes d'un ouvrier qualifié et son contrat fut renouvelé.

Le soir, avec Quito, il se rendait au bar pour prendre un verre. Quito Martes était né à Fécamp. C'était le fils unique de parents espagnols, dont la famille apparaissait très croyante. Il s'était porté volontaire pour devenir sauveteur en mer après le terrible naufrage qui avait emporté son père. Le jeune homme ne souhaitait pas s'étendre sur le sujet. Il habitait une maison de pêcheurs avec sa mère, Maria, une petite femme à la santé fragile, et veillait sur elle. Tous deux échangeaient souvent en espagnol, si bien qu'à force de les entendre, Jules partagea avec eux quelques expressions. L'altruisme de son nouvel ami l'interpellait et le fascinait conjointement, cette abnégation totale de ses propres besoins pour les offrir aux autres, au péril de sa vie parfois. Lorsqu'il l'interrogeait, Quito répondait modestement que venir au secours des personnes sinistrées lui semblait naturel, dût-il y laisser sa peau.

3

Au printemps, la clématite déploya des fleurs d'un violet soutenu, projetant une explosion de couleurs sur le mur. Eulalie s'en délectait depuis la fenêtre de sa cuisine, lors de la préparation des repas. Ce fut à cette époque qu'on organisa une visite aux parents d'Eulalie à Étretat. Afin de profiter de la douceur saisonnière, on décida de partir à pied. Les enfants furent confiés à des nourrices et les adultes empruntèrent de bon matin la côte de Grainval et le sentier des Ramendeuses qui menait jusqu'à Yport. Du haut de la falaise, la vue apparaissait splendide, à couper le souffle, sur la mer en contrebas. Jules était accompagné du chien qu'il n'avait pas encore réussi à baptiser. Aux questions sur l'identité de son propriétaire, il avait obtenu, dans le meilleur des cas, des haussements d'épaules désolés. À croire que ce chien avait surgi un beau matin de nulle part pour venir le trouver, lui.

Plusieurs heures furent nécessaires au petit groupe pour entrevoir Yport et l'on décida de s'arrêter pour le déjeuner. Assis dans l'herbe, en contrebas d'une ferme écallée, les cousins dévorèrent leur casse-croûte. Une femme, qu'on apercevait au loin, nourrissant ses poules, avança à leur rencontre pour leur souhaiter un bon appétit. Le chien gémit à sa vue et recula pour se blottir derrière Jules.

— J'te reconnais, toi, fit-elle, t'es le Dirlek de monsieur Ravasse.

— Pardon, s'enquit Jules, vous connaissez le propriétaire de cet animal ?

— Oui dé. Son maître, un marin, part chaque année pour Terre-Neuve. Il m'en confie la garde. Mais ce chien, c'est un filou. À peine j'ai le dos tourné qu'il disparaît et que je suis des jours sans le revoir. Pensez-vous, je n'ai pas que ça à faire, de le surveiller. Il revient quand il a faim. J'ai bien essayé de l'attacher, mais il s'est échappé et je ne l'ai plus revu. Je me demandais ce qu'il était devenu. Tant mieux, si vous pouvez le garder, ça m'arrange.

— Et sur quel bateau s'est embarqué ce monsieur Ravasse ? questionna Jules en se remémorant soudain *Les Nouvelles Maritimes* lues dans le journal.

— *L'Étoile de mer*, il me semble, répondit la fermière en tentant d'approcher le chien, lequel contourna la famille en gémissant pour se coucher derrière Jules. Il ne sera pas de retour avant cet automne.

— Et où habite-t-il ?

— Vous voyez le chemin le long de la bâtisse ? C'est la première maison.

Jules remercia la fermière et le petit groupe se remit en route. À Yport, un sentier verdoyant, entre les falaises, amenait les promeneurs en pente douce jusqu'à la plage, la Valleuse d'Étigues. Jules fut subjugué par les caloges, ces caïques recouvertes de chaume qui avaient trouvé une seconde vie en abritant le matériel des pêcheurs. Il rêvassa, projeté malgré lui dans son village natal, sous la voûte de l'église en berceau inversé. Les images se superposèrent dans son esprit. Par association d'idées, il se retrouva dans la maison de Denise, une des sœurs de sa grand-mère, émerveillé devant le tableau d'un paysage marin. C'est là qu'avait germé son désir de voyage. En haut de la plage, une borne plantée dans le sol attira son attention, elle était percée de deux orifices et reposait contre un socle. Autour d'elle, un câble était enroulé.

— C'est un cabestan, lui apprit Hugo. On relie l'embarcation au cordage, puis on insère deux barres dans les trous sur l'axe. Une dizaine de personnes les saisissent et tournent autour afin de remonter le bateau.

— C'est ingénieux, convint Jules.

— Ça facilite drôlement la tâche pourvu qu'on soit assez nombreux. J'ai souvent vu des femmes et des enfants à la manœuvre.

Par défi de jeunesse, il lui proposa de poursuivre le cheminement par la plage. Ils rejoindraient ensuite le groupe en rattrapant une autre valleuse. Jules accepta et le clan se scinda en deux.

L'estran, le ressac de la mer et les embruns lui parurent délicieux. Il n'avait de cesse de héler Dirlek, amusé de lui donner enfin un nom. Des cavernes d'un jaune soutenu creusaient la falaise, certaines étaient si profondes qu'on pouvait pénétrer dedans et y marcher. D'autres, plus petites, prenaient des formes variées, serrures, lucarnes ou failles. Les deux hommes se mirent au défi d'une course rapide, disparaissant dans l'antre d'une grotte pour réapparaître plus loin, redevenant des enfants, à l'abri des regards, poussant des cris de jeunesse, libres et heureux. Dirlek s'en donnait à cœur joie en les suivant, jappant et pourchassant de temps à autre une mouette ou un goéland. Soudain, un escalier taillé à même la falaise leur permit de remonter sur le sentier en aplomb. Hugo expliqua à son cousin qu'il s'agissait de la valleuse du curé. Celui-ci, résidant à Bénouville, avait fait creuser la roche et sculpter les marches par les pauvres du village, facilitant ainsi l'accès des pêcheurs à la plage.

Les deux jeunes hommes avaient tant et si bien couru qu'ils durent rebrousser chemin pour rejoindre le reste de la troupe. Ils parvinrent enfin à Étretat. Du sommet de la falaise d'Amont, surmontée par la chapelle Notre-Dame de la Garde, le panorama apparaissait grandiose, d'une beauté à couper le souffle. La plage de galets s'étendait au loin sur un golfe bleu profond et la falaise blanche déployait dans l'eau une sorte de trompe, accolée à un piton rocheux émergeant de la mer, l'Aiguille Creuse. Le contraste des couleurs était éblouissant. Jules en ressentit une intense émotion et une myriade de frissons irradièrent ses bras et sa nuque.

— Ça fait toujours ça la première fois, convint Eulalie. Je suis ravie que cet endroit te plaise. C'est là que je suis née.

On parvint chez les cousins d'Étretat en début d'après-midi. Les parents d'Eulalie étaient de nature franche et gaie, la mère très volubile, à l'image de sa fille, et le père, attentionné. Ils s'intéressèrent beaucoup à la vie de Jules en pays de Bray, demandèrent des nouvelles de ses grands-parents, Hector et Yolande, qu'ils n'avaient pas revus depuis leur mariage, à Hodeng-Hodenger. Le nom du village les avait beaucoup amusés. Jules raconta qu'il était l'aîné des six enfants d'Ernest et de Louise et qu'un frère handicapé, Tom, était né après lui, mobilisant toute l'énergie de sa mère. Il éprouvait d'ailleurs de la reconnaissance envers sa grand-maman, Célestine, qui l'avait élevé comme l'un de ses fils.

— Un handicap ? s'étonnèrent-ils.

— Un retard mental.

— Et depuis toujours ?

— Quasiment, je ne me souviens pas l'avoir connu autrement.

— Quelle tristesse ! s'exclama madame Sergeant.

— C'est l'idée qu'on s'en fait. En vérité, Tom n'est pas malheureux, il semble même souvent joyeux, bien plus que certains adultes bien instruits. Ma mère dit que c'est son rayon de soleil. Il a gardé la capacité à s'enthousiasmer et à rire d'un rien. L'esprit d'un enfant dans un corps de grand.

— Vous avez l'air de beaucoup l'apprécier. Cela doit être difficile pour votre mère.

— Les premiers temps surtout. Il a fallu tout lui réapprendre, à marcher, à manger et à parler. Il n'a pas toujours été comme ça, sa maladie s'est déclarée subitement. Il aurait reçu un choc sur le crâne, quand il était très jeune. Cela lui a laissé des séquelles irréversibles.

— Un choc. Mais que s'est-il passé ?

— Le jour de l'accident, j'étais âgé d'à peine six ans, lui en avait trois. Un mariage à la ferme, celui de tante Lucile, la sœur d'Ernest. On l'a retrouvé inanimé. Le docteur Beaudriard est venu, lui a fait passer des examens et a conclu à un traumatisme crânien.

Jules termina sa phrase en baissant la voix, soudain mal à l'aise d'évoquer ce sujet. Il avait la désagréable impression que sa mère lui en avait toujours voulu à la suite de ce drame. Que s'était-il passé ce fameux jour ? Il ne s'en était jamais souvenu. On l'avait pourtant trouvé aux côtés de son frère inanimé. Ces questions l'avaient longtemps taraudé, mais il en prenait l'entière mesure devant les interrogations des parents d'Eulalie. Les regards étaient tous braqués sur lui, en quête de précisions qui tardaient à venir. La peur du jugement de ses cousins, celle de décevoir, de donner l'impression de se justifier, l'empêcha de poursuivre plus avant ses explications, d'autant qu'une migraine sourde battait le long de son crâne. Sans doute était-elle due à l'effort engendré pour se disculper. Monsieur Sergeant, percevant sa gêne, décida de changer de sujet.

— La côte normande vous plaît-elle ? Est-ce que vous vous attendiez à cela ?

— C'est au-delà de mes espérances. Je trouve les paysages fantastiques, surtout ici, à Étretat.

— Et peut-on savoir ce qui a provoqué en vous cette envie de voyager, au point de quitter votre famille ?

— L'appel de l'aventure, répondit-il, marcher sur les traces de mon grand-père. Il parlait avec tant d'enthousiasme de sa région, des bateaux et des régates auxquelles il a participé !

Monsieur Sergeant se mit à rire en lissant ses longues moustaches. Jules mourait d'envie de poser mille questions et d'en connaître davantage sur leur existence.

— Je suis étonné qu'aucun de vos enfants ne vive d'un métier de la mer.

— Ma grand-mère est devenue la veuve d'un marin alors que ses fils étaient encore très jeunes, répondit madame Sergeant. Elle a décidé que la mer ne lui prendrait pas ses enfants et les a dirigés vers d'autres professions. Mon mari n'ayant pas non plus d'attache maritime, nous avons renouvelé ce choix avec nos propres enfants. Tous ont donc un emploi à terre, Eulalie a la Bénédictine, un de ses frères est dans la restauration et deux autres dans le commerce. Le dernier est devenu instituteur.

Jocelyn voulut s'informer de l'actualité locale. On lui confia un exemplaire du journal d'Étretat. Y figurait à la une un écrivain du pays, Maurice Leblanc, avec un de ses ouvrages. Le repas fut le bienvenu et la sieste qui suivit, fort réconfortante. On se rendit plus tard dans le bourg et de l'autre côté de la falaise. La vue, splendide, sur la Manneporte acheva de conquérir Jules. Jamais il n'avait observé d'aussi jolis paysages. Malgré la fatigue causée par la marche du matin, il souhaita poursuivre l'excursion avec Hugo afin de contempler la falaise d'Aval et l'Aiguille Creuse sous un angle nouveau.

Le groupe se désunit. Jules devina que la famille espérait se rendre sur les tombes de ses défunts et fut bienheureux de ne pas avoir à les accompagner, embarrassé encore par la fin tragique de Baptiste à la ferme Desmoulins.

Par pudeur ou par gêne, les parents Sergeant n'abordèrent pas le nom de Baptiste en sa présence. Pourtant, lorsqu'Hugo et lui regagnèrent la maison, il comprit aux yeux rougis d'Eulalie et au silence qu'avait provoqué leur arrivée que le sujet venait d'être évoqué. Il se souvint de l'histoire que Célestine, sa grand-mère, lui avait relatée. Baptiste, le frère d'Eulalie, était venu travailler à la ferme Desmoulins en 1880 pour faire tourner un pressoir à cidre motorisé, une acquisition dont Hector vantait les mérites. C'était, selon ses dires, un véritable progrès pour l'époque. Un jour de tragédie, alors que Baptiste se trouvait à l'intérieur de la cuve pour la nettoyer, le moteur avait accidentellement démarré, écrasant mortellement le malheureux. Son grand-père ne s'en était jamais rétabli. Il s'était séparé de l'engin pour revenir à une mécanique manuelle. Dès lors, le sujet était devenu tabou.

Bien vite, madame Sergeant dérida l'atmosphère en proposant qu'on se mette à table. Pour la nuit, des couchages furent improvisés dans la maison et dans les dépendances. Eulalie, Charles et leurs deux filles se reposeraient comme convenu dans l'habitation principale avec leurs conjoints. Les voisins accueillaient le cuisinier et sa femme tandis qu'Hugo et Jules utiliseraient des matelas dans l'ancien atelier. Quant à Dirlek, il resterait dans la cour. C'est du moins ce que proposa Eulalie. Dès que les portes se furent refermées cependant, le chien fut convié à dormir avec les deux cousins.

Au lever du soleil, Jules, le premier éveillé, partit avec Dirlek afin d'admirer la vue sur les falaises. La lumière tamisée du petit matin enveloppait le paysage d'une atmosphère particulière, propice à la rêverie. Il s'était procuré un cahier à la librairie Banse de Fécamp, un univers fantastique pour lui, riche d'écrivains tels que Jules Vernes, Maupassant, Flaubert ou Victor Hugo. Ses maigres revenus ne lui permettaient pas de se les acheter, aussi était-il bien aise que Jocelyn lui ouvre sa bibliothèque, lui permettant de découvrir de nouveaux auteurs. Dans son carnet qu'il avait baptisé *Feuilles voyageuses*, il esquissait de petits dessins des scènes qu'il avait observées ou vécues, racontait ses périples et les enseignements qui le grandissaient au fil des jours. Il y croqua avec bonheur la vue qui s'offrait à lui.

On assista à la messe de Pentecôte dans l'église, bien remplie pour la circonstance. Par ce biais, Jules eut l'opportunité de rencontrer les frères d'Eulalie. Après un déjeuner rapide et de longues embrassades, on se remit en route, en emportant des casse-croûtes confectionnés par madame Sergeant. Le temps était ensoleillé et déjà chaud pour un mois de mai. On regagna Fécamp, fatigué mais ravi de ce séjour roboratif.

4

Le dimanche suivant avait lieu la fête de la Trinité. Après la messe des hommes de huit heures en l'église Saint-Étienne, les cousins longèrent les halles pour redescendre rue des Prés, chez Eulalie. Les femmes s'étaient affairées en cuisine depuis le matin et une bonne odeur de volaille emplissait la maison. Il était convenu de faire visiter à Jules les monuments de la ville. Sitôt apprêté, le petit groupe prit par la rue Jacques-Huet la direction de l'abbatiale. Ils croisèrent de nombreux promeneurs, côtoyèrent des relais de poste, des tilburys et des diligences. Chemin faisant, Eulalie expliqua à Jules que la semaine suivante aurait lieu le pèlerinage du Précieux Sang qui rendrait l'édifice inaccessible.

— Le Précieux Sang ? s'étonna Jules.

— Parfaitement, crâna Eulalie, fière de son érudition. La légende raconte que le tronc d'un figuier dissimulant le sang du Christ est arrivé jusqu'à Fécamp. Il est tombé de la charrette qui le transportait et à cet endroit une source a jailli, une source miraculeuse. Nous y parvenons justement.

Ils se trouvèrent devant l'entrée d'une voûte rehaussée de briques. Au-dessus du porche, une inscription triangulaire chapeautée d'une croix blanche indiquait : « Source du

Précieux Sang ». La galerie donnait accès à la fontaine qu'ils observèrent un instant avant de rebrousser chemin. D'ici quelques jours, la foule des pèlerins inonderait les lieux. Jules avait toujours estimé que les pratiques religieuses étaient une affaire de femmes. Dans son village, il assistait aux offices davantage pour accompagner sa famille que par véritable ferveur ; non qu'il ne possédât pas la foi, mais il s'y ennuyait souvent, son esprit vagabondant sur des récits d'aventures qu'il venait de lire. Il avait trouvé un complice en son cousin Hugo qui, comme lui, rechignait parfois à se rendre aux vêpres. Alors, un pèlerinage ! Il demeura sur la réserve, à l'affût, redoutant une invitation à y participer, auquel cas il devrait s'inventer une bonne raison de l'esquiver. Heureusement, la conversation ne s'engagea pas dans cette direction.

Il observa Eulalie, élégamment vêtue d'un costume façon tailleur, d'une jupe en laine crème rayée verticalement de fil gris, jupe qui se prolongeait quelque peu à l'arrière, et d'une veste à petits boutons recouverts de satin. Sous la veste, un corsage de soie noire était ouvert en V. Son chapeau beige était orné de multiples feuilles de ruban en crêpe et sur le côté, une fleur rose orangé y apportait une note de gaieté. Des boucles de cheveux châtains encadraient son visage, accentuant le bleu outremer de ses yeux, cheveux qu'elle avait relevés en un savant chignon. Il aimait qu'une femme apparaisse en société élégante et bien coiffée. Ses cousines l'étaient toutes et il savourait leur compagnie. Le groupe poursuivait son chemin, Eulalie en tête. Elle se retourna pour lui indiquer la façade d'une maison, un peu plus haut dans la rue.

— C'est là qu'exerce le docteur Léon Dufour. Tu t'en souviens ? Nous l'avons rencontré quand tu es venu visiter la distillerie. Il a épousé la fille d'Alexandre Legrand mais ils ont divorcé il y a quelques années.

Il se rappelait cet homme barbu au sourire affable qu'il avait croisé plusieurs fois depuis et qui l'avait complimenté sur son chien. Après avoir parcouru la centaine de mètres de la rue de l'Aumône, surplombant la rivière Valmont, puis contourné l'hôtel de ville, ils parvinrent à l'entrée de l'abbatiale. La clarté du lieu enchanta Jules, il l'attribua à la lactescence des pierres et au verre blanc des ouvertures. Il avait visité la cathédrale de Rouen lors d'une foire Saint-Romain avec Célestine, une de ses sœurs et Marcel, son oncle, âgé de quelques années de plus que lui. Il retrouvait une impression similaire, mélange d'admiration, d'émotion et de quiétude. Se confirmait aussi son attirance pour les vitraux et pour leurs couleurs qu'arrosait la lumière du jour. Jocelyn lui signala le tabernacle encastré derrière l'autel, lequel contenait la précieuse relique, que des milliers de pèlerins viendraient bientôt vénérer. Jules remarqua surtout la chaire à prêcher, d'une hauteur considérable et ornée d'un nombre éblouissant de statues.

Alors qu'il se perdait dans la contemplation des sculptures, Hugo l'entraîna sur un côté de l'édifice. Y figurait une horloge aux marins étonnante. Estampillée 1887, celle-ci avait la particularité d'indiquer les marées. L'ange sur le cadran tournait avec les heures, dévoilant une portion de cercle qui devenait verte à marée haute et noire à marée basse. Une prouesse pour l'époque. Le cadran était noir, mentionnant une marée haute, à flot, comme aurait dit Lecor. Il frissonna au rappel de cette matinée d'angoisse, le corps secoué comme un pantin au-dessus de l'élément en furie. Pas sûr qu'il ait envie de remonter un jour sur un bateau. Rien ne valait le plancher des vaches.

Jules fut enchanté de cette visite et reconnaissant envers Eulalie d'avoir sacrifié de son temps pour l'initier aux trésors de la ville. Il ne se souvint pas qu'on lui ait accordé autant d'attention et en fut bouleversé. Sa mère, Louise, n'avait d'yeux que pour Tom, son frère. Parfois, il avait la sensation d'avoir vécu une prime enfance bien différente, beaucoup plus légère. Il y apportait peu de crédit. C'était une plutôt une impression, comme celle que l'on éprouve au sortir d'un rêve. Si ces tendres années avaient existé, quand les choses s'étaient-elles détériorées ? L'émotion le gagna mais il la dissimula sous un sourire de façade. C'est en silence qu'il emboîta le pas à ses cousins jusqu'à la place des ducs Richard, sur les ruines de l'ancien château.

Hugo indiqua, en longeant la mairie, que le bâtiment abritait le lycée depuis cette année et qu'il y suivait des cours de comptabilité plusieurs fois par semaine. Jules se retrouva à marcher à côté d'Élise avec laquelle naissait une complicité grandissante. Celle-ci portait une robe de velours rouge, à encolure en V et fermée par une multitude de boutons, qui mettait en valeur la finesse de sa taille. Par-dessus, un veston cintré, un peu plus long devant, exhibait des reliefs de spirales et de petites feuilles. Il la trouva très élégante. Il appréciait particulièrement cette mode des corsets qui dessinait avec grâce la silhouette des femmes. Son chapeau lui aussi se parait d'une rose épanouie assortie. Une ligne de boucles brunes encadrait son front, adoucissant le reflet de ses yeux noirs. En conversant avec elle, il désira lui prendre l'épaule dans un geste familier, mais celle-ci se retourna au même moment sur les paroles de Jocelyn et ses mains rencontrèrent sa poitrine. Il s'excusa en rougissant. Élise, troublée par ce geste, le trouva très séduisant et touchant de confusion. Elle s'en voulut aussitôt de formuler de telles pensées envers son cousin. De son côté, Jules connaissait son effet auprès de la gent féminine, en ayant quelquefois usé par le passé. Aussi, l'éclat qu'il perçut dans le regard d'Élise ne le surprit pas.

On longea l'usine électrique de Fécamp. Jocelyn expliqua qu'elle appartenait à René Legros dont le génie inventif n'avait aucune limite. Il avait en effet reçu de nombreux prix pour sa conception de moteurs à deux temps et d'automobiles. Paul, l'avocat, approuva et exprima son désir d'en posséder une :

— Quelle joie ce serait d'emmener ma petite famille à travers la région, Étretat, Le Havre, Rouen, et pourquoi pas Paris, sans avoir à emprunter la diligence !

— Alors là, tu rêves, mon pauvre ami ! le railla Jocelyn. Une si grande autonomie ne verra pas le jour de sitôt. Sans compter le coût de ces adorables bijoux.

— Plusieurs clients de mon cabinet en possèdent déjà une. Son modèle de 1900, *La Plus Simple*, s'est nettement amélioré. Il présente maintenant des moteurs à 18 chevaux.

— Oui, j'en ai entendu parler. Il a aussi remporté un prix d'élégance pour une berline à six places. Pour sûr, ça fait rêver.

— Il installe à présent ses équipements sur des bateaux, d'après ce qu'on m'a dit, intervint le cuisinier. Paraît-il qu'il ne sait pourtant pas nager.

— Peut-on encore habiter en bord de mer et ne pas avoir appris ? ironisa Paul, ce qui engendra un rire dans le cercle des hommes.

— Cet homme a bien du mérite, admit Eulalie.

— Et toi, tu sais nager ? demanda Hugo à Jules.

— Bien sûr, répondit-il un peu trop brièvement, ce qui fit sourire son cousin.

Ils hâtèrent le pas pour rejoindre la maison d'Eulalie. Les coups de midi avaient déjà sonné et les plats cuisinés le matin devaient être réchauffés. Après le repas et une sieste bienfaisante, les hommes restèrent à jouer aux cartes, pendant que les femmes emmenaient les enfants au manège à chevaux, un limonaire, installé devant le casino.

Par un beau jour d'été, alors que Jules demeurait seul avec Hugo à la maison, ce dernier lui demanda :

— Il fait grand soleil. C'est le temps idéal pour se baigner. Tu m'accompagnes ?

— Je n'ai malheureusement pas de costume de bain, fit Jules en blêmissant.

— On va t'en trouver un. Je parie que celui de mon frère t'irait parfaitement.

— Mais j'ai promis à Quito de le rejoindre sur le bassin. Une autre fois peut-être.

— Ou jamais, répondit Hugo, déçu.

Faisant mine de ne pas entendre, il quitta subitement la maison, trop fier pour admettre qu'il savait à peine nager. Son apprentissage remontait à l'enfance, lors des quelques leçons que lui avait prodiguées son grand-père Hector, dans l'étang derrière la ferme. Depuis le chavirage du *Serena*, il avait réalisé ses lacunes et compris que ces notions de base lui permettraient difficilement de flotter sur la mer. Mais plus que tout, cet élément agité par les vagues lui procurait une peur panique.

Quelques semaines plus tard, prisonnier de son mensonge, il dut à nouveau inventer un prétexte pour esquiver la proposition de Quito, cette fois, celle d'aller essayer une caïque qu'ils avaient construite ensemble sur le chantier. Le jeune Espagnol demeura interdit devant son refus :

— Je pensais que ça t'exciterait. Et puis, c'est l'aboutissement de notre travail, la meilleure partie du métier.

Jules, embarrassé, détourna le regard.

— Qu'est-ce qu'il y a ? s'étonna son ami. Tu en fais une tête !

— Cela me fait un peu peur, avoua-t-il à voix basse.

— Tu ne crains rien, c'est du solide. Tu sais nager au moins ?

Jules rougit et hocha la tête négativement.

— Ce n'est que ça ! s'esclaffa Quito. Pourquoi tu ne me l'as jamais dit ? Je t'apprendrai.

C'est ainsi que Jules prit sa première leçon de natation en présence de Quito, par un bel après-midi de juillet. La marée basse exigeait de parcourir une bande de sable importante avant d'atteindre les premières vagues. Dans les flots, un long chariot muni d'une planche lestée servait de plongeoir aux jeunes garçons téméraires. Jules avait revêtu un gilet caleçon sans manches en tissu noir qui comprimait son corps mais maintenait libres ses mouvements. Se laisser submerger par l'eau ne fut pas une mince affaire. Il pensa alors aux paroles de Célestine. « Nous craignons tous les premières fois, c'est un sentiment humain. Certains l'affichent plus que d'autres mais tout le monde le ressent. La braver demande un certain courage mais si tu n'essaies pas, la peur dirigera ta vie. Tu ne dois jamais lui laisser le dernier mot. »

Quito était bon pédagogue et les leçons portèrent bientôt leurs fruits. Chaque soir, ils allaient s'entraîner si bien qu'en quelques semaines, il fut un nageur émérite et n'eut plus d'appréhension. Un dimanche après-midi, c'est lui qui proposa à Hugo de l'accompagner. Ce dernier, abasourdi, ironisa :

— Tu ne dois pas voir Quito aujourd'hui ?

Et ils éclatèrent ensemble d'un rire joyeux. Dirlek n'était pas convié lors de ces sorties, en raison de la densité du flux des touristes. L'irruption d'un gros chien dans cet espace restreint aurait effrayé les estivants. Jules le cantonnait ainsi, le cœur lourd, dans l'arrière-cour de la maison. La complicité entre les deux cousins croissait au fil des semaines, autant que leur désir de liberté. Le dimanche précédent, ils avaient feint de participer aux vêpres du matin pour s'en aller se promener sur la plage. Lorsque Charles s'était étonné de ne pas les avoir vus dans l'église, ils avaient prétendu avoir rencontré une connaissance et s'être assis à ses côtés au fond de l'édifice.

En rentrant, il écrivit à Célestine pour la seconde fois. Il imaginait son visage bienveillant, se remémorait le timbre de sa voix lorsqu'elle évoquait son passé, l'entendait encore lui lire les histoires qu'il appréciait. L'éloignement, l'absence de leurs échanges complices l'éprouvaient même s'il s'était juré de n'en rien laisser paraître aux yeux de ses cousins. Il réalisa que la cuisine de Célestine lui manquait elle aussi. Sa spécialité de teurgoule, notamment, restait inégalable.

— Tu n'écris pas à ta mère ? s'étonna Eulalie en le regardant copier l'adresse de Célestine sur son enveloppe.

— Non, je pense qu'elle se fiche bien de recevoir de mes nouvelles.

— C'est terrible ce que tu dis. Comment une mère pourrait-elle se désintéresser du sort de son enfant ?

— Elle s'en moque pourtant. Si elle refusait de me voir partir, c'était uniquement parce que je lui ôtais mon aide à la ferme. Quel affront !

Eulalie lui sourit tristement. Il avait observé la tendresse maternelle avec laquelle elle s'adressait à ses enfants et l'intérêt qu'elle manifestait pour chacun d'eux. Cette tendresse dont il avait cruellement manqué. Ce constat l'avait amèrement éprouvé mais il tenait à rester fort aux yeux de sa nouvelle famille.

5

Le petit village d'Hodeng-Hodenger organisait une fête ce 30 juillet. Les moissons étaient terminées et les chariots de paysans avaient défilé dans la grand-rue toute la matinée. Chez Desmoulins, on s'éternisait à table, bercés par le vent à l'ombre des pommiers. Hector et Ernest en avaient planté des allées entières derrière les bâtiments de la ferme, afin d'alimenter davantage leur pressoir manuel. Célestine, fourbue d'avoir cuisiné avec les autres femmes deux jours durant, prenait un peu de repos et observait sa fille aller et venir de la maison à la cour, portant des cruches de café et des bouteilles de goutte. Tom la suivait des yeux, inquiet, se levait pour l'accompagner, revenait avec des tasses qu'il agrippait fermement sur les conseils de sa mère.

— Il a bien changé ! s'exclama Célestine en s'adressant à Hector. Il ne boite pratiquement plus.

— Oui, et il peut participer à une conversation. Je l'ai emmené hier soir sur la charrette pour porter à boire aux gars dans les champs. Il leur racontait des histoires et les faisait rire. Un vrai boute-en-train !

Célestine attendit le retour de Louise et de Tom pour annoncer :

— Tenez, je vous apporte une lettre de Jules, arrivée fraîchement ce matin.

Les quatre filles exultèrent, enchantées de recevoir des nouvelles de leur frère, parti à l'aventure. Célestine déplia la missive et la tendit à l'aînée. Celle-ci la lut à haute voix avec beaucoup d'enthousiasme, entrecoupant ses phrases de oh ! et de ah ! émerveillés, sous les oreilles attentives de toute la famille et des quelques saisonniers invités à leur table. Le regard de Célestine glissa sur chacun d'entre eux et s'attarda sur le Jabot. Un brave homme, au dévouement sans faille, qui s'était manifesté après l'accident de Tom. L'assistance qu'il déployait auprès de Louise et de Tom forçait l'admiration. Ses yeux s'arrêtèrent sur sa fille, épiant ses réactions. Elle avait refusé de consulter la première lettre, encore courroucée par le départ de Jules.

La lecture achevée, les langues se délièrent.

— Il sait nager ! s'extasia la benjamine, âgée d'à peine treize ans. J'aimerais tant, moi aussi. Tu m'apprendras, Papa ?

Ernest hocha la tête :

— C'est ton grand-père qui m'a montré des mouvements de brasse, dans l'étang, juste derrière. Les années ont passé depuis et j'aurai du mal à m'en souvenir.

— Ça ne se perd pas, fit Hector. En tout cas, s'il nage comme un gars de la côte tel qu'il le raconte, c'est qu'il a dû beaucoup s'entraîner.

— Il écrit que son ami Quito est sauveteur en mer, c'est peut-être avec lui qu'il a appris, commenta l'aînée.

— J'aimerais bien voir à quoi ressemble son grand chien ! s'exclama la cadette.

La jeune fille avait toujours eu une passion pour les animaux, rapportant à la ferme les oiseaux blessés afin de les choyer. Elle avait réussi à nourrir un écureuil abandonné, voué à une mort certaine. Exercer le métier de vétérinaire l'aurait sans doute comblée mais la profession se voulait exclusivement masculine. Elle apprendrait donc à soigner les humains, comme sa tante Yvonne.

— Je parie que c'est un terre-neuve, fit Hector, comme l'île où ils sont nés. Les pêcheurs les emmenaient autrefois sur leurs navires. Ce sont des chiens tellement costauds qu'ils peuvent porter des charges et ramener les filets remplis de poissons.

L'un des saisonniers intervint :

— Mon oncle est parti s'installer à Fécamp pour travailler comme terre-neuvas. Paraît-il qu'un jour un gars manqua de se noyer et qu'un de ces grands chiens sauta à l'eau pour aller le repêcher.

— Vraiment ? sourcilla Hector, incrédule.

La cadette demeura songeuse, plus habituée aux roquets de ferme qui aboyaient à tout bout de champ ou à ceux, errants, qui vous attaquaient sournoisement les mollets lorsque vous marchiez sur la route. Assise à côté de Tom, Louise suivait le fil des dialogues sans dire un mot, ce qui ne lui ressemblait guère. Son regard traduisait la résignation. Célestine se remémora les frictions entre elle et Jules, leurs divergences de caractère et leurs fréquentes disputes, surtout celle, violente, qui avait précédé son départ, départ auquel Louise était totalement opposée.

— On recrute des saisonniers et mon fils déserte la ferme. Où va-t-on ? avait-elle fulminé.

D'autant que Jules, en tant qu'aîné, était le plus à même de reprendre à son tour l'exploitation lorsque le temps serait venu.

— Il ne se serait pas satisfait d'une vie ordinaire, avait rétorqué Célestine. Il a tant d'imagination et de curiosité. C'est difficile à admettre mais nos enfants ont leur caractère, leur besoin d'indépendance, et un jour ils s'éloignent. On doit l'accepter et les laisser libres de leurs choix. N'est-ce pas comme ça que je vous ai élevés ?

Louise avait longuement soupiré avant d'adresser à sa mère un regard de dissension et de quitter la maison. En fin d'après-midi, une promenade fut organisée le long des chemins. Hector, les enfants et Célestine prirent la direction de l'étang situé aux confins du village. Voyant Tom tout attristé, celle-ci l'entoura de son bras :

— Ton frère pense bien à toi, tu as entendu comme il répète ton prénom dans son courrier ?

— Oui. Il a un chien, comme Médor avec l'âne Cadichon. Il me lisait souvent cette histoire.

— Et maintenant, il ne peut plus, c'est ça ?

Tom hocha la tête tristement.

— Voudras-tu que je t'en fasse la lecture ?

Les yeux du jeune homme s'emplirent de joie et ses lèvres se fendirent d'un large sourire.

— Ah oui, j'aimerais beaucoup, fit-il, enjoué.

C'est ainsi que Célestine, arborant les lunettes pince-nez que lui avaient offertes ses filles, parcourut, devant une assemblée d'enfants, *Les Mémoires d'un âne.*

6

Jules s'était rapidement adapté aux distractions locales, comme celle de fréquenter les plages le dimanche. Lui, qui n'avait connu que la tranquillité de son village dont les fêtes de la moisson marquaient le summum d'affluence, se retrouvait entouré d'une immense foule. De mai à octobre, les trains amenaient toute une clientèle bourgeoise en quête de dépaysement et du plaisir des bains de mer. Le littoral devenait alors le point de rencontre de deux mondes, celui des ouvrières portant le tablier, les cheveux soigneusement coiffés d'un épais fichu et celui des élégantes en villégiature, vêtues de somptueuses robes, aux chapeaux de toute beauté qu'elles maintenaient parfois d'une main afin qu'ils résistent aux assauts du vent. Pour loger cette nouvelle clientèle, la côte d'Albâtre s'était pourvue d'habitats de tous types. Fécamp comptait de nombreuses scieries, les chalets en bois y poussaient comme des champignons, il s'en construisait en trois semaines. Quant aux villas, magnifiques bâtisses de style balnéaire, normand ou art nouveau, elles se déployaient sur toute la côte et rivalisaient de beauté.

Jules n'avait de cesse de les admirer, surtout celles qu'avait réalisées l'architecte de la Bénédictine dont il avait oublié le nom et qu'il baptisait pour lui-même monsieur Bénédictine. Appartenant à de riches familles qui les habitaient une partie de l'année ou les louaient, elles étaient dispersées en bordure de plage ou sur les hauteurs de la ville et offraient une vue incomparable sur la mer. Durant cette période, les hôtels étaient pris d'assaut. Jules se souvint qu'à son arrivée, la plupart d'entre eux étaient fermés et que ceux qui demeuraient ouverts affichaient un prix si prohibitif qu'il avait préféré dormir dehors. S'il avait su, il aurait utilisé cet argent à cette fin plutôt que de le laisser s'envoler.

Ainsi allaient et venaient ses pensées, lorsqu'il marchait avec Quito sur les quais ou le long de la plage. Les deux amis s'y rendaient fréquemment, ravis d'assister au spectacle des premiers bains de mer. Dans des tentes rayées ou des cabanons de bois, les dames troquaient leur élégante parure contre un costume de bain traditionnel. Lorsqu'elles sortaient des cabines, un long peignoir leur descendait aux chevilles. Elles le confiaient sur le sable à une amie ou à leur mère pour exhiber leur tenue, un pantalon élastiqué aux mollets et une tunique à manches courtes resserrée à la taille, le tout dans un tissu noir très épais. Sur la tête, elles arboraient un bonnet de toile cirée afin de ne pas paraître en cheveux. L'une d'entre elles parcourut la distance qui la séparait des premières vagues. Jules et Quito la suivirent des yeux, amusés. Hâtivement, elle se dévêtit, abandonna le peignoir à une femme plus âgée, dévoilant sa silhouette aux regards curieux, des hommes pour la plupart, ravis d'assister au spectacle qui leur était offert, se gaussant pour certains, devant son accoutrement. Les deux amis soupirèrent d'aise.

— Pas très pratique pour nager, remarqua Jules.

— Non, mais celle-ci n'ira pas bien loin, crois-moi.

La demoiselle avança hardiment vers une corde tendue au fil de l'eau pour voir jusqu'où elle avait pied. La température des flots sembla la dissuader, aussi revint-elle bien vite vers son peignoir.

— Tu vois, fit Quito, je te l'avais dit. J'aurais dû parier.

— Ce ne serait pas très loyal, tu as plus de pratique que moi.

— Ça viendra, tu verras, répondit Quito, narquois.

— Mais comment as-tu deviné ?

— Tout est dans la démarche, assurée ou hésitante.

L'hypothèse se confirma à l'approche de la baigneuse suivante.

Outre ces bains de mer, l'activité principale des estivants consistait à observer les vagues durant de longues heures, en respirant le bon air iodé, assis sur un siège de plage pour les plus chanceux, debout pour les autres. Les adultes surveillaient d'un œil attentif leur progéniture qui allait et venait, charriait du sable et construisait des citadelles. En cet été de 1909 furent placardées dans toute la ville des affiches, annonçant la troisième Fête des fleurs au mois d'août. La veille, place Thiers, Les Enfants de Fécamp donnaient un concert, auquel se rendirent Jules, Hugo et ses parents. Le lendemain, on déjeuna tôt, le défilé étant prévu pour une heure. La conversation commença comme toujours par les nouvelles du *Journal de Fécamp.*

— Comment est l'ambiance au journal ? demanda Eulalie.

— Notre rédacteur en chef n'est pas mauvais bougre. Mais je lui préférais notre vénéré Charles Durand.

— Ou Carolus d'Harrans, compléta Charles.

— L'auteur du *Secret de Salomé*, poursuivit Eulalie. À quand remonte sa disparition ?

— Deux ans déjà.

— Et le poste ne vous intéresse pas ? demanda Eulalie.

— Cela représenterait davantage d'heures de travail. J'aime mieux profiter de ma petite famille, d'autant que…

Il tapota sur le pied de son verre avec son couteau.

— Nous avons une nouvelle à vous annoncer. Dis-leur ma douce…

— Je suis enceinte, fit Élise. Notre enfant naîtra au printemps prochain.

La nouvelle réjouit toute la famille et l'on trinqua joyeusement au nouveau bonheur à venir. La petite Héloïse, qui venait d'avoir trois ans, fille de Jocelyn et d'Élise, aimait s'asseoir à côté de Jules. Celui-ci exécutait des tours de magie rien que pour elle, dissimulant un de ses gants dans sa main et le faisant réapparaître dans l'autre, déclenchant sa surprise à chaque tour. Il s'était pris d'affection pour elle, rappel constant de ses jeunes sœurs à cet âge. Elle ne le quitta pas d'une semelle, ni à l'aller, lorsqu'on se rendit place de la République pour y retrouver deux groupes musicaux, celui de la veille au soir et L'Harmonie de la Bénédictine, ni au retour, vers le boulevard des Bains, dans le sillon du cortège coloré. Chaque véhicule était soigneusement décoré de fleurs et de feuillages. C'était, pour la plupart, des cabriolets menés par un ou plusieurs chevaux. Derrière les voitures de poupée conduites par des enfants, une auto à pédales apparut, puis des charrettes attelées d'une chèvre et des voitures d'ânes et de poneys, propriétés des familles d'Yport. Toutes rivalisaient de beauté et recevaient les applaudissements enjoués de la foule des spectateurs.

Le soleil éclatant s'agrémentait d'une douce brise marine. Partout des femmes élégantes maintenaient haut leurs ombrelles, comme autant de corolles multicolores. Le cortège fit place à des cavaliers et à des cyclistes. Enfin, pour le plus grand plaisir de Paul et de Jocelyn, des automobilistes fermèrent la marche. En milieu d'après-midi, les spectateurs se défièrent dans une bataille de fleurs tandis que le jury examinait chacun des véhicules. Petits et grands s'en donnèrent à cœur joie. Hugo et Jules se trouvaient face à un groupe de jeunes filles, élégamment vêtues. L'une d'entre elles, à la taille très fine et au joli minois, attira l'attention de Jules. Elle portait une robe longue avec un corsage cintré jaune chartreuse. Une dentelle noire courait sur ses épaules et remontait des poignets vers ses avant-bras. Un empiècement de soie ébène lui dessinait sur la taille une flèche orientée vers le bas.

Jules n'avait jamais vu de robe aussi ouvragée. Un chapeau en dentelle noire venait compléter l'ensemble, il était surmonté d'un entrelacs de soie ébène et de rubans jaunes, et orné d'un bijou de perle. Ses yeux fixaient la jeune femme et ne parvenaient pas à se détacher de cette taille de sylphide, des yeux noisette rieurs et des cheveux frisottant sous le chapeau. Il mit un entrain tout particulier à lui destiner ses inoffensifs projectiles. Elle répliqua avec ardeur en lui rendant la pareille, en souriant, dévoilant ainsi ses jolies dents. Elle se prénommait Mathilde, d'après ce qu'il put en entendre. À ses côtés, une dame aux formes généreuses, vêtue de rose framboise, amusait la galerie par ses propos. Elle lui adressa des œillades aguicheuses qui lui firent détourner le regard, puis se saisit d'une ombrelle noire et l'utilisa à la façon d'un bouclier.

Lorsqu'eut lieu la remise de prix, les spectateurs se dispersèrent. Jules perdit de vue l'élégante et ne la revit qu'au grand bal du casino. Il ne put cependant l'approcher. Elle se trouvait en compagnie d'un groupe de jeunes gens dont l'un, plus âgé, lui prit le bras. Quito lui expliqua qu'il s'agissait d'un armateur, très riche propriétaire de nombreux bateaux sur le port.

7

Durant le mois d'octobre, Jules scruta *Les Nouvelles Maritimes*, le cœur lourd à la perspective de ramener son chien à Ravasse. On annonçait le retour de *L'Étoile de mer* pour le 27. Un matin, alors qu'il regagnait le chantier, il aperçut le bateau et constata de graves dommages sur sa partie arrière. Les ramendeuses étaient regroupées à l'intérieur du port, une vision incongrue qui piqua sa curiosité. Il s'approcha d'elles afin d'en savoir plus.

— Nous sommes en grève, fatiguées de recoudre des filets du matin au soir, en plein soleil, sous la pluie ou en plein vent, pour seulement deux francs par jour.

— Combien demandez-vous ?

— Au moins deux francs cinquante.

— Et on ne lâchera rien, enchérit une ouvrière, aussitôt approuvée par les autres.

— Bon courage et bonne chance, fit Jules en s'éloignant.

Une semaine s'écoula jusqu'à ce qu'il se décide à emprunter, avec son chien, le sentier qui l'amenait jusqu'à Yport. Chemin faisant, il se surprit à lui parler comme s'il s'était agi d'une personne, ou mieux, d'un enfant, lui dévoilant qu'ils allaient devoir se séparer mais qu'il reviendrait le voir.

Au niveau de la ferme, alors qu'il se dirigeait vers la maison du marin, la paysanne le héla. Étonné, il rebroussa chemin pour la rejoindre. Celle-ci lui annonça que monsieur Ravasse ne rentrerait pas. Il lui était arrivé malheur en mer. Jules fut abasourdi. À ses interrogations, elle répondit que son voisin n'avait ni enfant ni famille dans les environs et que s'il voulait en savoir davantage, il n'avait qu'à trouver Gustave, à Yport. Il n'aurait qu'à demander, tout le monde le connaissait. Puis elle s'en fut d'un air pressé.

Effectivement, le jeune homme, aux cheveux bruns coiffés en brosse et aux yeux bleus rieurs, était connu de tous. On le surnommait Gus. Jules vint le saluer et lui demanda :

— Alors, comment s'est passée la pêche ?

— Ma foi, une bonne saison avec des hauts et des bas. Des jours plus difficiles, les brouillards, la glace… Vous êtes du métier ?

— Non. Moi je travaille le bois. Une activité plutôt tranquille, à côté de la vôtre. J'ai vu votre navire sur le port ; il est drôlement abîmé.

— On a dû faire face à plusieurs tempêtes. Il faut dire que le bateau n'est plus de la première jeunesse et, comme le patron n'est pas décidé à le faire réparer, à ce que j'ai pu entendre, ça n'est pas près de s'arranger.

— Racontez-moi, comment se passent vos journées de pêche en mer ?

— Eh bien, le plus important en arrivant sur les bancs, c'est de prendre des bulots en grande quantité, pour boetter les lignes. On les accroche aux hameçons sur les cordes, on s'en va les poser avec le doris et on revient au navire. Vers quatre heures du matin, après le café, la goutte, le biscuit de mer qu'on a trempé dedans, les lignes sont relevées. On s'embarque à deux par bateau, un qui tire la corde, l'autre qui décroche les morues. Retour au navire et déchargement des prises. Comme on est payé à la pièce, intérêt de bien compter. Deuxième aller-retour jusqu'à la soupe et puis c'est le travail sur le pont, trancher, vider le poisson et le jeter dans la cale avec le sel. L'après-midi, on boette à nouveau les lignes et ainsi de suite. C'est rude, je le reconnais, il y a des jours où l'on n'en peut plus mais je ne pourrais pas m'en passer. Terre-neuvas, c'est une tradition dans la famille. Deux de mes frères sont embauchés sur un chalutier pour la pêche au hareng. Ils s'en vont en Hollande et en Écosse. C'est sûr, ils attrapent davantage de poissons et les saisons sont plus courtes. À part les odeurs de carburant, à ce qu'ils me disent, c'est plus peinard. Moi, je préfère la voile, c'est comme ça, je me suis habitué.

Jules observa les mains du marin, abîmées, couvertes de coupures et de cicatrices.

— Ça, expliqua Gus, c'est la corvée des bulots. Broyer les coquilles au moulin, les accrocher aux hameçons sur les lignes, on se pique toujours. Sans compter les ampoules et les engelures, mais on s'en accommode. J'aime partir à l'aventure. À terre, je ne tiens pas en place. Au bout de deux ou trois mois, je m'ennuie, je dois prendre le large. Je suis bavard. Ne m'en veuillez pas. C'est dans mon tempérament.

Jules, peu disert, sourit et l'interrompit enfin.

— On voit que vous êtes passionné. J'étais venu vous parler de Ravasse, j'imagine que vous vous connaissiez.

— Pardi, tout le monde se connaît ici. Paix à son âme. Je parie que c'est la Berthe qui vous envoie. Et voici Dirlek, notre chasseur de rats.

— Chasseur de rats ?

— Il avait quelques mois quand Ravasse l'a ramené de la campagne de pêche. Là-bas, une femme, native de Saint-Pierre-et-Miquelon, venait jusqu'à Port-aux-Basques, à Terre-Neuve, vendre ses chiens sur le marché. Ravasse en est tombé amoureux. Il la revoyait chaque année. Leur rencontre date du siècle dernier, du temps où l'on pratiquait la pêche à la morue sur la côte du Labrador, à l'ouest de Terre-Neuve, et où l'on pouvait encore s'y installer. Le French Shore, c'est comme ça qu'ils appellent cette zone. Bien sûr, depuis, les Français ont signé l'accord avec les Anglais, en abandonnant le droit de pêcher sur le littoral. Maintenant, il n'y a qu'à Saint-Pierre qu'on peut accoster. Alors on a continué à pêcher sur les bancs, la morue verte. Mais le tout sans escale. C'est plus difficile, les navires sont plus petits aussi. Bref, pour en revenir à Ravasse, comme je vous le disais, il fréquentait cette femme et la dernière année, elle lui a rapporté le chiot. Il a fait la traversée avec nous. Il était d'un comique, il fallait voir les mousses jouer avec lui. Il l'a appelé Dirlek à cause du tenancier du bar à Terre-Neuve, là où on buvait un verre le soir. Le type venait de Deer Lake. Puis le chien nous a accompagnés chaque saison.

— J'ignorais qu'on embarquait ces animaux sur les navires.

— Oui, pour s'occuper des rats. Mais cette année, Ravasse a préféré ne pas l'emmener, je n'ai pas su pourquoi. Il était un peu bizarre ces derniers temps. Il s'est même pris de mots avec Grand Pierre, avant de monter dans le doris, le jour du drame.

— Que s'est-il passé ?

— La dernière fois que je les ai vus, c'était sur le navire, avant de descendre dans les doris. À la fin de la journée de pêche, sur les bancs, le brouillard s'est mis à tomber. À bons coups d'aviron, moi et mon coéquipier, un gars d'ici, Ray, qu'on le surnomme pour Raymond, avons regagné le bateau. La corne de brume nous a guidés, heureusement, parce qu'on ne distinguait plus les contours du navire. Nous avons calé le doris contre la goélette, jeté nos morues par-dessus bord avant de remonter. Nous pensions arriver les derniers mais un bateau manquait à l'appel, celui de Ravasse et de Grand Pierre. Toute la nuit, on a fait marcher la corne et les coups de canon. Au petit matin, le brouillard s'était dissipé mais aucune trace de nos coéquipiers. Juste après, une tempête a fait rage, à tel point que les doris sont restés sur le navire, c'était bien trop risqué. Autant dire que l'espoir de les retrouver vivants avec une houle pareille… Je suis croyant, mais, bref, il aurait fallu un miracle. Après plusieurs semaines de pêche et d'attente, nous avons accosté sur une des îles puis nous avons dû rentrer. Dieu seul sait ce qui leur est arrivé…

— Quel malheur ! s'exclama Jules. Ce doit être bien difficile d'affronter ces eaux hostiles.

— Oui bien sûr, les tempêtes nous secouent terriblement, elles causent des dommages au bateau qu'on doit réparer mais le pire, c'est la neige et la baisse des températures. C'est là qu'on se prépare au plus redoutable : la glace. La nuit, les tripes serrées à attendre qu'on ait dépassé les parages des icebergs, les heures semblent interminables. Personne ne dit un mot. De temps à autre, un raclement de gorge, c'est tout. À croire même que chacun retient sa respiration. Ça cloue un silence qui te donne la chair de poule, et pas seulement à cause du froid. Après, enfin, on peut souffler.

— Merci de m'avoir raconté tout cela. Bonnes fêtes de Noël. Je vais rentrer à Fécamp mais je reviendrai te voir à l'occasion.

— Attends, fit Gus, il y a quelque chose que je ne t'ai pas dit.

Jules pivota et le regarda, circonspect.

— Tu vas sûrement me croire fou. Tant pis, je me lance. Il m'est arrivé une chose étrange avant notre départ de l'île, j'ai aperçu Ravasse, dans la rue qui longe le bar.

— À Terre-Neuve ?

— Non à Saint-Pierre. Je l'ai appelé et il m'a dévisagé sans avoir l'air de comprendre, les yeux dans le vide. Une femme l'accompagnait et deux enfants les ont rejoints ensuite. Comme je voulais en avoir le cœur net, j'ai filé la petite famille et j'ai crié encore une fois le nom de Ravasse. La femme s'est retournée et m'a assuré que je me trompais, ce n'était pas le nom de son mari.

— Peut-être as-tu vu son sosie ?

— J'y ai pensé, figure-toi, mais il m'a bien semblé distinguer sur son cou une balafre, due à un hameçon hargneux. Une vilaine blessure qui s'était infectée.

— Ce serait possible, tu crois ? Il aurait échoué là, amnésique, sans que personne ne l'identifie ?

— C'est ce que je me suis dit. Le temps d'appeler les marins qui m'accompagnaient et qui auraient pu le reconnaître, la famille avait disparu.

— Une histoire de fou.

— C'est exactement ce qu'ils ont cru. Ils ont mis cette hallucination sur le compte de l'alcool, mais comme je n'en démordais pas ils m'ont fichu la paix.

— Est-ce que c'était sa compagne ? se risqua Jules.

— Non, pas celle-ci, justement. Je l'aurais reconnue. C'est ce qui m'a étonné, et aussi l'empressement avec lequel ils ont tous disparu.

Les deux amis s'observèrent un long moment, sans mot dire. Jules reprit la parole le premier :

— Ravasse aurait décidé de refaire sa vie, incognito, en coupant ses attaches avec Fécamp ?

— Je t'avoue que ça m'est passé par la tête plus d'une fois. Tu es bien le seul à pouvoir me croire.

— Mais, si je te suis dans ton idée, qu'est devenu Grand Pierre, son coéquipier ?

— Nul ne saurait le dire.

Torturé par les récits du jeune marin, Jules dormit mal cette nuit-là, hanté par de sordides visions de corps noyés. Il décida de sortir pour marcher un peu, quitta la maison sur la pointe des pieds et se rendit avec Dirlek sur le port. Une brume opaque enveloppait les bateaux à quai, leur conférant une allure irréelle. Le jour tardait à se lever. Le ciel et la mer n'existaient plus, fondus en un brouillard si dense que c'est à peine s'il voyait son chien à quelques mètres de lui. L'écume blanche, accrochée aux vagues s'agitait comme un fantôme. Une brise monta, soudain, perforant l'épais manteau d'un étroit tunnel. Jules n'en crut pas ses yeux. Une légère embarcation, perdue au milieu des flots, cherchait à accoster. Deux matelots se trouvaient à bord, l'un d'eux correspondant parfaitement à la description du marin Ravasse que Gus lui avait dépeinte. Une balafre marquait son cou. Devant cette vision, son cœur se mit à battre à tout rompre et le feu brûla ses tempes. Il hurla afin de guider l'esquif vers la plage : *Ravasse ! Ravasse !* mais aucun des deux hommes ne l'entendait ni ne le distinguait. Le brouillard s'estompa et les premières lueurs du jour apparurent enfin. L'embarcation qui glissait vers le cap Fagnet frisait dangereusement les rochers. *Ravasse ! Ravasse !* cria-t-il encore, mais il vit le bateau redresser à bâbord pour filer vers le rivage jusqu'à devenir un point minuscule à l'horizon. Il se réveilla, trempé de sueur.

Le matin même, il se confia à Quito.

— Peut-être que le navire-hôpital des Œuvres de mer aura rapatrié ces deux malheureux, c'est à souhaiter, sinon il y a peu d'espoir qu'ils aient survécu, répondit ce dernier. Et tu vas garder le chien ?

— Je me suis trop attaché à lui maintenant. J'aimerais en prendre soin mais je dois trouver une maison à louer, avec un jardin. Je sens bien qu'Eulalie se force à l'accepter, par gentillesse envers moi, mais que ça la contrarie. J'ai beau nettoyer le carré de jardin, quand je l'amène par le couloir jusqu'à la cour, je devine sa moue et ça me met mal à l'aise.

Jules tenta d'en connaître davantage sur ce marin surnommé Grand Pierre. Au bureau des affaires maritimes sur le port, il apprit son patronyme, Pierre Bouleau. On l'informa que les deux hommes, Gaston Ravasse et Pierre Bouleau, avaient disparu depuis le 15 septembre 1909. Il put récupérer l'adresse de ce dernier et se rendit à son domicile, rue Petite-Croix. Sa femme n'en savait pas plus que l'horrible nouvelle que lui avait annoncée le capitaine, quelques mois auparavant. Elle avait espéré qu'on le retrouve, avait prié Notre-Dame du Salut, puis s'était résignée. S'il y avait une chance qu'il n'ait pas péri en mer, elle en aurait sans doute été informée. Il la questionna sur les relations qu'entretenaient les deux hommes.

— Ils s'entendaient comme ci comme ça, se fâchaient de temps en temps. Comme de vieux copains. Mon mari ne me confiait pas tout mais une fois, le ton était monté. Je me trouvais dans la pièce voisine, ils étaient seuls, mais j'entendais une partie de la conversation. Ils parlaient de jeux, d'un certain type surnommé Riff, et de lui prêter de l'argent. Ravasse disait que ce Riff allait lui faire la peau. C'est alors que je suis entrée dans la pièce. Pas question que mon mari lui cède de l'argent. C'était suffisamment difficile avec les enfants.

Elle se retourna et Jules aperçut trois petits, une fille et deux garçons, jouant sagement au fond de la salle à manger.

— Il faut que je vous dise, reprit-elle, nos hommes, marins, boivent souvent plus qu'il ne faudrait. Le métier est pénible et quand ils se retrouvent ainsi entre eux et loin des leurs… bref, ça se comprend. Mon mari avait aussi l'alcool facile et parfois mauvais, mais Ravasse, pas du tout. Il n'en buvait pas une goutte. Lui, son démon, c'était le jeu. Il passait ses journées dans un bistrot mal famé de l'ancien quartier… aux tables de poker. Il y laissait sa paie, déjà pas bien grosse. Vous me direz, il n'avait pas de famille à nourrir, lui. Donc pour éponger ses dettes, il rendait visite à ses vieux copains. Le mien ne lui a rien prêté cette fois-ci mais je me doute qu'il l'a fait dans mon dos par le passé.

Elle soupira et conclut en souriant tristement :

— Remarquez, pour ce que ça aurait changé.

Jules s'excusa d'avoir remué un passé douloureux, remercia la veuve et salua avant de disparaître.

Ainsi, Ravasse avait le démon du jeu. Quand le diable avait mis le pied dans la porte, il ne s'était pas contenté de la lui ouvrir, il lui avait déroulé le tapis rouge. Les informations dansaient sous son crâne. Il les tordait, les recoupait, tentait en vain de leur donner un sens. Si Grand Pierre manquait à l'appel lui aussi, c'est qu'un accident s'était produit pendant la fuite de Ravasse. Il préférait l'imaginer ainsi. Lorsque ses cousins commencèrent à raconter l'histoire d'un marin que le navire-hôpital venait de repêcher, il ne put s'empêcher de formuler :

— Une chance pour sa famille. Notez que d'autres rêveraient de disparaître pour s'inventer une seconde vie.

Tous les regards se tournèrent vers lui qui, habituellement, se contentait d'écouter et n'intervenait que pour poser des questions.

— Qu'est-ce que veux-tu dire ? s'étonna Jocelyn.

— Rien de particulier, fit-il pour titiller son auditoire.

— Allez, raconte-nous, insista Charles.

— Eh bien, Ravasse, vous savez, le propriétaire de Dirlek, ne semble pas avoir disparu pour tout le monde, reprit-il, hâbleur.

Ses cousins étaient pendus à ses lèvres, les femmes s'étaient elles aussi approchées pour ne rien manquer du récit coloré de Jules. Il n'omettait aucun détail, du doris égaré dans le brouillard tel que le lui avait dépeint Gus, jusqu'à la dispute entre les deux marins. Pour relater le témoignage de madame Bouleau, voyant le succès qu'il remportait, il ajouta quelques éléments personnel, les cris de peur de cette dernière lorsque le ton était monté entre les deux hommes, les enfants qu'elle rassurait et son insistance pour expulser Ravasse de leur domicile.

— Elle a bien fait, conclut Eulalie, sous le regard approbateur des autres femmes.

Le cuisinier siffla, tout prêt à applaudir :

— Eh bien, tu ferais un bon détective.

— Et un fameux conteur d'histoires, compléta Élise.

La petite Héloïse se rapprocha de lui, tout heureuse d'avoir un ami aussi digne d'attention.

— Conan Doyle n'a qu'à bien se tenir, finit par dire Jocelyn. Voici notre nouveau Sherlock Homes, enquêtant avec son chien. Sire Jules et Dirlek.

Ils rirent ensemble et Jules se sentit valorisé par leur écoute bienveillante.

8

Le cadet des Sergeant revint passer les fêtes de Noël en famille. Jules laissa la chambre qu'il occupait pour partager celle d'Hugo. Dès lors, ni l'un ni l'autre n'eurent d'importance aux yeux d'Eulalie. Le futur avocat aimait se faire servir et conter à sa mère, médusée, les affaires menées par les notables de la grande ville. À peine leur adressait-il la parole. Aussi Jules fut-il bien aise de le voir s'éloigner pour reprendre ses cours.

Le premier dimanche de février 1910, eut lieu la Saint-Pierre aux liens, le patron des marins. Elle annonçait le départ imminent des pêcheurs pour le Groenland ou les bancs de Terre-Neuve, un voyage éprouvant qui durerait huit ou neuf mois. Certains n'en reviendraient pas. En témoignait le monument aux marins péris en mer, orné de figures de proue vikings, qui se trouvait dans l'ancien cimetière et qu'avait découvert Jules lors de ses nombreuses excursions à travers la ville. Le cortège, dirigé par deux des plus jeunes capitaines, se rassembla en haut de la rue des Prés, face aux bureaux de l'inscription marine, pour se rendre en musique jusqu'à l'église Saint-Étienne, décorée de drapeaux français.

La Société musicale des enfants de Fécamp ouvrait la marche. L'édifice, paré pour l'occasion d'objets variés symbolisant la mer et les bateaux, fut bientôt plein à craquer. En guise d'introduction, le chant des litanies rendit hommage aux matelots disparus. Puis l'archevêque et six curés prononcèrent la messe du Grand Pardon.

Dans l'église, les riches armateurs côtoyaient les matelots et les civils, habillés de leurs plus beaux costumes du dimanche. Des femmes élégantes présentaient de longues robes et des chapeaux. Une quête fut organisée en faveur du fonds de secours des marins puis l'on distribua le pain bénit. Hugo et Jules, assis côte à côte, se signèrent avant de le manger. L'assemblée des fidèles reprit en chœur le refrain d'un cantique à Notre-Dame :

Vierge sainte, exaucez-nous
Notre espoir est tout en vous
Notre-Dame de la Garde
Très digne mère de Dieu
Soyez notre sauvegarde
Pour nous défendre en tout lieu

Jules rencontra Quito à la sortie de l'église et, apercevant Gus qui rejoignait la procession, il lui adressa un signe de la main. Le cortège, entraîné par la fanfare, se remit en route jusqu'au port en portant une statue de la Vierge et des ex-voto. Des navires s'y tenaient par centaines, de nombreuses goélettes, quelques chalutiers et des caïques. Une véritable armada. Tant de bateaux qu'on aurait pu traverser le bassin en passant d'un bâtiment à l'autre sans se mouiller les pieds. C'est dans un recueillement solennel qu'eut lieu la bénédiction de la flotte.

Vers midi, un buffet fut proposé sous les halles. Des tables nappées présentaient verres, brioches et bouteilles. Quito y était convié en tant que sauveteur en mer, sa mère l'accompagnait et Jules eut l'opportunité de se joindre à eux. Un des serveurs fit choir un des verres de son plateau, lequel se brisa net sur la terrasse. Un accident banal qui passa presque inaperçu. Pourtant, un malaise incoercible saisit Jules qui porta les mains à ses oreilles, rappel douloureux de sa visite à Notre-Dame du Salut. La vision des fragments répandus au sol lui sembla insupportable et il s'éloigna. Le garçon s'excusa auprès des invités pour la gêne occasionnée.

L'après-midi, en compagnie de ses cousins, il longea les stands de la fête foraine. Héloïse insista pour qu'il la regarde évoluer sur les chevaux de bois du limonaire. Tandis que les femmes flânaient le long des cabanons où étaient exposés des vêtements, tissus et bijoux artisanaux, les hommes entreprirent de se défier à divers jeux d'adresse ou de démonstration de force. L'un d'eux consistait à projeter des balles à l'intérieur de pots à lait. Jules s'y défendit et remporta des soldats de bois qu'il destina au cadet de ses petits cousins. Devant l'un des baraquements, une diseuse d'aventure l'interpella et lui prit la main avant qu'il n'ait eu le temps de réagir. Les hommes riaient de le voir dans cette posture, curieux et attentifs à ce qu'allait bien pouvoir dire la vieille dame. Il se prêta au jeu, amusé par la démonstration.

— Je vois du bonheur, tu vas rencontrer l'amour, une belle femme, très riche et… oh ! je vois du sang, beaucoup de sang et… un terrible accident.

Elle arrima ses yeux aux siens, le regard grave. Il frissonna.

— Un accident ?

— Si tu veux savoir, il faut donner de l'argent. Donne et je te dirai. Je peux lire beaucoup de choses encore.

Jules enleva prestement sa main en s'éloignant. La Bohémienne lui lança :

— Tu auras beau fuir, il te rattrapera toujours.

— Qui ça ? fit Jules.

Elle ne répondit pas.

— Tu ne vas quand même pas croire à ces prédictions de sorcière, fit Hugo.

— Mais oui, ricana Jocelyn. Ce ne sont que des fadaises pour te plumer.

— Il y avait aussi une sorcière dans mon village, il y a bien longtemps. Paraît-il qu'elle pouvait jeter des sorts, fit Jules, d'un ton tragique, secoué par les prédictions alarmistes de la vieille femme.

— Écoutez-le parler, reprit Hugo, plus vieux que son arrière-grand-père.

Tous se mirent à rire, tandis que Jules se lançait dans une course effrénée derrière Hugo pour simuler une bagarre.

Deux bals furent organisés, un au casino pour les armateurs, notables, commerçants et tout ce que la ville comptait de bourgeois, uniquement sur invitation, et le second, plus populaire, sous les halles. Jules et Quito y passèrent d'agréables moments. L'orchestre enchaînait les polkas et les valses. Sur l'air de *Viens, poupoule*, Quito convia la fille de son patron à danser, tandis que Jules entraînait une ramendeuse sur la piste. Les deux jeunes hommes se défendaient plutôt bien. *La Polka des English* déchaîna les passions. Puis ce fut *Frou-Frou* que le public reprit en écho, *L'Étoile d'amour* et *Fascination*. Eulalie et Charles valsaient divinement, si bien que plusieurs cavaliers s'écartèrent pour les admirer. Les matelots s'en donnaient à cœur joie. La plupart festoyèrent une grande partie de la nuit.

Gus, ayant aperçu Jules sur la piste, vint s'entretenir avec lui.

— Alors, tu t'amuses ?

— Oui, c'est une fête plutôt réussie. Dis-moi, tu ne t'en vas pas demain ?

— Non. La bande de joyeux marins qui m'accompagne embarque aux premières heures du jour. Mais pas moi. Pas avant trois semaines au moins. En plus, je ne partirai pas sur *L'Étoile de mer*, notre armateur n'a pas pu le réparer. Faute d'argent, il préfère investir sur ses meilleurs bateaux.

— Tu as donc trouvé un autre navire ?

— Oui, ce n'est pas ce qui manque mais cette fois-ci, j'ai de la chance, un rafiot flambant neuf, propriété de l'amiral Cassin, pas moins que ça ! Ray ne sera pas avec moi, il est embauché sur le *Saint-Louis*.

Quito était revenu dans l'entrefaite et se joignit à la conversation.

— L'amiral Cassin. Ce n'est pas celui qui nous a acheté ce bateau, le *Mathilde* ?

— Tout juste, j'embarque dessus dans trois semaines. Mais là, plus question de pêche errante, on fait escale à Saint-Pierre, le grand luxe.

Gus désigna à Jules une dame, près de l'entrée.

— Je t'avais parlé de Grand Pierre, disparu en mer avec Ravasse. C'est sa femme.

Jules la reconnut. Comme elle regardait dans leur direction, il la salua d'un geste de la main puis se mit à raconter à Gus ce qu'il avait appris. Vers la fin de la soirée, comme la piste se vidait et que quelques marins enivrés commençaient à faire du tapage, Jules décida Quito à rejoindre le bal du casino.

— On ne nous laissera pas rentrer mais on peut aller voir.

Les festivités mondaines s'éternisaient quelque peu. Au-dehors résonnaient encore des accords de valse pendant qu'un cercle de jeunes gens prenait l'air sur le perron. Deux élégantes, visiblement amies, se tenaient légèrement à l'écart du groupe. Leurs robes noires étaient corsetées et ouvragées de dentelle. Jules reconnut Mathilde, la jolie femme entrevue lors de la fête des fleurs. Il se sentit soudain l'âme d'un conquérant et tenta une maladroite et timide approche :

— Nous nous sommes déjà rencontrés, n'est-ce pas ? demanda-t-il.

Elle sourit et répondit d'une voix assurée et moqueuse :

— Je ne vois pas où, mais si vous le dites…

Les deux amies s'observèrent et éclatèrent d'un rire qui mit Jules dans un profond embarras. Comme il demeurait abasourdi et pantois, la seconde femme répliqua :

— Vous n'êtes visiblement pas des nôtres. Je vous suggère de rejoindre votre cercle de connaissances. Nous, nos maris nous attendent.

Puis elles disparurent, la tête haute, et s'engouffrèrent en ricanant dans le casino. Jules se sentit soudain bien misérable. L'un des hommes du personnel qui avait assisté à la scène vint les trouver et leur parla sur le ton de la camaraderie :

— Si je peux me permettre, messieurs, vous ne savez pas à qui vous vous adressez. Ce sont les jeunes épouses des deux armateurs les plus fortunés et les plus influents de la région.

— Vraiment ? ironisa Quito.

— Parfaitement. Vous avez rencontré l'épouse de Louis Cassin, Mathilde, et celle de Léonce Bures, Charline.

— Mathilde, comprit Jules, d'où le nom du bateau sorti tout neuf du chantier Chantelot.

— Oui, fit le type. Ils se sont mariés l'an dernier et il a baptisé ce bateau du prénom de sa femme.

— Un bel hommage, admit Quito.

Puis ils s'éloignèrent en remerciant l'employé de sa sympathie.

Ce ne fut finalement que début mars que le *Mathilde* quitta le port, le même jour que le *Saint-Louis*. Jules comme Quito assistèrent aux étapes qui précédaient sa sortie en mer. Pour rien au monde ils n'auraient voulu manquer cela. Un navire qu'ils avaient vu naître dans leur chantier et auquel ils avaient prodigué tant de soins, eux, les menuisiers. Chaque artisan avait apporté sa touche personnelle, un travail qui reliait les charpentiers, les scieurs de long, les voiliers, les calfats, les poulieurs, les gréeurs et les cordiers pour échafauder ce solide navire, baptisé quelques semaines plus tôt. Comme c'est le cas pour un si long voyage, chaque équipage avait minutieusement préparé son bateau. Ainsi, Gus et ses compagnons avaient chargé à bord les vivres et le sel plusieurs jours auparavant. Les doris étaient soigneusement empilés derrière le grand mât.

Le port grouillait de monde. Des familles entières accompagnaient les matelots une dernière fois. Les femmes pleuraient, conscientes que certains de leurs hommes ne reviendraient malheureusement pas. Jules s'en trouva tout ému. *Ô combien de marins, combien de capitaines... ?* Il fit un signe à son ami Gus et assista aux manœuvres de sortie des bassins. Les navigateurs adressèrent un regard à Notre-Dame du Salut, leur Vierge protectrice, juchée sur la falaise du cap Fagnet tandis que les trois coups de sirène résonnaient pour s'assurer bon vent, bonne mer. Avec habileté, le capitaine réussit à libérer le navire du quai auquel il était amarré et le fit glisser vers le milieu du bassin. Une manœuvre rendue délicate par l'entassement des terre-neuviers qui lui comprimaient les flancs de chaque côté. Le vaisseau superbe suscitait l'admiration de la foule.

Déjà, les employés s'affairaient près des vannes de l'écluse pour équilibrer le niveau du bassin et celui de l'avant-port. Les hommes vinrent se regrouper autour des manivelles afin d'en lever les portes. En soufflant et en râlant sous l'effort, ils parvinrent à tendre les chaînes. Les vantaux coulissèrent et le navire tiré par le remorqueur surnommé Hercule s'avança dans le couloir d'eau. Nouvelle manœuvre, nouveaux tours de manivelle dans un souffle commun et le bateau, majestueux, rutilant, exhibant fièrement les lettres dorées de *Mathilde* sur son écusson de bois, glissa jusqu'à l'avant-port. La foule se pressait le long des écluses. L'air fut empli d'un brouhaha retentissant, peuplé des cris des hommes du port, des ordres du capitaine du navire, de ceux des matelots et des adieux des familles. À bord, les marins préparaient les voiles. Hercule hala le navire vers la mer puis lâcha prise. Le bateau, toutes voiles hissées, claquant fièrement au vent, s'élança, majestueux, vers le large.

— Ça fait quelque chose, fit Jules à Quito.

— Oui, bon vent, bonne mer à lui, que l'équipage revienne sain et sauf.

Le *Saint-Louis* le suivit de près. Un rafiot rafistolé qui n'avait plus la superbe du *Mathilde*. Les amis reconnurent Ray et lui adressèrent un signe de la main.

9

Élise était née la même année que Jules et, hasard ou coïncidence, une grande affinité régnait entre eux, de ces affinités qui ne se commandent, tout comme l'amitié ou l'amour, cet accord intuitif qui place les êtres au diapason. Jocelyn l'appréciait aussi, si bien que de longues conversations se tenaient entre eux, bienveillantes ou taquines. Jules avait soif de connaissance, posait des questions sur l'actualité, s'informait et dévorait les pages que lui confiait le journaliste.

Élise accoucha en février 1910 d'une jolie poupée qu'elle prénomma Camille. Héloïse, la fille aînée de trois ans, s'était beaucoup attachée à Jules. Il jouait avec elle à cache-cache ou colin-maillard, la faisait sauter sur ses genoux, à cheval bidet et lui rendait de fréquentes visites. Élise effectuait un travail harassant, assistant les directeurs de l'usine de marchandises, réalisant les comptes, répondant aux courriers des fournisseurs et relançant les clients indélicats. Aussi, à peine les relevailles passées, se remit-elle à l'ouvrage, ayant trouvé une nourrice à deux maisons de chez elle. Jules se retrouva à cette période à court d'emploi. Le portefeuille de commandes diminua sur le chantier et monsieur Chantelot remisa son contrat jusqu'à nouvel ordre. Il se rendait régulièrement chez la nourrice qui gardait trois autres enfants. Lorsque ceux-ci étaient éveillés, elle les maintenait debout dans de hauts paniers semblables à des huches et leur faisait boire des biberons à longue tige, lesquels étaient fixés sur le devant des paniers, puis elle vaquait à ses affaires, suivie de près par Héloïse. Jules en fut étonné, il n'avait jamais vu de telles pratiques dans son village.

Un jour, il entra et trouva l'employée désemparée. Camille était malade, salissait ses changes par de violentes diarrhées et refusait de boire. Comme il connaissait le docteur Léon Dufour pour l'avoir croisé plusieurs fois à la distillerie et savait où se situait son cabinet, il décida d'y emmener la petite. Héloïse trépigna pour l'accompagner et il céda à sa demande, délestant la nourrice d'un lourd fardeau.

On entrait chez le médecin par la rue du Précieux-Sang, dans un modeste bâtiment. La salle d'attente était peuplée de femmes avec leurs nourrissons sur les genoux et les conversations allaient bon train. Jules prit place sur un des fauteuils à côté d'Héloïse, le bébé dans les bras, suscitant la curiosité de ces dames qui se turent soudainement. Afin de se donner une contenance, il se mit à observer le décor de la pièce. Sur le mur en face, une assiette dorée à l'inscription « Faute de mieux » représentait un casier grillagé empli de bouteilles. À sa droite, une affiche rappelait l'importance de l'allaitement. Plus loin, l'esquisse d'une femme donnant le sein titrait : « Œuvre fécampoise de la Goutte de lait », créée en 1894. Au-dessus de la porte du cabinet, on pouvait lire :

La Goutte de lait est une œuvre qui lutte contre la mortalité infantile par tous les moyens possibles. Elle donne conseil aux mères, elle encourage l'allaitement maternel. Elle distribue le lait quand le sein fait défaut ou est insuffisant.

Héloïse se tenait bien droite à ses côtés, sage et fière.

Lorsque ce fut son tour, le docteur Dufour salua Jules avec un grand sourire.

— Votre visage ne m'est pas inconnu, ce sont vos enfants ?

— Ceux de ma cousine. La petite a des diarrhées, c'est la nourrice qui les avait en garde.

Le médecin fronça les sourcils et examina le bébé, puis il hocha la tête et soupira.

— Avec quel biberon lui donne-t-on à boire ?

— Je ne sais pas, fit Jules. J'ai pu apercevoir plusieurs fois un flacon de verre avec une sorte de long tuyau.

— Comme ceux-là ? demanda le docteur en désignant une vitrine derrière lui, contenant sur une de ses étagères l'objet en question.

Jules approuva.

— C'est bien ce que je craignais, poursuivit l'homme, les biberons Robert. Ma bataille quotidienne. Les tiges portent des colonies entières de bactéries, de quoi infecter des dizaines de nourrissons. À cause de cette longue tige qu'on ne peut jamais nettoyer correctement, les enfants contractent des entérites, des diarrhées, si vous voulez.

Jules écoutait religieusement le discours pédagogique du médecin.

— C'est pourquoi, poursuivit-il, je préconise le lait humanisé, faute de mieux, c'est ma devise, quand l'allaitement est impossible.

— Et qu'est-ce que ce lait humanisé ? se risqua Jules.

— Du lait de vache, qu'on passe dans un appareil pour le stériliser et le rendre propre à la consommation. Les femmes viennent chercher leur casier de bouteilles chaque matin et paient, si elles le peuvent, en fonction de leurs revenus. C'est sur ce concept que j'ai fondé cette maison, la Goutte de lait, afin que les enfants grandissent en bonne santé.

Jules remercia le docteur, une lueur d'admiration dans le regard.

— Nous allons peser la petite et lui préparer un carnet de santé, pouvez-vous m'aider, Roberte ? lança-t-il à son assistante.

Celle-ci accourut et s'occupa de Camille tandis que le médecin disparaissait dans la pièce attenante au cabinet. Il revint avec un casier contenant six bouteilles emplies de lait et une autre, vide, surmontée d'une tétine.

— Il faut absolument la réhydrater. Je vous laisse ce biberon afin de lui donner de l'eau sucrée à boire tous les quarts d'heure, ainsi que du lait humanisé. Si elle ne veut pas téter ou si son état ne s'améliore pas d'ici demain, ramenez-la, je la ferai hospitaliser.

Jules ouvrit de grands yeux sous le poids de cette nouvelle responsabilité.

— Ça va aller ? demanda l'assistante, le voyant blêmir.

— Je devrais m'en sortir, répondit Jules d'une voix mal assurée.

Le docteur Dufour le raccompagna et lui tapota l'épaule dans un geste amical.

— Si seulement la moitié de mes patientes avait votre dévouement. C'est une qualité rare chez un homme, de s'occuper des enfants, d'autant que vous semblez très jeune. Et toi, ma petite, comment t'appelles-tu ?

— Héloïse, répondit celle-ci fièrement.

— Un bien joli prénom.

Jules remercia cordialement le médecin et le salua avant de disparaître. Voilà qu'il se trouvait avec une nouvelle mission qu'il n'aurait jamais imaginé accomplir. Il s'en alla prévenir la nourrice qu'il veillerait dorénavant lui-même sur les enfants. Celle-ci ne fut pas de cet avis, voyant son salaire s'envoler. Elle et Élise avaient un accord et c'était un métier de femme qu'elle assurerait mieux que lui. Jules résista, considérant cette enfant comme un membre de sa famille et refusant de la mettre en danger. Il partit donc et garda Héloïse et Camille chez Eulalie le reste de la journée. Le jeune homme suivit à la lettre les conseils du bon docteur. Camille accepta de boire l'eau et le lait en faible quantité et ne pleurait plus de douleur lorsqu'Élise revint le soir, furieuse et inquiète, de chez la nourrice. La confiance était rompue. Elle l'avait congédiée, lui réglant son solde des quelques jours passés. Jules consentit à s'occuper de Camille quelque temps encore, jusqu'à ce qu'Élise trouve une employée plus qualifiée.

Le lendemain, la petite allait mieux, Jules l'avait veillée une partie de la nuit, suscitant l'admiration d'Eulalie. Élise fut éperdue de reconnaissance devant les prouesses de son cousin.

— Tu seras un merveilleux papa.

Jules s'investit de tout cœur dans cette besogne, pas seulement par obligeance mais parce qu'elle lui procurait un plaisir incomparable. Chaque matin, il achetait des jetons chez le pharmacien avec l'argent qu'Élise lui avait confié, puis il se rendait à la maison Goutte de lait pour y prendre les biberons. Le midi, Eulalie, Charles et Hugo rentraient et ils déjeunaient tous ensemble. Pendant la sieste d'Héloïse, il enrichissait le récit de ses *Feuilles voyageuses.*

— Qu'as-tu pensé du docteur Dufour ? lui demanda Eulalie.

— Un homme chaleureux et bon pédagogue, répondit Jules.

— Et modeste avec ça. Il a créé cette maison et beaucoup ont suivi. Plus d'une centaine rien qu'en France. Si j'avais su que cette nourrice utilisait encore les anciens biberons, fulmina-t-elle.

— C'est amusant ce nom, Goutte de lait.

— Cela vient d'une phrase d'un écrivain. Attends, j'ai dû garder l'article. Ah oui, voilà… Alfred de Musset.

Jules lut les lignes :

Ce n'est qu'un fils de plus que le ciel t'a donné
France, ouvre-lui tes bras sans peur, sans flatterie
Soulève doucement ta mamelle meurtrie,
Et verse en souriant, vieille mère patrie,
Une goutte de lait à l'enfant nouveau-né.

Élise finit par dénicher une jeune nourrice, qui n'avait en charge que son bébé. Malgré les cris déchirants d'Héloïse qui s'était beaucoup attachée à Jules, les petites lui furent confiées.

Jules, se trouvant désœuvré, réalisa que tous les enfants n'avaient pas la chance de Camille et que certains continuaient à s'empoisonner avec de mauvais biberons. Comme il vouait une profonde admiration au docteur Dufour et qu'ils avaient sympathisé, il alla presque naturellement lui proposer son aide. Il fut donc convenu que Jules visiterait les quartiers les plus pauvres de la ville, informant les femmes sur les dangers du biberon Robert et leur livrant les paniers de bouteilles de lait si elles le souhaitaient. Jules fut effaré de la misère qui sévissait dans cette partie de la cité. Une population de ruisseau où régnaient en maîtres la débauche et l'ivrognerie. Des silhouettes errantes, faméliques, vieillards podagres ou jeunes gens désœuvrés, et cette crasse repoussante dont étaient recouverts les enfants, à mille lieues des tenues impeccables qu'arboraient ses petits cousins. La chance n'était pas distribuée de la même façon pour tous, c'était certain.

La misère ne nichait pas seulement dans cette aile de la ville. Elle se drapait, insidieusement derrière chaque muret, au détour d'une ruelle, à l'angle du port, invisible au grand jour, noyée dans la masse des passants, des ouvriers, des marins. Ce n'est guère que la nuit qu'elle refaisait surface, lorsque Fécamp s'endormait, paisible, sourde aux râles et aux éclats de voix de ceux qui vivaient dehors. Jules l'avait amèrement découvert, lors de sa première nuit d'errance. Il s'était heurté à une jeune femme, couchée, ivre morte à même le trottoir, dans la rue des Prés. Dans ces logements modestes, cependant, la pauvreté était enclavée, isolée, dissimulée du mieux possible afin de ne pas ternir le cachet touristique de la ville.

Il se demanda si le médecin n'avait pas voulu le mettre à l'épreuve. L'évidence lui sautait aux yeux, il n'était pas le bienvenu dans ces quartiers. On criait parfois sur son passage, des phrases d'ivrogne qu'il laissait glisser sans en prendre outrage. Néanmoins, l'œuvre du docteur comptait de plus en plus d'adeptes et Jules rencontra de nombreuses femmes qui allaitaient elles-mêmes les nourrissons. Les autres, faute de temps, administraient encore le biberon incriminé. Il eut beaucoup de mal à décider les plus récalcitrantes d'entre elles, se faisant rabrouer par moments, n'utilisant pas le vocabulaire adéquat, un ton sans doute un peu péremptoire, et ne possédant pas la force de conviction de son aîné. Desservi par son jeune âge aussi. Chaque femme conquise représentait alors une victoire. Il leur promit d'assurer la livraison des biberons. Équipé d'un chariot, il s'en allait ainsi chaque matin accomplir sa mission. Une petite goutte de solidarité dans l'immense œuvre des Gouttes de lait. Sur son chemin il croisait souvent des enfants, sautillant, courant, jouant dans les ruelles avec des cerceaux, surgissant tels une nuée d'oiseaux, grondés parfois par une voisine lorsqu'ils se disputaient. Les cris des goélands semblaient leur répondre et les mouettes rieuses se réjouir de leurs jeux.

Un jour, alors qu'il passait rue Herbeuse, un caillou fit chavirer le chariot et quelques-uns des biberons basculèrent des caisses vers le sol. Il les releva, réalisant avec désolation que l'un d'eux s'était brisé. Les autres restaient miraculeusement intacts. Il se trouvait là une gosse d'à peine huit ans, assise à l'écart d'un groupe d'enfants, qui le regardait tristement. Elle s'approcha de lui, constata les dégâts, le lait répandu à terre et les bris de verre qu'il récupérait dans une toile.

— Ce n'est pas ma journée, fit-il.

Elle haussa les épaules sans rien dire. C'est alors qu'il aperçut des marques bleues sur sa peau et une griffure sur le bas de son visage.

— Tu t'es fait mal ?

— Je suis tombée, murmura-t-elle craintivement, les yeux tournés vers la porte d'une maison.

Une femme, vraisemblablement sa mère, en sortit, intriguée sans doute par le bruit de la conversation. Elle lui hurla dessus, la sommant de rentrer sans tarder. Jules parvint tout juste à dire :

— Mais ce n'est qu'une enfant.

La mégère le défia du regard et poussa la gosse à l'intérieur avant de claquer la porte derrière elle.

Cette rencontre l'avait mis très mal à l'aise. Cette gamine lui évoquait une fillette qu'il avait côtoyée dans sa jeunesse, le même regard embué de tristesse. Ses yeux cernés l'obsédèrent. Il se représenta mentalement la petite école du village et ne put se rappeler l'identité de l'enfant.

Lorsqu'il lui relata l'épisode, le docteur Dufour lui rétorqua :

— Je comprends votre révolte. Il reste encore tant d'injustices et tant d'actions à mener pour protéger les enfants. À qui en attribuer la faute ? Au manque de moyens sans doute. Nous sommes toujours démunis face à la maltraitance et il faut que survienne un malheur pour que les parents répondent de leurs actes, si ignobles soient-ils. J'espère que la société progressera dans ce sens.

Très vite, les deux hommes devinrent amis, si bien que Jules rendait fréquemment visite au bon docteur. Avec lui, il se sentait accueilli, sans l'ombre d'un jugement, plaisantait et évoquait son goût pour la littérature.

Le souvenir de ses années en pays de Bray lui parut soudain lointain. Il ne parvenait plus à se représenter distinctement le visage des membres de sa famille, à part ceux de Tom et de Célestine qu'il aurait pu dessiner tant ils lui semblaient proches. L'envie de les revoir ne le taraudait plus. Tout au plus en évoquait-il la possibilité. Célestine lui apparaissait alors dans toute sa tendresse, compréhensive, apaisante et aimante. Leurs conversations lui manquaient et il aurait parfois tout donné pour anéantir la distance qui les séparait. Il imaginait cependant la froideur de sa mère, ses sarcasmes et ses regards lourds de reproches tandis qu'il devrait repartir. C'est pourquoi il taisait ce désir et l'enfouissait si profondément qu'il finissait par ne plus exister.

Outre ce service de livraison, Jules effectuait sur le port d'autres tâches, comme le déchargement de marchandises. Avec l'aide d'ouvriers, il débarrassait les caisses empilées sur les bateaux et les hissait sur une charrette afin qu'elles parviennent à leurs destinataires. Dirlek ne le quittait pas des yeux. Bien campé sur ses grosses pattes à une distance raisonnable derrière lui, il se laissait caresser par les enfants qui passaient. Jules appréciait de plus en plus le caractère doux et fidèle de l'animal et son instinct hors normes. Il avait l'impression qu'il comprenait chacune de ses paroles et le regardait avec une expression qu'il aurait presque qualifiée d'humaine.

Jules put éprouver son intelligence sur le bassin. Un jour qu'il était occupé à attraper des caisses contenant des bouteilles de vin, Dirlek se mit soudainement à aboyer. Jules fit un pas vers l'arrière pour voir ce qui se passait et, l'instant d'après, une des caisses s'écroula à ses pieds. Sans les jappements du chien, il aurait été assommé. Quelle brave bête et quel instinct animal ! Les ouvriers saluèrent la performance et Dirlek devint la mascotte du port.

Puis un soir, Charles revint avec une bonne nouvelle. Il avait eu vent qu'un riche propriétaire de villa cherchait à rénover sa maison, mais qu'il ne trouvait pas de menuisier suffisamment qualifié pour réaliser des lambris sur ses murs et sculpter des poutres. Jules se présenta dans ce haut lieu de la bourgeoisie. L'acquéreur se nommait Martial Fouquet, il avait fait fortune à Paris dans le domaine de la finance puis avait acheté des appartements qu'il louait. Désormais rentier, il s'établissait à Fécamp dans sa nouvelle résidence. Cette maison de maître, immense, rehaussée d'un second niveau, était posée sur un grand parc sur lequel se trouvaient un colombier et plusieurs dépendances. Le bourgeois lui fit visiter les lieux, de belles pièces, d'une hauteur considérable, qu'il transformerait sans doute en villégiature à l'étage. Le décor en était épuré mais propre. L'activité consistait, si Jules acceptait l'offre, à fixer des placages sculptés sur les murs et des poutres au plafond, ainsi qu'à restaurer les portes et les fenêtres. Une tâche artisanale qu'il effectuerait seul, mis à part le gros ouvrage pour lequel un ouvrier l'assisterait.

Jules jaugea la quantité d'heures nécessaires pour une telle rénovation. À vue d'œil, les travaux s'étaleraient sur plus d'un an. De quoi lui permettre de subvenir à ses propres besoins. Il montra à Martial Fouquet son carnet de réalisations, le dessin des sculptures accomplies à l'église d'Hodeng-Hodenger et les coques des bateaux sur le chantier naval. L'homme, visiblement impressionné, l'embaucha sur-le-champ. Jules pourrait, s'il le souhaitait, loger dans une des dépendances du parc, aménagée à cet effet avec un poêle, un lit et une table, un ameublement sommaire mais qui lui permettrait d'avoir son autonomie. Le puits de la propriété subviendrait à ses besoins en eau. Jules sentit qu'il était en position de négocier, réclama de pouvoir y amener son chien et que le logement lui soit fourni gratuitement. Monsieur Fouquet accepta en souriant. À charge de Jules de se pourvoir en bois de chauffage et de nettoyer le parc des salissures de l'animal. L'accord était scellé.

C'est ainsi que Jules quitta la maison familiale un an jour pour jour après son arrivée. Il promit de revenir souvent, au moins une fois par semaine et sans faute pour le sacro-saint dimanche mensuel.

10

Une nouvelle vie commença pour lui. En journée, il travaillait à la rénovation du manoir, taillant et sculptant le bois dans une dépendance qui lui tenait lieu d'atelier de découpe. Lui qui jusque-là avait tourmenté le chêne et le hêtre se familiarisa avec le noyer au grain serré, fut surpris du rouge de l'acajou, de la tendresse du merisier et de l'élasticité du frêne. Une qualité qui se prêtait parfaitement à l'exercice du placage et lui rappelait combien le temps peut paraître élastique lui aussi.

Durant les pauses qu'il s'octroyait, il avait parfois une pensée pour sa vie d'avant, mesurant combien semblaient heureux certains événements et d'autres plus pénibles. À l'époque, il aurait volontiers écourté les déjeuners familiaux rendus interminables par l'attitude réprobatrice de sa mère. Il les aurait échangés contre la lueur de fierté dans les yeux de son père, à la suite d'une partie de choule dont il était sorti vainqueur. Celui-ci aimait le voir réussir, mais avait cette pudeur masculine à retenir les compliments et les démonstrations affectives. De plus, son travail l'obligeait à s'absenter fréquemment du cadre familial.

Heureusement, Jules pouvait compter sur la protection amicale du Jabot, l'employé de ferme qui veillait sur Tom et sur lui. Il les amusait, leur avait appris comment pêcher, une présence rassurante à laquelle Jules pouvait se confier, sans risque d'être mal jugé. Son père louait la persévérance d'Hector qui, loin de sa région natale, avait construit leur avenir à partir de rien. Jules avait lu dans ses yeux une admiration pour celui qui savait nager et distribuait ses cours aux plus jeunes dans l'étang. Son père éprouverait sans doute de la fierté pour lui aujourd'hui. Cette pensée pour ses proches ne le poussait pourtant pas à les rejoindre. S'il fléchissait, les derniers mots de sa mère résonnaient en lui, durs et cruels : « Si tu craques, inutile de revenir. » Il s'était dicté cette discipline, rester fort quoi qu'il advienne.

En fin de journée, Jules retrouvait son ami Quito sur la place du casino. Ensemble, ils marchaient le long des quais ou allaient boire un verre. Dans la salle de l'Union, ils assistaient à des représentations musicales, sous la forme de pièces de théâtre, la plupart du temps. De jeunes femmes en haut chapeau de plumes y donnaient du verbe et chantaient à tue-tête. De bien jolies filles élégamment vêtues. Les deux hommes restaient souvent après le spectacle au bar du casino, ils savaient que les interprètes aimaient y prendre un verre et que ce serait l'occasion de les y rencontrer. Quito passait en général une partie de la soirée en bonne compagnie, à converser sur la terrasse. Jules, plus hardi et conscient de son charme, repartait rarement seul.

La première artiste qu'il connut se prénommait Sophia. Elle était chanteuse et se produisait sur les planches de Rouen et du Havre. Cette bourgeoise volubile lui avait fait les yeux doux depuis la scène, durant le dernier acte de la pièce. Il n'eut pas à déployer des trésors d'éloquence pour la ramener chez lui. Elle s'offrit avec empressement à ses baisers et s'allongea avec une facilité qui le déconcerta. Cette femme n'était certes pas sa première conquête.

La première de sa vie avait été Marcelline. Elle habitait le petit village de son enfance, en pays de Bray. Marcelline et ses courtisans, la plus jolie fille de la ferme Pierlot. Amoureuse éperdue, elle s'était donnée à lui après une fête de la moisson dans la grange de Baptistin. Il en conservait un souvenir ému. Leur union s'était malheureusement émoussée avant l'issue de la première année. On les disait d'avance promis l'un à l'autre et l'on prévoyait de les marier. Pourtant l'avis de Jules changea au fil des mois. Le jeune couple qu'ils formaient sombrait déjà dans une monotonie qui dépassait leur âge, pensait-il. Ses préoccupations à elle se résumaient en deux mots, enfant et mariage, un avenir qu'il n'envisageait pas et qui lui donnait envie de prendre ses jambes à son cou. Jules réfléchissait trop, regrettait de ne pas avoir la maîtrise de sa vie et perdait pied. Il rêvait de quitter la commune avec elle pour découvrir d'autres horizons, quitte à revenir ensuite. Lorsqu'il lui avait fait part de ses aspirations, elle s'était mise à pleurer. Plus jamais il n'avait osé aborder le sujet mais une gêne était demeurée comme suspendue entre eux. Le flux de leurs conversations s'était tari et ils avaient fini par ne plus se fréquenter. Il avait décidé de s'éloigner de la région, seul.

Sophia lui semblait si légère et si désinvolte que leur relation devint récréative. Il prenait garde à ne pas la mettre enceinte, sauf un jour où, empressé, il n'avait pas pu se contenir. Elle l'avait sermonné puis, en riant, s'était à nouveau donnée à lui. Leur liaison restait entretenue dès lors qu'elle arrivait du Havre pour ses représentations. Puis elle ne vint plus, une fois la tournée achevée, sans le prévenir. Il sut par l'un de ses amis que le spectacle ne serait plus programmé à Fécamp.

C'est alors qu'il rencontra Alice, une actrice qui jouait les seconds rôles dans une pièce de théâtre. Alice se montrait timide et tendre, parlait d'une voix à peine audible, sitôt quittée la scène. Elle ne résista pas à son charme et il la ramena dans la dépendance du parc. Leur union fut douce et délicate. Elle revint plusieurs fois, prit de l'assurance, souhaita le voir davantage. Leur accord tacite devenait invalide. Jules ne voulut pas s'engager dans une relation durable et préféra y mettre un terme. Il connut alors Georgette et Irène, au gré de leurs numéros. Irène était une chanteuse lyrique qui l'étonnait par ses registres de voix, tantôt suave et tantôt haut perchée. Lui qui mémorisait peu les prénoms finit par se tromper et prononcer Sophia au lieu d'Irène, courrouçant cette dernière.

Sa résidence se mua en garçonnière sans que le propriétaire des lieux y prête attention, les jeunes femmes s'esquivant avant le lever du jour. Cependant, Irène avait la fâcheuse habitude d'exprimer son plaisir à grands bruits et assortiments de vocalises qu'elle semblait ne pas contrôler. Aussi était-il devenu tout penaud lorsqu'un matin, Martial l'avait questionné avec un sourire qui ne laissait aucun doute.

— Alors Jules, la nuit a été bonne ?

Le docteur Dufour lui demanda un jour sur un ton désinvolte :

— Comment vont les amours, mon cher Jules ?

— Rien de bien sérieux pour l'instant.

— Et dans ton pays de Bray, aucune fiancée qui se languisse de toi ?

— Hum, il y avait bien Marcelline qui voulait que je l'épouse. Seulement, la perspective d'une vie toute tracée, monotone, ne m'a pas emballé.

— Elle n'a pas fait chavirer ton cœur, voilà tout. Mais j'ai vu avec quel intérêt tu regardes les bébés qui viennent ici et comment tu as pris soin de ta petite cousine. Le rôle de père t'épanouira, c'est certain.

— Pour l'instant, je ne tiens pas à m'engager.

— Est-ce parce que tu ne comptes pas rester dans la région ?

— Les femmes que je rencontre ne souhaitent pas fonder une famille. Nous passons de bons moments mais ce sont des aventures sans lendemain. Je prends surtout bien garde à ne pas les mettre enceintes.

— Si tu as beaucoup de liaisons, méfie-toi aussi de ne pas contracter la syphilis, autrement dit la vérole. Parmi nos célébrités, quelques-unes ont payé le prix fort pour de simples amourettes. En cette matière, rien ne vaut le préservatif.

Malgré le ton bienveillant et paternaliste du médecin, Jules adopta l'air penaud de celui qui, pris en faute, reçoit une leçon. Le docteur Dufour ouvrit un tiroir.

— Je n'ai plus de ce modèle-ci, « Le voluptueux », mais je peux te donner cet autre. Ils viennent de Paris, des « Crocodiles », entièrement lavables.

Il lui tendit un exemplaire du caoutchouc-soie protecteur. Le jeune homme parut un peu emprunté à l'idée de revêtir cet objet au nom insolite. Percevant son hésitation, monsieur Dufour arbora un argument de choix :

— Toi qui apprécies les bébés, sache que ces maladies peuvent te rendre stérile.

Convaincu, il accepta l'article et porta les mains à ses poches pour y trouver quelque argent mais le médecin refusa, arguant sa contribution à l'œuvre des Gouttes de lait.

Avant sa première utilisation, il scruta l'objet, devisa intérieurement, *mettra, mettra pas*, puis se souvint des arguments du docteur et finit par l'adopter. Dès lors, il vécut ses liaisons dans une totale insouciance, lavant, séchant, talquant et roulant le « Crocodile » après chacune de ses aventures dans un appareil savamment baptisé « Verifior », toujours étonné qu'aucune des filles ne s'esclaffe à la vue de son anatomie ainsi parée. Au contraire, elles s'estimaient en confiance, rassurées et surprises qu'un homme prenne une telle initiative pour les protéger. Cet artifice lui conférait le rôle d'un gentilhomme.

Après avoir effectué ses travaux de menuiserie dans la maison, il se rendait sur le front de mer, traversait le port en sifflotant gaiement, heureux d'échanger un sourire ou une conversation avec les ouvriers, leur donnant parfois un coup de main, riche de ces bonheurs simples qui font le sel d'une journée réussie. Il avait le sentiment d'être apprécié, on le saluait et l'on caressait Dirlek.

Aux déjeuners mensuels chez Eulalie, il apportait dorénavant une bouteille de cidre et des bonbons au sucre de pomme qu'il dénichait dans une confiserie, rue du Bail. C'est avec beaucoup de plaisir qu'il revoyait ses cousins et jouait avec les enfants. La petite Camille se portait à merveille, il la trouvait changée à chaque rencontre. Héloïse s'asseyait toujours à ses côtés dans le salon, lorsque les hommes, réunis, repeignaient le monde, au fil de l'actualité narrée par Jocelyn. Le *Journal de Fécamp* se révélait un moyen idéal pour suivre *Les Nouvelles maritimes* du navire le *Mathilde*.

En mars, le navire-hôpital le *Saint-François d'Assise* quittait Le Havre pour effectuer sa campagne d'assistance aux pêcheurs des hauts-fonds d'Islande et des bancs de Terre-Neuve. Jules pensait souvent à Ravasse. L'avait-on secouru ? Pour le moment, il comptait bien garder Dirlek auquel il s'était attaché, d'autant qu'il avait dû le déclarer à la ville qui l'avait sommé de s'acquitter de la nouvelle taxe en vigueur. La commune ne plaisantait pas avec les resquilleurs.

Élise était venue lui rendre visite à la villa bleue avec les deux filles, amusée que Dirlek ait trouvé sa place à l'intérieur de la dépendance, sur un tapis à côté du poêle. Une vision que n'aurait pas appréciée Eulalie.

Dès le mois de mai, Hugo et Quito vinrent régulièrement le chercher pour aller nager, il s'agissait de ne pas perdre l'entraînement durement acquis. À l'issue de leur exercice, les trois hommes prenaient en général un verre au Café du commerce ou à celui des colonnes, place Thiers. La façade très chic ressemblait à ces illustrations des grands boulevards parisiens. Ils se rendaient ensuite au café de la Tour afin d'y admirer la vue splendide sur la digue et le casino, puis descendaient en empruntant la côte de Renneville ou l'escalier le long de la falaise jusqu'à la plage.

Jules avait le sentiment de vivre les plus belles années de sa vie avec la certitude que ce bonheur ne durerait pas indéfiniment. En août, les lignes du journal annonçaient que le steamer *Chiripo*, arrivé à Liverpool, avait rencontré le terre-neuvas le *Mathilde* au large de Saint-Pierre, que tout allait bien à bord. Le navire rapportait cent soixante tonneaux de morue. Un mois plus tard, le même journal dévoilait dans ses pages qu'un malheur s'était produit en mer. Jules lut l'article à voix haute devant ses cousins :

Un désastre à Terre-Neuve. La tempête qui a sévi a causé un véritable désastre parmi la flottille de pêche de Terre-Neuve. Le navire Saint-Louis a sombré, emportant les soixante matelots. En outre, on signale plusieurs autres bateaux qui sont désemparés.

Tout à sa lecture, il se remémora le visage jeune et rieur de Ray sur le bateau dans le chenal et éprouva une peine profonde.

— Ce navire appartenait à Léonce Bures qui ne l'a pas rénové comme il l'aurait dû, soupira-t-il.

— C'est cet armateur qui possède plusieurs morutiers sur le port ? s'intéressa Jocelyn.

— Oui. Il est aussi propriétaire de *L'Étoile de mer* qui n'a pas pu naviguer cette année. Le chantier le remet en état en ce moment. D'après Quito, monsieur Bures a perdu un autre bateau, le *Gaëtan*, l'an passé et ses finances battent de l'aile. Sa maison serait même hypothéquée. Pas étonnant qu'il ait laissé partir le *Saint-Louis* sans faire les réparations nécessaires.

— Dans ce cas, il est fini, fit Charles. Les assurances ne suffiront jamais à compenser les pertes. Il y aura un long procès pour tenter d'indemniser les familles.

Jules songea au *Mathilde*. Le voilier s'en était-il tiré sans dommages ?

Fort heureusement, le bateau débarqua dans le chenal à la fin du mois d'octobre. Jules l'entrevit. Aucun drapeau en berne qui aurait indiqué qu'un malade se trouvait à bord ou que des marins manquaient à l'appel. En outre, le navire n'avait rien perdu de sa superbe.

Lorsque son œuvre sur la villa bleue fut terminée, Jules rénova une maison que venait d'acquérir le maître de la finance et qu'il comptait louer à des vacanciers.

11

Les époux Fouquet aimaient organiser des réceptions dans leur villa. Une à deux fois par semaine avait lieu ce que le maître appelait ses dîners littéraires. Ayant aperçu quelquefois son locataire, les bras chargés de livres de la bibliothèque de Jocelyn, il lui avait tout naturellement proposé de se joindre à eux.

— Ce sont des dîners tout simples et vous verrez, le climat y est détendu. On plaisante. Ceux qui le souhaitent parlent d'un livre qu'ils ont aimé, certains en apportent un et en lisent parfois un court passage. On s'échange des ouvrages. Mais rien n'est obligatoire. Certains ne font qu'écouter. C'est souvent mon cas d'ailleurs, ajouta-t-il avec un petit rire.

Jules avait toujours refusé l'invitation de crainte de ne pas se sentir à son aise, car Martial recevait des célébrités du monde de l'art et de la littérature. Cependant, fort de l'attention qu'il avait obtenue lors du déjeuner chez Eulalie, il décida de contrer sa timidité et accepta la proposition. Juste avant de s'y rendre, nerveux comme un débutant, il parcourut de long en large son logement, hésitant, soupirant, ignorant quel livre emporter. Devait-il venir observer dans un premier temps le déroulement des opérations ?

Depuis son embauche aux services de monsieur Fouquet, son train de vie s'était nettement amélioré. Avec l'accord du maître, il avait de prime abord construit une niche pour Dirlek, cabane qu'il avait recouverte de branchages fins simulant le chaume et qui avait amusé Élise et Héloïse. Surtout, le logement ne lui coûtant rien, il pouvait enfin s'offrir ses propres livres et les dévorer avec frénésie. Il trancha sur un ouvrage, tout juste achevé, qui lui donnerait une contenance, au cas où il peinerait à se mêler aux conversations. C'était un recueil de nouvelles de Guy de Maupassant *L'Inutile beauté*, qu'il avait grandement apprécié.

Vêtu d'un costume noir trois pièces et d'une chemise blanche, et coiffé d'un chapeau haut-de-forme, il se présenta le premier sur le seuil de la villa bleue. Les époux Fouquet le félicitèrent pour sa tenue sobre et élégante, ne l'ayant pour ainsi dire jamais vu autrement qu'en pantalon et sarrau d'artisan. Il conversait avec Martial dans le vestibule tandis que Sylvaine s'affairait aux préparatifs, sa grande passion. Monsieur Fouquet lui détailla le menu, filet de merlu à la crème avec une poêlée de légumes à la normande, le tout assorti d'un gratin de pommes de terre au camembert. Sylvaine protesta depuis la cuisine :

— Laisse-lui la surprise, au moins celle du dessert.

Martial appliqua le doigt sur sa bouche au lieu de riposter et ils rirent de bon cœur.

— Je vous entends, fit Sylvaine.

— Posez donc votre livre sur la commode, proposa-t-il, je vous emmène au salon.

Des fumets d'épice et de sauce au vin blanc mirent Jules en appétit. Ses repas frugaux comportaient de temps à autre du hareng ou une tranche de lard qu'il cuisait sur le poêle de la dépendance, mais le plus souvent il garnissait une portion de pain de pâté ou de fromage. Pour son chien, il composait lui-même un mélange à base de poisson ou de viande auquel il ajoutait du pain et des biscuits de mer dont Dirlek raffolait.

À peine eurent-ils pénétré dans la pièce que l'on sonna à l'entrée. Deux peintres de renom apparurent dans l'encadrement de la porte, des impressionnistes. Martial fit les présentations et retourna aussitôt accueillir un troisième artiste, André Leroux.

— Nos amis peintres sont tous là, fit-il.

— Oui, et je suis enchanté de revoir mes confrères, répondit le nouveau venu. Il s'adressa à l'un d'entre eux qui se prénommait Pierre. Logez-vous chez votre bon docteur Hacks ?

— Évidemment, je me fais toujours un honneur de m'établir chez lui. Il a si bien soigné ma bronchite et je dois reconnaître que l'air marin me fait le plus grand bien.

— J'ai ouï dire que votre *Chapelle des marins* s'est très bien vendue.

— En effet, le conseil municipal me l'a achetée pour cinq cents francs. Et pour vous, comment vont les affaires en ville ?

L'homme dirigeait une entreprise de peintures. Jules avait maintes fois longé la devanture de son établissement en se rendant à la librairie Banse.

— Eh bien, je délègue de plus en plus souvent la tenue du magasin à mon second pour me consacrer à mon art. Avec mes amis peintres, nous nous réunissons de temps en temps. N'est-ce pas Henri ? fit-il en s'adressant au troisième invité.

— Ah, l'école de Fécamp ! Comment aurions-nous fait connaissance sans elle ? répondit ce dernier.

Martial vint au secours de Jules qui écoutait, médusé, la conversation des trois hommes, sans oser intervenir.

— Notre commerçant fécampois est l'auteur du *Chemin de Grainval*. Monsieur Pierre Prins, quant à lui, travaille davantage sur des fermes ou des chapelles mais il réside rarement dans la région.

— C'est exact. J'ai des attaches à Paris et des obligations, comme tout un chacun. Ma famille possède une entreprise de parapluies et de pommeaux de cannes. J'y ai longtemps travaillé comme sculpteur mais le dessin et le pastel ont toujours été mes grandes passions et j'ai décidé de m'y consacrer entièrement. Depuis j'arpente les rivages de Bretagne et de Normandie afin d'assouvir ma fièvre de pastelliste. Paris est une ville agréable, surtout l'hiver.

— Henri se rend également à Paris, de temps à autre, fit Martial.

L'homme approuva :

— Principalement l'hiver moi aussi, j'y croque des portraits et des scènes de vie. L'été, je vis à Bénouville et j'y peins sur la plage. Et vous, mon jeune ami, dans quelle partie êtes-vous ?

— La menuiserie, principalement. J'aime aussi crayonner de temps à autre, juste par distraction. Je n'ai aucun talent, fit Jules humblement.

— Vous crayonnez, reprit le peintre, amusé. Du moment que vous en éprouvez du plaisir, c'est tout ce qui compte. N'est-ce pas ce qui nous anime tous à l'idée de poser notre chevalet ?

— Ne soyez pas si modeste Jules, assura Martial. Il m'a réalisé quantité de jolies choses dans cette villa, la marqueterie et les montants de fenêtre entre autres.

Il s'en alla ouvrir, car on sonnait à la grande porte.

— Vous êtes un véritable artiste dans votre domaine, le louangea Pierre. Et vous êtes si jeune. La valeur n'attend point le nombre des années.

Jules rougit sous le compliment.

D'autres personnalités pénétrèrent dans le salon. Jules connaissait certains visages tels que celui du libraire et bibliothécaire Banse et le couturier des magasins Pont Neuf. Martial lui présenta Henri de Monfreid, nouvellement installé dans la région, qui exerçait le métier de chimiste pour la société laitière Maggi et adorait naviguer en barque lorsqu'il en avait l'occasion.

— Je manque de chance, mes amis, fit-il, le trois-mâts goélette *Turenne* que je prévoyais d'acheter vient tout juste de couler.

— Quelle guigne en effet ! commenta l'un des peintres. Ce n'est que partie remise, j'imagine.

— Nous verrons.

Jules se prit de sympathie pour ce jeune aventurier de la mer, aux larges moustaches, féru comme lui de littérature. Il adorait sa coiffure, des cheveux peignés haut sur un front dégagé, qui lui donnait une allure décontractée. Ce dernier l'invita à le visiter quai Guy-de-Maupassant.

— Vous verrez ma compagne Lucie et mes deux jeunes enfants.

Le cercle fut au complet lorsqu'arriva Marie-Gabrielle Legrand, fille d'Alexandre Legrand, fondateur de la distillerie Bénédictine, une présence qui féminisa l'assemblée.

Après avoir trinqué à Jules et Henri de Monfreid, les nouveaux venus, on prit place à table. Les mets enchantèrent les papilles. Visiblement, Sylvaine s'était surpassée. Son colin à la crème et son gratin de pommes de terre au camembert étaient divins. Jules se trouva vite à son aise. On parla finalement peu de littérature mais des événements musicaux de la ville et du nouveau casino. Les deux peintres parisiens se réjouissaient d'être de retour à Fécamp, les gens ne connaissaient pas leur bonheur de vivre ainsi en bord de mer. Jules admit qu'il s'était beaucoup attaché à cette ville, à cette atmosphère si particulière et toujours animée du littoral. Il évoqua brièvement ses racines brayonnes, partagea son ravissement pour l'ambiance singulière d'Yport et son attrait vertigineux pour Étretat. Cette côte bordée de hautes falaises l'enchantait mais Yport avait un charme insolite, avec ses plages enclavées sur lesquelles étaient disposées des caloges. Quant à Étretat, nul ne pouvait y résister.

Le dessert, composé d'une mousse aux pommes et d'une brioche à la crème, remporta un franc succès. On complimenta Sylvaine pour ses talents de cuisinière et on l'applaudit en lui improvisant un ban. Après cette joyeuse note de fin de repas, chacun présenta aux autres le livre qu'il avait apporté et l'on conversa dans le salon. Les peintres parisiens avaient oublié cette consigne mais monsieur Banse disposait de plusieurs ouvrages de la bibliothèque. On put ainsi effectuer l'échange.

Jules évoqua son admiration pour Guy de Maupassant et cita une des nouvelles du recueil qu'il avait en main, *Le Noyé*, qui avait pour cadre Fécamp. Le récit dépeignait la violence conjugale entre une femme nommée Désirée et son mari Pantin, une fable à l'ironie mordante que savait si bien manier l'auteur. Celle-ci plut à Sylvaine qui lui emprunta l'ouvrage. Monsieur Banse avait apporté des livres classiques de Voltaire, de Mérimée et de George Sand. On retrouva, grâce à Henri de Monfreid, la version française du *Chien des Baskerville*, de Conan Doyle, un exemplaire de *Claudine à Paris*, signé du pseudonyme Willy, qui faisait fureur dans la capitale et qui enthousiasma Marie-Gabrielle Legrand. Victor Hugo fut à l'honneur avec *Les Travailleurs de la mer*.

Jules emporta un ouvrage de Maurice Leblanc, *Arsène Lupin, gentleman cambrioleur*. Il n'avait encore jamais lu de nouvelles de ce genre et son auteur habitait Étretat. Parmi les œuvres policières qu'avaient amenées les convives se trouvait aussi *Le Mystère de la chambre jaune*, un roman que venait de publier l'écrivain Gaston Leroux. Jules se réjouit à l'avance de tous les récits qu'il allait pouvoir découvrir.

À l'issue de la soirée, lorsque Jules revit Martial, il lui posa une foule de questions sur les peintres qu'il avait côtoyés, questions qu'il n'avait pas osé leur poser en personne, de crainte de démontrer son ignorance en la matière.

— Ces messieurs sont des impressionnistes, tout comme Claude Monet, expliqua Martial. Pierre Prins que vous avez rencontré est veuf depuis de nombreuses années. Il était marié à une violoniste, qu'il avait connue lors d'un dîner chez Édouard Manet. Sa femme Fanny figure d'ailleurs sur un des tableaux du maître, *Le Balcon de Manet*, si vous avez l'occasion de le voir dans un des musées parisiens. C'est la jeune femme mélancolique derrière Berthe Morisot.

Jules, admiratif, se promit qu'un jour il parcourrait un de ces musées.

Il tenta à maintes reprises de rendre visite à Henri de Monfreid. Il y trouva sa femme, fort aimable, et leurs deux enfants, mais pas lui, qui était sorti pour une promenade en mer.

Jules se rendit au déjeuner mensuel chez Eulalie.

— Tiens, tu as changé de coiffure, lança celle-ci. Elle te va très bien.

Chacun lui adressa son compliment. Ses cousins ne l'avaient connu que peigné d'une raie croisée sur le front, raie qui lui donnait un côté garçon de bonne famille. Celle-ci, plus haute que la précédente lui conférait une allure rebelle.

Jocelyn persifla à l'écoute de son récit.

— Quel cénacle ! Bientôt, nous ne serons plus assez intéressants pour toi.

Ce dernier s'amusa de la plaisanterie.

— Vous êtes ma famille, et ça ne risque pas d'arriver. Pour un simple individu comme moi qui a encore tant à apprendre, c'est enrichissant. J'aurais aimé revoir Henri de Monfreid mais à chaque fois que je passe chez lui, il est parti en mer.

— Ce n'est pas le nouveau patron de la laiterie Maggi ? demanda Charles.

— Si, je crois bien.

Il y eut des sourires entendus.

— Quoi ? sourcilla Jules.

— Tu le connais bien ?

— Je ne l'ai rencontré qu'une fois, un type affable.

— Une rumeur court sur lui, en ce moment, dans le milieu de la restauration, expliqua le cuisinier. Un trafic sur son beurre, à ce qu'on dit.

— … ?

— Oui, il se fournit en cocose à Marseille. C'est de l'huile de coco, il la mélange à la crème et il baratte le tout. Le cocose coûte trois fois moins cher que la crème.

— Et voilà comment on s'enrichit, ajouta Charles. Ni vu ni connu.

— Ni vu ni connu, pas pour longtemps, conclut Jocelyn.

— Et vous êtes sûrs de tout cela ? demanda Jules, un brin déçu.

— Comme on dit, pas de fumée sans feu.

Après le repas, Paul, l'avocat, avait une surprise à dévoiler. Il proposa à chacun de l'accompagner dans le long corridor qui menait à la porte d'entrée. Il l'ouvrit, s'y posta et, à l'instar d'un magicien, fit monter le suspense :

— Mesdames et messieurs, je demande toute votre attention. Vous n'en croirez pas vos yeux. Êtes-vous prêts ?

Les hommes se pressèrent derrière lui, puis les femmes, elles-mêmes suivies de près par les enfants qui ouvraient des yeux ébahis.

— Voici *La Plus Simple*, primée à l'Exposition universelle dans sa version améliorée.

Chacun put admirer sa nouvelle acquisition, un petit bijou de technologie, la 10 CV de René Legros. Le cuisinier siffla, tandis que Charles et Jocelyn examinaient la berline à l'ossature acajou, surmontée de glaces et d'une capote noire. Les femmes appréciaient, quant à elles, l'esthétique du carrosse.

— Combien de personnes peuvent monter à bord ? s'enquit Jocelyn.

— Jusqu'à six.

— Tu as prévu large, fit le cuisinier.

— J'anticipe, admit Paul dont la famille comptait deux enfants.

— Si vous le souhaitez, je vous emmène faire un tour.

— Tu as le droit de la conduire, tu es sûr ? pouffa Hugo.

— Je viens d'acquérir mon diplôme de capacité mais c'est comme vous voulez…

— Je serai ravi d'être assis à l'intérieur, fit Jules.

— Et ça monte à quelle vitesse, ces petits bijoux ? s'enquit Charles.

— Oh, je vais essayer de ne pas dépasser les 120 kilomètres à l'heure.

Devant l'air dépité de Charles, tous éclatèrent de rire.

— Je tente ma chance, s'enhardit Jocelyn. Advienne que pourra.

— Je réserve ma place pour le tour suivant, fit le cuisinier.

— Pareil pour moi, annonça Hugo.

— Et vous, Charles ?

— Nous n'allons pas laisser ces dames sur leur faim, admit ce dernier, pas très rassuré. J'attendrai votre retour.

C'est à Jules, Jocelyn et Élise que revint finalement le privilège d'effectuer le premier trajet. Les époux prirent place à l'arrière tandis que le jeune homme s'installait à côté du conducteur. L'avocat roula à une allure raisonnable jusqu'à l'abbatiale puis accéléra sur la route de Rouen et, à la surprise générale, l'engin, équipé d'un moteur à deux temps, atteignit les 70 kilomètres à l'heure. L'assise était confortable même si la chaussée, mal carrossée par endroits, engendrait quelques secousses. On parvint jusqu'au village de Toussaint puis Paul fit demi-tour. Tout en maîtrisant sa berline avec dextérité, il en fit l'éloge avec une pointe d'orgueil :

— Je ne suis pas le seul à avoir opté pour ce modèle. Le pharmacien Métais en possède une aussi et le docteur Dufour vient de remplacer sa Peugeot par une Legros.

Les occupants, à l'arrière, acquiescèrent par des murmures d'approbation, se laissant porter par la route, bercés par le roulement du moteur. Quant à Jules, il paradait à l'avant, notant que les gens se retournaient sur leur passage pour voir qui se trouvait à bord. Il aperçut soudain Mathilde Cassin, la femme de l'armateur. Il se redressa d'orgueil et bomba le torse en passant à ses côtés. Celle-ci le regarda avec un sourire amusé.

Jules fut convié à d'autres dîners qu'il accepta avec un plaisir grandissant. Il ne revit jamais Henri de Monfreid. Les livres apportés lors de la première rencontre avaient suscité un tel engouement que chacun désira les avoir tous lus, ils passèrent donc de main en main. Jules s'enrichit ainsi des dernières parutions littéraires. Hormis Pierre Prins qui ne vint plus, ni Henri de Monfreid, le cercle des invités variait peu. L'occasion pour Jules de se familiariser avec chacun d'entre eux. Parfois, une nouvelle personnalité de la ville les rejoignait. C'est ainsi que Jules fit la connaissance d'un chansonnier local qui fit prendre au dîner une tournure comique.

On s'y amusa à entonner des refrains, tels ceux de *Nini peau d'chien* ou de *La Petite Tonkinoise* :

Pour que j'finisse mon service
Au Tonkin, je suis parti
Ah ! Quel beau pays mesdames
C'est l'paradis des p'tites femmes
Elles sont belles et fidèles
Et je suis dev'nu l'chéri
D'une petite femme du pays
Qui s'appelle Mélaoli

Jules apprit par Martial qu'Henri de Monfreid avait fui la Normandie pour s'installer en région parisienne près de Melun. Il y avait acquis une laiterie qu'il comptait bien faire prospérer.

C'est à cette occasion que Quito fit la connaissance de France, une institutrice originaire de Bretagne, qui venait d'emménager à Fécamp. Une femme douce et volontaire, à la chevelure d'or et au teint clair. Un joli contraste avec la toison noire et la peau mate de Quito. Il en tomba éperdument amoureux.

Jules, qui portait la moustache et un mince collier de barbe, se rendait chaque semaine chez le coiffeur. Dans l'une des revues disponibles, une publicité vantait les mérites d'un tout nouveau rasoir à double tranchant. Sans plus attendre, il pénétra dans une boutique d'articles en tous genres, de la brosse à la colle en passant par les jouets, sorte de bric-à-brac pour les collectionneurs, caverne d'Ali Baba où les produits en vogue trouvaient leurs acquéreurs. On pouvait également y réserver les dernières nouveautés. Jules n'eut nul besoin de passer commande, il en ressortit avec l'objet dernier cri, assorti de sa pierre d'affûtage, et avec les compliments du vendeur. « Vous verrez, vous ne le regretterez pas. » Il ne le regretta pas en effet, se rasa quotidiennement la barbe dehors, ayant posé un petit miroir sur le rebord de la fenêtre. Après quelques ratés et menues coupures, il parvint à maîtriser l'outil qu'il aiguisa soigneusement chaque semaine sur son repasseur. Dès lors, il ne conserva que la moustache, ce qui lui donnait un côté séducteur, comme le lui dit Sylvaine en plaisantant.

12

Une revue d'opérette fut jouée au mois de décembre 1910, à la salle du Val-aux-Clercs. Elle s'intitulait *As-tu vu la comète ?* L'événement était très attendu, annoncé depuis de longues semaines par des affiches placardées dans toute la ville. Jules s'y rendit avec Hugo, Eulalie et Charles, Martial et Sylvaine Fouquet. Bon nombre de notables de Fécamp s'étaient déplacés pour l'occasion. Quito et France étaient venus, accompagnés de Maria. Jules la salua d'un « *Buenas tardes, Maria* » qu'elle lui rendit.

Les spectateurs ignoraient tout du contenu de la pièce et des protagonistes qui s'y produisaient. Aussi, en attendant l'ouverture du rideau, les suggestions les plus variées circulaient dans le public. La représentation débuta avec des applaudissements encourageants. L'histoire commençait au café des Colonnes. Quito se retourna vers lui et le regarda d'un air entendu, partageant sans doute la même pensée. C'était un lieu de détente qu'ils appréciaient tous deux en fin de journée. Une Anglaise, Miss Daisy, la commère de la revue, souhaitait visiter la commune mais avait du mal à comprendre les finesses de la langue française, ce qui provoquait l'hilarité générale. Grâce à elle, le spectateur était transporté sur les principales attractions de la ville.

En outre, la pièce se moquait gentiment des prédictions concernant la comète de Halley. Les astronomes avaient annoncé le passage de cette dernière un an auparavant. Depuis janvier, une myriade d'articles plus ou moins fantaisistes avaient inondé la presse. Certains l'auraient observé dans l'hémisphère sud dès le début de l'année. Il s'agissait en réalité d'une autre comète. Les plus pessimistes y voyaient un jour funeste pour l'extinction de l'humanité. L'astre passerait si près de la Terre que sa chevelure gazeuse empoisonnerait l'atmosphère et que le monde périrait. Un climat d'inquiétude s'était installé sur tout le pays. Quand arriva la date fatidique du 18 mai, redoutée pour les uns, espérée pour les autres, ce fut la déception. La comète se trouva effectivement entre le Soleil et la Terre à l'heure annoncée mais elle disparut sans que personne n'ait pu l'apercevoir.

La revue s'amusait beaucoup de ces faits. *As-tu vu la comète ?* On y rit beaucoup. Les ovations des spectateurs engageaient les protagonistes à reprendre des couplets. Les acteurs costumés, personnalités appréciées de la ville, se succédèrent dans des tableaux variés, chantés ou musicaux. Jules fut surpris d'y reconnaître un comique, commerçant de métier, qui s'était rendu aux dîners littéraires de la villa bleue quinze jours auparavant et n'avait rien révélé de sa participation à la pièce. Il sentit qu'on l'observait et comprit d'où venait cette impression. Alice, l'actrice avec laquelle il avait entretenu une relation soutenue, était assise à côté d'un homme en complet veston, visiblement plus âgé qu'elle et portant le lorgnon. Elle le salua d'un geste de la main.

La revue recueillit un immense succès. Le public applaudit, debout pendant de longues minutes. Après le spectacle, Alice lui présenta son compagnon, un directeur de théâtre dont elle était tombée amoureuse et qu'elle allait épouser. Jules les félicita. Alors qu'il se préparait à rejoindre ses cousins, il découvrit Sophia, la chanteuse du Havre, une autre de ses liaisons. Il jura qu'elle avait tourné la tête en feignant ne pas le voir. Afin d'en avoir la certitude, il effectua quelques pas vers elle. Surprise, elle le salua d'un air contrit et lui dit à voix basse qu'elle devait lui parler en privé. Une fois au-dehors, elle lui avoua qu'après leur aventure, elle était tombée enceinte, véritable catastrophe selon ses propos. Garder l'enfant aurait mis un terme à sa carrière.

— Ainsi, susurra-t-elle, j'ai dû solliciter les services d'une faiseuse d'anges.

Jules en fut tout retourné.

— Comment as-tu pu prendre cette décision sans m'en parler ? J'aurais assumé mon rôle de père et tu aurais pu élever cet enfant sans avoir à travailler.

— Mon métier représente tout pour moi et tu ne souhaitais pas t'engager, souviens-toi.

Ce fut la douche froide.

Jules récoltait les pots cassés de son insouciance. Il se remémora Marcelline, à Hodeng-Hodenger, leur amourette de jeunesse, puis leur première fois, le romantisme de leur relation, la famille qu'elle voulait fonder avec lui et son chagrin lorsqu'il était parti. Il la compara avec les aventures insipides qu'il entretenait dorénavant avec les femmes, se protégeant afin de fuir tout risque de paternité. Qu'était-il en train de devenir ?

Il adopta une attitude soucieuse et grave qui lui correspondait peu, un changement que perçut Martial lorsqu'il le convia pour le prochain dîner littéraire. Il eut l'idée de refuser mais acquiesça par politesse.

— Cela vous divertira. N'oubliez pas d'apporter votre recueil de poèmes, vous nous avez tant amusés la fois dernière.

Jules sourit à cette évocation. Enhardi par les chants qu'ils avaient fredonnés, il avait déclamé des vers de Baudelaire sur le tempo de *La Petite Tonkinoise*, farce qui avait fait rire aux larmes les invités.

Il se rendit donc à ce dîner en emportant son livre. Des figures familières l'accueillirent avec entrain. Les peintres étaient là, madame Legrand, le maire ainsi que des commerçants qu'il voyait pour la première fois. Le banquier des Fouquet était lui aussi convié. Dans le salon, alors que s'ébauchaient les discussions, Martial annonça qu'il attendait encore deux personnes. Jules perçut une tension insolite chez leurs hôtes et devina qu'on recevait des invités de marque à qui il fallait faire bonne impression.

On sonna à la porte. Les conversations s'étaient tues et les visages s'orientèrent vers le vestibule. Jules n'en crut pas ses yeux. Mathilde et Louis Cassin franchissaient le seuil du salon. Rougissant au souvenir de sa tentative de séduction un peu gauche, il simula l'indifférence en la saluant. Elle le reconnut et son regard prit une expression sardonique lorsqu'elle s'étonna :

— Tiens, vous êtes convié vous aussi ?

Elle l'observa avec dédain, méprisant les origines agrestes qu'il tâchait vainement de camoufler sous ses habits du dimanche. Jules ne releva pas la remarque faussement anodine. Cette estafilade soulignait qu'il disposait d'une invitation mal attribuée.

— Vous vous connaissez ? s'étonna Martial.

— Nous nous sommes vus plusieurs fois lors de manifestations culturelles, s'empressa de répondre Jules.

— Ou de soirées dansantes, compléta celle-ci, amusée.

Il accusa le coup. Martial guida les convives au travers de la salle à manger puis mena le couple d'armateurs vers le milieu de la table, leur accordant une place d'honneur. Jules ne bougeait pas, craignant de se retrouver à côté de Mathilde.

Heureusement, Marie-Gabrielle Legrand, ayant perçu son malaise, vola à son secours avec finesse en proposant :

— Jules, offrez-moi le privilège de vous asseoir à mes côtés. Votre jeunesse m'est précieuse.

Elle le dirigea ainsi à l'extrémité de la table avec un clin d'œil et un sourire entendus. Il soupira de reconnaissance et appuya sa main sur la sienne en guise de remerciement.

Plus que jamais, Sylvaine s'était surpassée en cuisine. En entrée, elle servit des huîtres marinées supérieures. Jules, qui n'en avait jamais mangé, fut un peu emprunté à la vue du plateau, garni de ces fruits de mer. Sa voisine ne souhaita pas les goûter et leur préféra des coquilles Saint-Jacques gratinées. Jules, avide de découvertes, suivit les conseils de ses amis peintres, détacha le mollusque et le porta à sa bouche, puis le mâcha et, étonné devant l'arôme puissant et iodé, apprécia cette nouvelle expérience. On dégusta ensuite du turbot rôti que Sylvaine avait accompagné de petits légumes et de son délicieux gratin de pommes de terre au camembert. Pour le dessert, elle avait disposé des choux à la crème en une pièce montée comme pour un mariage.

Visiblement, Martial et Sylvaine tenaient à impressionner leurs invités d'exception. La conversation ne tournait d'ailleurs qu'autour d'eux, c'est à qui leur ferait le plus de courbettes. Et chacun s'adonnait à cet art avec plus ou moins de naturel, les commerçants comme les époux Fouquet. Louis Cassin était un homme d'influence qui exerçait son pouvoir lors des conseils municipaux. Martial fourmillait de projets dont celui, ambitieux, d'acheter d'autres villas, côte de la Vierge, pour les restaurer et les louer. Comme cela ne pouvait avoir lieu sans l'aval du conseil, il ne lésinait pas sur les moyens. D'autant que le maire et l'armateur pouvaient favoriser sa rencontre avec Camille Albert, l'architecte, à qui l'on devait la conception de prestigieuses villas et celle, remarquable du palais Bénédictine.

De l'autre côté de la table, les peintres, conscients de l'atmosphère particulière qui régnait dans la salle, évoquèrent à demi-mot leurs créations du moment. Marie-Gabrielle rapporta à Jules sa dernière lecture de *Claudine à Paris*, qu'il commenta avec plaisir. Le roman était récréatif. Cet échange intimiste fut une véritable bouffée d'air pur dans ce dîner où il s'était peu exprimé.

Mathilde Cassin, cependant, comprenant qu'une discussion avait lieu en bout de table et qu'elle n'y était pas conviée, désira en savoir plus.

— De quoi parliez-vous, mon cher Jules, on ne vous a pas beaucoup entendu ce soir ?

Il prit sur lui pour répondre :

— Nous évoquions le roman de Willy, *Claudine à Paris*, et nous ne voulions pas couper le flux de vos conversations.

— J'ai lu ce roman, fit-elle, agacée. Je n'ai pas aimé particulièrement. Je l'ai trouvé surfait.

Il ne releva pas l'acrimonie des arguments et s'interdit tout commentaire pour ne pas nuire à cette soirée si savamment orchestrée.

— Tenez, proposa Martial, si nous allions dans le salon ? Jules acceptera peut-être de nous lire un de ses poèmes préférés.

Le jeune homme ne put refuser cette faveur à son patron, qui lui accordait tant de largesses. Aussi s'empara-t-il de son ouvrage, déposé sur le meuble du vestibule, et revint vers l'auguste assemblée, le sourire aux lèvres, les épaules droites, une attitude digne qu'il s'efforça de maintenir, s'amusant à la pensée des dîners passés et fuyant volontairement l'attention de Mathilde Cassin. Puisant sa force dans les regards bienveillants de Sylvaine et de Marie-Gabrielle, il lut un florilège de poèmes de Victor Hugo. Chacun se délectait de la musicalité des vers, fermait les yeux, ébloui.

— On vous écouterait des heures durant, le complimenta Sylvaine, c'est si beau.

Martial, facétieux, pensa apporter un brin d'humour en déclarant :

— Et encore, il ne chante pas.

Pour Jules ce fut l'estocade.

— Comment ? Mais montrez-nous, ironisa Mathilde, aux anges.

— Non, fit Jules, honteux de devoir se justifier, nous étions dans une atmosphère… différente. Nous avions repris les paroles d'un chansonnier.

— J'insiste, fit-elle, en femme habituée à voir tous ses caprices accomplis.

— Désolé, bredouilla-t-il, d'ailleurs, je dois prendre congé.

Remerciant ses hôtes, il salua l'assemblée d'un geste et confus, quitta précipitamment la villa. Il se jura de ne plus jamais remettre les pieds à un de ces dîners, la colère et la honte lui montaient aux yeux. Il avait refusé de répondre à cette pimbêche par sympathie pour Martial et voilà que celui-ci le trahissait en accentuant son malaise. Il n'avait donc rien compris, obnubilé par l'idée de faire bonne impression. Quel lourdaud ! Une fois rentré chez lui, Jules écumait de rage dans son lit, il asséna des coups de poing à son matelas puis, pressentant que le sommeil tarderait à venir, sortit prendre l'air avec Dirlek. Au moment où il refermait la porte, il entendit des pas sur le côté de la dépendance. Les invités quittaient la villa et Mathilde se dirigeait vers lui :

— Tenez, vous avez oublié votre livre.

Il s'en saisit et, sans dire un mot, le jeta à l'intérieur du logement.

— Vous êtes très en colère contre moi, commenta celle-ci, avec un air grave.

— Un peu, se contenta-t-il de répondre.

— Alors, je ne vous plais plus ? minauda-t-elle.

— Là n'est pas la question.

— Suis-je moins belle que vos conquêtes ? J'ai entendu dire que vous séduisez de nombreuses femmes. Est-ce que je ne vaux pas une madame Sophia ?

Elle s'approcha tout près de lui, si près qu'il pouvait sentir l'effluve de son parfum. La garce était attirante et savait en jouer à la perfection. Il en fut troublé mais se reprit bien vite.

— Vous êtes mariée, déclama-t-il. Jamais je ne toucherai à une épouse. Votre argent ne vous donne pas tous les pouvoirs. Quand on voit ce que vous en faites parfois, ce mépris pour les petites gens…

Il faisait allusion à l'armateur Léonce Bures qui, refusant de réparer son navire le *Saint-Louis*, avait envoyé à la mort des dizaines de matelots. La belle, vexée, le toisa avec dédain avant de tourner les talons et de disparaître. Il la vit rejoindre son mari, lequel conversait avec Martial au-dehors. L'air marin lui procura le plus grand bien. Il se sentit d'un coup vidé et totalement épuisé.

Le lendemain, il se leva avec difficulté et affronta, le pas lourd, la journée à venir. Martial le salua puis s'étonna :

— Vous nous avez quittés bien vite hier soir. Je suis désolé de vous avoir imposé la présence des époux Cassin.

— Fiche-lui donc la paix avec cette histoire, fit Sylvaine en les rejoignant. C'est une tigresse, j'ai bien vu qu'elle vous malmenait, mais mon mari doit obtenir leur approbation pour son projet de villa. J'espère que vous nous pardonnerez.

— Je comprends, admit Jules avec lassitude et je ne vous en veux pas le moins du monde.

13

Une ombre glaciale recouvrit désormais l'existence de Jules, la parant d'un manteau de tristesse et de semelles de plomb. Son regard mélancolique balayait les bateaux du port. Il n'avait plus le goût de sortir, de dessiner, encore moins de lire, ne souriait plus, sursautait dès qu'on lui adressait la parole, semblait perdu dans un univers obscurci. Même le chien Dirlek ne parvenait pas à lui rendre son optimiste. La pauvre bête se couchait à côté de lui, en soupirant, triste comme son ombre. Il ne rendait plus visite à Quito non plus, ne voulant pas lui imposer sa morne compagnie. Le bonheur des autres lui paraissait indécent, particulièrement celui des amoureux, une joie de vivre qui l'obligeait à fuir, courbant le dos comme un vieillard, replié sur lui-même, anéanti et toujours las.

Le docteur Goutte, comme se plaisait à le surnommer Quito, avait un jour formulé :

— On dirait que tu refuses de t'attacher, de ressentir de l'amour. Que redoutes-tu ?

Il avait bien dû admettre la justesse de ses propos. Le médecin affirmait aussi que lorsqu'il rencontrerait l'âme sœur, il ne pourrait pas se tromper. Mais alors, s'il fuyait sans cesse, à quoi reconnaîtrait-il l'amour quand il pointerait le bout de son nez ? Il perdait pied.

Le jour de ses vingt-cinq ans, le 3 décembre, il s'obligea néanmoins à rendre visite à Élise et Jocelyn, mais ceux-ci étaient accaparés par leurs tâches quotidiennes et l'éducation des enfants. Il eut le sentiment de les déranger, câlina tout de même les fillettes, mais le cœur n'y était plus. Il se rendit alors chez Eulalie en espérant y trouver du réconfort. Cependant, le benjamin était rentré à la maison, son cursus terminé, et il retenait toutes les attentions. Aucun des membres de la famille Persan n'avait songé à lui souhaiter son anniversaire. Passé la curiosité et l'intérêt qu'il avait suscités en bousculant leur vie, il était redevenu quelconque, familier et insipide.

Il se décida à prendre un verre au café des Colonnes, lieu qu'il avait si souvent fréquenté en compagnie de Quito. Sur la terrasse, une famille dégustait une tarte aux pommes. La cadette des trois enfants avait emprisonné sous son verre une mouche, qu'elle regardait voler, se cogner aux parois, impuissante à s'échapper, tandis que les parents poursuivaient leur conversation sans se soucier de leur progéniture. Soudain, la vision de l'insecte pris au piège fut intolérable à Jules qui suffoqua et dut détourner les yeux afin de contrôler sa respiration. Devenait-il fou ? Il quitta le bar sans plus attendre.

Dans la rue, le mal-être le saisissait parfois inopinément. Il se sentait jugé, épié, comme si un complot se tramait dans son dos. Ce n'était pas seulement le regard des passants qui l'indisposait, mais surtout leurs bribes de conversation, surprises au hasard et qui semblaient lui être adressées. « Tu m'encombres », disait une ramendeuse ou : « Celui-là, je vais l'occuper, tu verras bien s'il reste là à bâiller. » Telles étaient les phrases, maintes fois entendues, que prononçait sa mère Louise lorsqu'il traînait dans ses pattes. Elles lui revenaient constamment en tête. Il se remémora les paroles de la Bohémienne, un an plus tôt : « Tu auras beau fuir, il te rattrapera toujours », et comprit. Elles faisaient référence à son enfance. Son passé le poursuivrait indéfiniment, où qu'il aille.

Chaque jour, il s'enfonçait un peu plus dans la tristesse, comme l'exprimait si bien Charles Baudelaire :

Quand le ciel bas et lourd pèse comme un couvercle
Sur l'esprit gémissant en proie aux longs ennuis,
Et que de l'horizon embrassant tout le cercle
Il nous verse un jour noir plus triste que les nuits

Il adoptait la démarche particulière, empruntée et craintive, de celui qui évolue sur des œufs, le fil de ses pensées l'amenant fréquemment jusqu'à son enfance et au souvenir de sa mère. On eût dit que celle-ci parsemait ses interrogations de trappes. Aussi lorsqu'il tentait de justifier ses absences, occupées la plupart du temps à rêver ou à lire, il lui était difficile, voire impossible, de les éviter. La chute était inexorable. Les pièges refermés sur lui, il n'avait plus qu'à subir la dissension maternelle et les reproches qui s'ensuivaient.

Un après-midi, sa démarche erratique l'amena machinalement jusqu'au cabinet du docteur Dufour. Celui-ci, surpris de son apathie, l'observa longuement avant de lui avouer :

— Mon cher Jules, on se connaît bien, n'est-ce pas ?

Il acquiesça.

— En toute amitié et avec tout le respect que je te dois, je ne te trouve pas bonne mine. Ta famille ne commencerait-elle pas à te manquer ?

— Je n'ai simplement plus goût à grand-chose ces derniers temps.

Le médecin l'observa avec circonspection.

— J'avais déjà pu remarquer qu'il y avait chez toi une sorte de, disons… fragilité, un dommage profond qui se lit dans tes yeux et qui témoigne sans doute d'une histoire douloureuse. Je me trompe ?

— Non, fit Jules en clignant vivement des paupières, sentant monter des larmes qui ne devaient pas couler.

Il observa les yeux empreints de bonté et de mansuétude, la barbe grise et les larges cernes, témoins des longues heures passées à l'hôpital et à son cabinet. Le docteur s'exprima d'une voix paternelle :

— Nous vivons tous avec nos blessures d'enfant. On ne peut pas réécrire le passé, tout au mieux, on s'adapte. Et la vie n'a pas son pareil pour nous mettre à l'épreuve. Elle nous malmène, nous moleste, nous anéantit parfois. Elle nous met à genoux.

Jules sentit une larme chaude couler le long de sa joue et retint les sanglots qui menaçaient d'éclater, une boule au fond de sa gorge. Le docteur lui tapota le bras et poursuivit :

— Mais si tu laisses passer l'orage, tu te relèveras avec davantage de force. Tu seras prêt à affronter l'existence avec une ardeur toute nouvelle. Tu pourras alors à nouveau donner de l'amour. Tu es une personne très attachante, Jules. Nul doute que tu rencontreras une femme qui saura te combler. Je te le souhaite. La vie nous offre tant de beautés à voir et tant de satisfactions qu'elle vaut la peine qu'on lutte et qu'on résiste pour elle.

Jules quitta le médecin, apaisé, avec le sentiment d'avoir été compris sans même avoir eu besoin de dire un seul mot.

14

Chez Célestine, à Hodeng-Hodenger, on avait fêté les Rois la veille. Une joyeuse et nombreuse famille s'était assise près de l'âtre pour déguster les quelques galettes confectionnées par Marcel, le fils cadet de Célestine, à la boulangerie d'Argueil. La benjamine s'était glissée sous la table pour désigner le destinataire de la part. Trois reines et un roi furent élus parmi les petits-enfants et, cette année encore, la doyenne eut droit à sa couronne. La marmaille s'en était donné à cœur joie pour courir et jouer dans la maison, le froid vif et piquant du dehors interdisant la promenade habituelle sur les chemins.

La neige était tombée toute la nuit, formant une couche immaculée dans le jardin. Marcel avait eu bien du mal à parcourir les quatre kilomètres depuis sa boulangerie à Argueil. Il avait attelé deux chevaux à la voiture Landau, qui lui servait à effectuer ses tournées, pour emmener sa femme et leurs deux enfants, bien enveloppés dans d'épaisses couvertures. Ingénieusement, il avait ensuite fixé des patins à l'essieu du véhicule en lieu et place des roues. Inquiet néanmoins pour ses deux chevaux, il avait craint de devoir faire demi-tour, pelletant par deux fois la neige des congères pour leur frayer un chemin. Afin de leur éviter toute fracture, il avait fini par équiper leurs sabots de sacs de toile.

Durant tout l'après-midi, Célestine avait suivi des yeux les allées et venues des uns et des autres, laissant pour une fois aux plus jeunes le soin d'effectuer le service. Sa fille Louise s'était occupée du café, passant de la table à l'âtre, avec la cruche et la bouteille de goutte. Tom l'accompagnait, portait de petits verres, se mêlait aux conversations tandis que ses sœurs œuvraient à la vaisselle. Puis petits et grands avaient assisté au départ de Marcel, surpris et amusés de voir cette voiture glisser comme un traîneau sur la surface blanche du chemin.

Par bonheur, avec le retour du soleil, la neige ne fut bientôt plus qu'un souvenir et le village, paralysé par le froid, put reprendre vie. Célestine pensa à Jules, deux ans déjà qu'il était parti loin des siens, quatre si l'on y additionnait ses années de conscription. Heureusement, au fil des mois, les nouvelles étaient arrivées, rassurantes. Il s'était visiblement attaché à la famille d'Eulalie qui l'avait accueilli à bras ouverts. Elle espérait toujours deviner à travers ses lignes une pointe de nostalgie mais ce n'était jamais le cas. Elle regrettait souvent ces pensées amères. S'il vivait heureux, même loin d'eux, n'était-ce pas le plus important ? Elle se demandait néanmoins quand elle le reverrait.

Perdue dans ses réflexions, elle visionna le garçon songeur, avide de lectures, qu'elle avait élevé comme l'un de ses enfants. « Jules a des capacités pour l'écriture qu'il faut encourager par de bonnes lectures », assurait son maître, monsieur Renard, et lorsqu'on lui demandait s'il ne rêvassait pas trop en classe, il répondait d'un air espiègle en lissant ses longues moustaches : « Il se plaît parfois à regarder voler des coquecigrues mais en grandissant il s'assagira. » Son caractère détonnait avec celui de sa mère qui le trouvait trop calme et trop fantaisiste, accusant ses lectures de l'éloigner de la réalité, et du même coup Célestine de le laisser flâner dans ses rêveries. Néanmoins, lorsqu'il s'agissait de besogner pour les foins et pour la moisson, Jules accomplissait sa tâche avec le même courage et la même vivacité que les jeunes hommes de son âge. Il s'épanouissait dans le labeur. Louise se montrait parfois cruelle avec cet enfant. Célestine devait bien l'admettre, même si c'était sa fille. Elle arborait cette âpreté que prennent les êtres en vieillissant, au gré des épreuves endurées.

L'irruption de la factrice la tira de sa rêverie, elle apportait des nouvelles de Fécamp. Célestine se hâta d'ouvrir l'enveloppe pour y parcourir la belle écriture d'Eulalie, de jolies lettres au tracé reconnaissable, fin et élégant, avec cette inclinaison toute particulière, qui exprimait sans doute une pointe de nervosité. Celle-ci, inquiète, brossait un sombre tableau de Jules. Son enthousiasme des premières années s'était apparemment mué en mélancolie. Il s'en allait le pas lourd en traînant derrière lui des montagnes de tristesse et fixait l'horizon, le regard morne, sursautant lorsqu'on lui adressait la parole. Eulalie lui avait proposé des sorties afin de l'égayer un peu mais n'avait essuyé que des refus. Même constat pour les tentatives de sa fille Élise pour instaurer le dialogue.

Célestine soupira. Le pauvre enfant. Ses aspirations avaient échu sur une réalité routinière. C'était malheureusement dans l'ordre des choses. Mais pour un esprit rêveur, quelle désillusion ! Passé l'anxiété de savoir Jules en désarroi, Célestine se réjouit soudain. Ce garçon avait tout simplement le mal du pays. N'était-il pas temps pour lui de retrouver les siens ? Elle sourit à l'idée de le revoir bientôt mais décida de ne pas parler de la lettre à Louise, et elle fit bien.

Partie 2

15

Le Tréport, 1911

Jules avait pris place dans le train tôt ce matin, son chien Dirlek couché à ses pieds. Il ne partageait son siège avec aucun autre passager, une solitude favorable à l'introspection. Ces deux dernières semaines avaient été riches en événements. La proposition de Martial Fouquet avait réveillé en lui une excitation pour l'aventure. En effet, le maître avait reçu l'architecte Camille Albert, monsieur Bénédictine, afin de finaliser ses idées de construction, côte de la Vierge. Jules travaillait à l'intérieur et tendait l'oreille à la conversation des deux hommes. Le chantier de rénovation des villas s'achevait et Martial allait s'orienter vers d'autres objectifs.

Un hôtel était édifié sur la falaise du Tréport, Le Trianon, et l'on avait besoin de main-d'œuvre. Il manifesta son intérêt et ils discutèrent longuement tous les trois. Comme c'était un établissement de luxe, on faisait appel aux meilleurs ouvriers de la région. Monsieur Bénédictine évalua les réalisations de Jules dans la maison, estima ses mérites et reconnut qu'il ferait l'affaire pour le travail sophistiqué qu'on exigeait. Il expédia par télégramme une mention favorable aux deux architectes responsables du projet et Jules reçut par retour une promesse d'embauche. Fort de cette annonce, il s'en alla embrasser ses cousins et amis en assurant qu'il leur transmettrait de ses nouvelles.

Quito n'écrivant pas très bien, il serait inutile de lui envoyer un quelconque courrier, au lieu de quoi il lui fit jurer de revenir le voir. Jules acquiesça, lui souhaita du bonheur avec sa compagne, et qu'elle lui donne de beaux enfants.

Comme il le présumait, les adieux au docteur Goutte s'avérèrent émouvants.

— Jules, comme je suis heureux de te voir ragaillardi ! Le hasard a mis sur ta route une opportunité que tu as su saisir, c'est bien. Ainsi va le destin. Cela m'a fait plaisir de partager quelques moments avec toi.

— Moi aussi. J'éprouve pour vous une grande admiration, autant pour votre personne que pour votre travail.

— Tu m'as aidé dans mon œuvre et je t'en remercie. N'hésite pas à porter assistance à des enfants en difficulté, ceux qui ne manqueront pas de croiser ton chemin, et de quelque manière que ce soit. Il reste encore tant de choses à accomplir pour protéger les enfants et je crois que tu y es sensible. Comme je te sais féru de lecture, peut-être as-tu découvert cette phrase de Pythagore, que j'apprécie beaucoup : « Un homme n'est jamais aussi grand que lorsqu'il est à genoux pour aider un enfant. »

Jules ne la connaissait pas et la trouva magnifique. Les deux hommes se donnèrent une accolade et Jules prit le chemin de la gare, les yeux brillants et le torse gonflé par le désir de tout recommencer, comme une seconde naissance.

Contre toute attente, il vit arriver, sur le quai, Mathilde Cassin, seule. Elle venait lui faire ses adieux. La belle élégante portait un ensemble de couleur sombre, une robe ouvragée de dentelle assortie d'un long manteau fermé par de petits boutons. Son chapeau noir, orné de guipures, offrait au regard des perles argentées et de jolies plumes vert impérial. Le soleil d'avril inondait les quais, presque déserts, en ce milieu de semaine. Le chef de gare qui se trouvait là tourna aussitôt la tête, comme subjugué par cette soudaine apparition.

— Tenez, fit-elle. J'ai un cadeau pour vous.

Elle lui confia une revue qui évoquait l'œuvre de plusieurs philosophes. Puis, sans qu'il s'y attende, l'embrassa furtivement sur la bouche, d'un baiser bref et mouillé, le laissant interdit, et disparut aussi vite qu'elle était venue. Le chef de gare considéra Jules avec un air admiratif en lâchant :

— Cré nom, c'est pas à moi que ça arriverait.

Pendant le voyage, il se saisit de la revue et lut les premiers mots d'un texte de Plotin :

Reviens-en toi-même et regarde ; si tu ne vois pas encore la beauté en toi, fais comme le sculpteur... enlève le superflu, redresse ce qui est oblique... et ne cesse pas de sculpter ta propre statue.

Le train longea la côte de Fécamp jusqu'à Dieppe et après un changement par la gare de Rouxmesnil, Jules parvint à sa destination, la gare d'Eu-la-Chaussée. Il fut surpris de l'existence d'une ligne de tramway reliant Eu, Le Tréport et Mers-les-Bains, et l'emprunta, gagnant ainsi un temps précieux dans sa quête d'un logement. Il souhaitait un bien avec cour intérieure afin d'y abriter son chien, ce qui compliquait les choses. À force de réitérer sa demande auprès des hôtels et des propriétaires de villas, ses efforts furent récompensés. On lui conseilla de se rendre à Mers-les-Bains. Il n'aurait qu'à s'adresser à la première des maisons aux façades colorées. Il chemina vers le lieu indiqué. Les teintes des habitations se distinguaient au loin par la touche de gaieté qu'elles apportaient au paysage maritime. Des maisons mitoyennes hautes et étroites, peintes en beige ou en blanc et munies sur leurs deux étages de balcons et de garde-fous colorés, rouges, roses, verts, jaunes ou bleus. Toutes offraient une vue directe sur le front de mer.

Le climat y était clément, bercé par un vent léger et doux que les résidents appelaient le noroît. La façade de la première habitation se distinguait des autres par la présence de petites briques sur sa partie basse, tandis qu'aux étages supérieurs, le grenat des colombages et des balcons contrastait avec les murs jaune pâle. Jules frappa à la porte. Il fut accueilli par la propriétaire, madame Luce. Elle le fit entrer, lui expliqua qu'elle occupait le rez-de-chaussée et qu'elle louait plusieurs demeures du ruban coloré. Par chance pour lui, un des résidents d'une maison bleue, un peu plus haut dans la rue, venait de quitter les lieux. Ils sortirent et elle lui désigna le bien, une façade blanche, une porte, des volets et des garde-corps bleu outremer, comme un clin d'œil à la maison des Fouquet. Jules occuperait le rez-de-chaussée, légèrement surélevé sur une cave. On y entrait par un escalier muni d'une rampe, bleue elle aussi. Le logement se prolongeait vers l'arrière sur une cour, ainsi que le souhaitait le jeune homme. Personne n'habitait les étages supérieurs en cette saison, ils étaient plutôt loués l'été, expliqua la propriétaire. Une lampe domestique éclairait le séjour et, avantage non négligeable, la commune disposait d'une fontaine à deux pas du quartier pour les besoins en eau potable.

Madame Luce ouvrit les grands volets bleus. Jules grimpa sur le parapet, posa les mains sur la rambarde et admira la vue plongeante sur l'estran et le front de mer. Un panorama inégalable, qui surpassait celui des villas des hauts de Fécamp.

— Cela vous plaît ? lui demanda-t-elle.

— C'est parfait.

Lorsqu'elle lui annonça le prix du logement, il faillit s'étouffer, elle modula heureusement ses propos en soulignant qu'il était moindre pour les locataires à l'année. Il respira d'aise, le loyer correspondait au budget qu'il s'était fixé. Il vivrait sans outrepasser ses moyens, modestement, comme il en avait l'habitude. Les économies réalisées à Fécamp lui permettraient de s'octroyer quelques extras.

— Et qu'y a-t-il derrière cette porte ? demanda-t-il, en remarquant sa présence au bout du couloir.

— Ce qu'on a envie d'y trouver, répondit-elle, énigmatique.

Elle s'amusa de son visage surpris et reprit :

— Je n'y suis pas descendue depuis belle lurette. J'y mets des vieux meubles, des sièges. Ça me sert de débarras en quelque sorte. J'y mets aussi les objets que les locataires ont oublié d'emporter. Rappelez-moi de vous donner la clé.

16

Jules arpenta le chemin qui menait sur la terrasse du Trianon par le funiculaire. L'étrange machine le surprit. Une gare basse colossale rejoignait une gare haute par de longs câbles qui soutenaient des voitures funiculaires de six tonnes. Il entra dans l'une des caisses de bois verni, prit place sur l'un des quatre sièges disposés en gradins et assista, penaud, à la fermeture des portes coulissantes. L'ascension, lente, lui sembla laborieuse tandis qu'il observait anxieusement le vide en dessous.

Il parvint en un rien de temps devant son nouveau chantier aux proportions démesurées. Sur le promontoire, la vue était splendide. Le vaste hôtel dominait les plages de Mers-les-Bains et du Tréport. Son imposante façade en U était gigantesque, deux étages et un entresol reposaient sur un rez-de-chaussée d'une hauteur de plafond impressionnante. De quoi agrémenter le séjour d'une nombreuse clientèle de luxe, pas moins de deux cent cinquante chambres. Le maître d'œuvre lui fit visiter les lieux.

— Nous voici face au rez-de-chaussée dans le grand hall. Comme vous pouvez le voir, une galerie est disposée de chaque côté. Celle de gauche vous amène vers la salle de lecture et les premières chambres, celle de droite vers le restaurant. Suivez-moi, je vous emmène.

Jules contempla, médusé, l'immense salle de restaurant. Des ouvriers, des peintres pour la plupart, travaillaient sur le chantier. Il les salua d'un geste de la tête.

— Ainsi que vous pouvez le remarquer, l'essentiel de la maçonnerie est achevé dans cette salle. Nous avons bien avancé. Maintenant, nous allons monter aux étages. Tenez-vous le plus près possible du mur tant que les rampes ne sont pas posées.

À l'entresol et sur les deux niveaux supérieurs, des chambres étaient disposées en face à face le long d'un corridor. Jules observa le vaste espace sur lequel débouchait l'escalier, dans l'attente d'une précision qui ne se fit pas attendre.

— Nous avons prévu un vestiaire à cet endroit, c'est d'ailleurs ici que commencera votre tâche. Ensuite, c'est la même disposition à chaque étage. Le contremaître vous expliquera votre mission. Vous ferez partie d'une équipe de dix menuisiers qui arriveront ces jours prochains. Tenez, je vous montre les chambres.

Chacune d'entre elles était pourvue d'un cabinet de toilette pour les plus modestes et d'une salle de bains privée pour les plus luxueuses. Il y avait aussi des suites, si grandes que l'on pouvait s'y promener. Jules en était sidéré. Elles étaient bien plus spacieuses que la villa qu'il louait et, comble du luxe, de l'eau chaude et de l'eau froide étaient distribuées dans chaque pièce.

— Votre seconde mission consistera à équiper les chambres de portemanteaux et de boiseries décoratives. Vous verrez cela dès demain avec votre supérieur. Des questions ?

Jules n'en avait pas. Il saurait au fil des jours comment allaient s'organiser les travaux.

Il profita de son temps libre pour visiter la ville, s'engouffra dans le quartier des Cordiers, au pied du funiculaire, et découvrit avec ravissement les maisons étroites et hautes. Leurs balcons de fer forgé et leurs baies vitrées incurvées leur conféraient un charme fou. Certaines d'entre elles étaient ornées de carreaux de céramique en faïence ou en grès. Il pensa que cette touche décorative apportait une note de gaieté dans ce quartier quelque peu enclavé et pauvre.

Puis, avide de découvertes, il monta les marches qui menaient à l'église Saint-Jacques. Il la visita, en sortit, enchanté du paysage qui s'offrait à lui. Sous le porche, la vue sur la mer était somptueuse. Il assista aux manœuvres des écluses sur le port, puis flâna encore un peu avant de regagner sa nouvelle maison. Il revint tout heureux, ayant déniché dans le bazar des galeries les biscuits de mer dont raffolait son chien.

Il s'inquiétait pour lui mais avait tort de s'en faire. Madame Luce, qui tenait à ce qu'on l'appelle par son prénom, Yvette, veillait sur lui. C'était une veuve, sexagénaire, affable et dynamique, qui lui avait tout de suite plu. Elle avait souri en voyant Dirlek : « Toi, tu m'as l'air d'un gros nounours affectueux. » Puis, elle l'avait caressé, plongeant ses doigts dans l'épaisse fourrure en riant.

Jules prit ses fonctions les jours suivants, dans un état d'esprit serein, fort des projets variés qu'il avait exécutés. Ils furent trois à concevoir les vestiaires. Le contremaître, satisfait de leurs premières réalisations, les laissa évoluer seuls. Son travail achevé, il redescendait les marches vers le centre du Tréport, longeait le front de mer jusqu'à Mers-les-Bains, la commune attenante, pour y retrouver son quartier. Les fenêtres de la maison d'Yvette étaient constamment ouvertes. De son gramophone volaient des notes de musique, pour le plus grand plaisir des passants. Dirlek surgissait alors, sautait, rendu fou par la vision de son maître. En journée, le chien ne s'ennuyait pas. Au vu du peu de circulation, Jules lui autorisait l'accès à la rue, refusant de le cloisonner dans la cour. L'animal l'accompagnait sur une centaine de mètres puis, docile, rebroussait chemin. Il évoluait près du front de mer, descendait sur la plage, poursuivait quelques mouettes, nageait, allait voir Yvette et repartait, habitué des lieux comme s'il avait toujours vécu là.

Jules s'émerveillait constamment de ce quartier aux maisons colorées. À deux pas de sa villa, une rue perpendiculaire abritait les plus remarquables d'entre elles. Des logements superposés dont les balcons ouvragés étaient ornés de symboles d'animaux, de lignes végétales, et cette profusion de couleurs ! Le soir, les locataires se retrouvaient autour du muret qui les séparait de la mer. Ils échangeaient sur leur journée, saluaient les nouveaux venus, buvaient un verre de cidre à l'occasion. Quelquefois, Yvette apportait sur une assiette des crêpes fondantes qu'elle venait de confectionner, une pile de disques dorés tels des soleils qui réchauffaient les cœurs. Elle n'avait pas son pareil pour illuminer de surprises la vie de chacun et avait toujours un mot pour rire. Jules adorait les expressions qu'elle utilisait et qui n'appartenaient qu'à elle. « Allez, roule ma poule » ou : « Que veux-tu que la bonne y fasse », ou encore, quand elle râlait : « Pétard, celui-là, on n'a pas fini de l'entendre. » Parmi les habitués se trouvait un vieux monsieur qui portait le monocle, résident de la villa jaune, et un couple d'Anglais, villa rose.

— Villa Wroose, comme se plaisait à l'expliquer la femme avec son irrésistible accent. Bow-window wroose, prononçait-elle encore en désignant les fenêtres proéminentes en avancée sur la rue.

Dans son esprit, Jules l'avait immédiatement surnommée Miss Daisy, comme dans la revue qu'il avait pu voir à Fécamp.

— Votwe chien est charmante. Comment elle s'appelle ?

— Dirlek.

— *How, Deer lake*. Comment on dit in French, une lac avec des cerfs.

— Un lac, comprit Jules. Le lac aux cerfs. C'est poétique. Je ne savais pas comment on le traduisait. Ce n'est pas moi qui l'ai baptisé.

— *How*, c'est une cadeau ? s'enhardit l'Anglaise.

— Non, soupira Jules, mais c'est une longue histoire.

Il se mit alors à raconter comment le chien était venu à lui, les recherches qu'il avait menées pour retrouver son maître, Ravasse, le marin prétendument disparu et sa rencontre avec Gus. Le matelot l'avait aperçu sur l'île de Saint-Pierre. Les autres l'avaient cru fou mais il ne l'était pas, pour preuve, il leur montra sa poche, la lettre de Fécamp reçue le matin même. Son discours assombrit l'atmosphère.

— Pauvres marins, c'est vraiment un métier difficile, fit Yvette, en exprimant l'opinion générale.

Le monsieur au monocle, qui n'avait encore rien dit, se racla la gorge avant de parler, captant ainsi l'attention de son auditoire. Yvette leva les yeux au ciel, au grand étonnement de Jules.

— Mes parents ont habité Dieppe et votre histoire me rappelle une légende bien connue là-bas.

Il guetta les regards interrogateurs des uns et des autres avant de poursuivre. Yvette soupira, résignée.

— Cela se passait il y a bien longtemps. Les habitants du haut de la ville, à Dieppe, dans le quartier du Pollet, entendirent un bruit inhabituel en provenance de la mer. C'était le jour de la Toussaint. En regardant vers le large, ils virent un navire à l'allure imposante. Ses trois mâts portaient d'immenses voiles blanches. Tandis que le voilier s'approchait des côtes, un épais brouillard se forma derrière lui.

Ils reconnurent le bateau. C'était la *Belle Rencontre*. Ils se mirent à s'observer les uns et les autres sans comprendre. Ce voilier avait disparu au cours d'une tempête plusieurs années auparavant. La surprise laissa pourtant la place à l'effroi lorsqu'ils constatèrent qu'à bord se trouvaient les squelettes de marins disparus.

Un frisson parcourut l'échine de Jules.

— Le trois-mâts fit ensuite demi-tour au pied du promontoire, en dessous de l'église, et prit la direction du large avant de se fondre dans l'horizon. Les squelettes étaient ceux des matelots dont les familles n'avaient pas adressé suffisamment de prières à Notre Dame. Ceux qui l'avaient regardé connurent de grands malheurs.

Le couple d'Anglais était pendu aux lèvres du conteur lorsqu'il annonça :

— Depuis, chaque année, le jour de la Toussaint, les habitants du Pollet ferment portes et fenêtres pour éloigner la malédiction. Les pêcheurs évitent même de naviguer afin de ne pas prendre dans leurs filets les ossements des marins.

La légende rappela à Jules l'étrange rêve qu'il avait fait à Fécamp.

— Brrr, fit-il, quelle histoire ! Mais il se trouve que Ravasse n'a finalement pas péri en mer.

Il sortit de sa poche l'article de journal que lui avait adressé Hugo et le lut à haute voix.

Nos nouvelles maritimes vous content hélas ! trop fréquemment le tragique destin de marins décédés en mer et trop rarement les issues heureuses de ceux qui en ont réchappé. Ce fut le cas, le mois dernier, de monsieur Ravasse, originaire d'Yport, un des matelots du terre-neuvier L'Étoile de mer, porté disparu depuis le 15 septembre 1909. L'homme a été retrouvé sain et

sauf sur l'archipel de Saint-Pierre. Mais pourquoi avoir disparu aussi longtemps sans donner de ses nouvelles ? Devant les interrogations des nombreux témoins qui prétendaient l'avoir aperçu durant leur escale, une enquête a été ouverte et une brigade d'intervention dépêchée sur place. L'homme a dû justifier son identité. Niant dans un premier temps être la personne recherchée, il a ensuite reconnu être monsieur Ravasse et avoir refait sa vie sur l'île sans en avertir quiconque. La loi n'interdit pas de disparaître. Son attitude équivoque soulevait néanmoins beaucoup de questions. Que fuyait-il ainsi ? Il avoua avoir déserté son poste de marin sur L'Étoile de mer et être amendable de ce contrat non honoré, fait discutable puisqu'il avait exécuté une partie de sa mission, et gratuitement encore. En vérité, il tenait surtout à tirer un trait sur ce dur labeur de terre-neuvas qu'il avait accompli sans relâche des années durant.
Une question cependant restait en suspens, qu'était-il advenu de son coéquipier de doris, Pierre Bouleau ? Ravasse raconta les circonstances effroyables dans lesquelles s'était retrouvée leur embarcation, ballottée par les flots, au cœur d'une terrible tempête, tempête, dont le capitaine de L'Étoile de mer avait fait mention. Son compagnon d'infortune passa par-dessus bord, sans qu'il puisse lui venir en aide. Lui-même en réchappa de justesse. Recroquevillé au fond de la barque, en proie à tous les démons, il conjura Notre Dame de lui laisser la vie sauve. Esclave de ce métier de marin, de ses conditions extrêmes où le spectre de la mort le menaçait chaque jour, il se promit, s'il s'en sortait, de l'abandonner pour s'occuper des siens. La Vierge entendit sans doute ses prières. Lorsque le calme revint, ledit Ravasse se laissa dériver dans le

courant jusqu'à apercevoir le rivage de l'île aux chiens où il accosta, incognito, tel un déserteur. Il ne lui restait plus qu'à rejoindre sa compagne à Saint-Pierre et l'enfant qui était né de leur union.
Devant la sincérité avec laquelle l'individu étayait ses propos et considérant qu'aucun témoignage ne pouvait le contredire, les autorités décidèrent de ne pas pousser plus avant leur interrogatoire. L'homme fut donc laissé libre de poursuivre sa nouvelle vie.

— Le texte est signé Jocelyn Garant.

— *How, so lucky.* Cet homme a *very* de la chance, *isn't it* ?! s'exclama l'Anglaise.

— Un bel article, compléta Yvette.

— Digne d'une série policière, ajouta l'homme au monocle.

— Oui, fit Jules. Mon cousin écrit que ces épisodes ont tenu en haleine les Fécampois pendant des semaines et que, grâce à leur succès, il a été promu rédacteur en chef.

Après sa lecture, Jules demeura pensif. Ravasse s'en tirait à bon compte, finalement. Aucune ligne ne mentionnait sa fréquentation des tables de jeu. Les dettes s'étaient effacées avec lui. Une voix le sortit de sa réflexion.

— Alors, à la réussite de votre cousin ! fit Yvette en levant son verre de cidre.

Tous l'imitèrent.

Le lendemain, elle parla à Jules de ses différends avec le locataire de la maison jaune, lequel était un individu plutôt louche selon ses dires, sombre et indigne de sa confiance.

— Il m'a l'air de quelqu'un de bien, déclara naïvement Jules.

— L'air mais pas les paroles, ironisa cette dernière, dévoilant une nouvelle pépite de son répertoire. Il ne m'a pas payé son loyer depuis deux mois, pourtant, croyez-moi, il en a les moyens.

— On ne connaît jamais vraiment les gens, réalisa-t-il.

Il se demanda ensuite s'il n'accordait pas une confiance excessive aux autres, n'ayant rencontré durant son enfance que des personnalités au caractère entier. Sans être manichéen, il avait parfois du mal à percevoir les travers de l'âme humaine. Un répertoire qui variait du gris clair au gris foncé, auréolé de faux-semblants. Les femmes notamment lui paraissaient expertes à ces jeux ambigus.

La nature elle-même était tissée de mensonges et de leurres. Il suffisait d'observer la parade amoureuse des animaux, oiseaux et insectes pour s'en rendre compte. La roue bleue du paon, le roucoulement des pigeons et des tourterelles, le coassement des grenouilles, le brame du cerf, le vol des papillons et les couleurs chatoyantes dont étaient parés les mâles de certaines espèces. Cependant, si la nature était trompeuse, c'était uniquement à dessein de séduire et de se reproduire. Elle créait ainsi la beauté.

Il réalisa que ce cheminement de pensées ne lui appartenait pas totalement mais émanait de ce qu'il avait pu lire du philosophe Nietzsche dans la revue de Mathilde Cassin. *Quelle peste* ! soliloqua-t-il à son évocation, des charmes enivrants mais fielleux, comme une rose chargée d'épines. La grâce et la richesse se paraient-elles toujours des mêmes atours ?

Il se souvint qu'il n'avait pas encore demandé la clé de la cave à Yvette et s'empressa d'y remédier.

17

Armé de sa lampe pigeon, Jules descendit prudemment chacune des marches de l'escalier en colimaçon. Il eut l'impression de s'enfoncer vers le néant tant la spirale lui parut interminable. Chacun de ses pas lui procurait le sentiment agréable d'une plénitude, comme s'il pénétrait à l'intérieur de lui-même et faisait abstraction de l'état présent. Il appréciait sa nouvelle existence, c'était indéniable. À peine pensait-il maintenant à son célibat et au fait de ne pas avoir engendré de descendance. Il n'était plus dans l'attente anxieuse d'une rencontre, simplement prêt à récolter ce que la vie lui offrirait. Il empruntait les dernières marches de l'escalier et arriva sur le sol en terre battue de la cave. Pris à la gorge par la poussière qui y régnait, il ouvrit le soupirail et le maintint entrebâillé. Ses yeux distinguèrent, dans la semi-pénombre, des caisses, des outils et quelques fauteuils comme le lui avait indiqué la propriétaire. Qu'espérait-il y trouver ?

Il entreprit l'exploration des quelques casiers entassés sur le sol. Du premier, il extirpa des lorgnons, de vieux chiffons, un poupon et d'anciennes cartes postales qu'il envisagea de découvrir à la lumière du jour, les déposant sur la première marche de l'escalier. Toutes les autres caisses étaient emplies de livres, pour son plus grand bonheur. Il y en avait au moins une centaine, une véritable manne. Des auteurs tels que Courteline, Mallarmé, Octave Mirbeau dont il n'avait jamais parcouru les œuvres. Un lecteur assidu avait dû loger à cet endroit un bon bout de temps, jusqu'à amasser cette inestimable collection. Il sourit en observant les objets dénichés. Des fragments de vie mis bout à bout qui constituaient la mémoire de la maison bleue, tels les cercles concentriques sur la coupe d'un tronc d'arbre. Il agença les caisses, les assemblant l'une sur l'autre de manière à former des étagères sur lesquelles il posa méthodiquement les livres, classés par ordre alphabétique. Ce serait sa bibliothèque.

Heureux, il remonta les marches qui l'amenèrent vers le grand jour en emportant les cartes postales. Elles représentaient des vues du Tréport à une époque révolue, celle des premiers bains de mer à la lame. Un « baigneur » y plongeait son client, tête en bas, au moment précis où se brisait la vague afin qu'elle lui coupe le souffle. Cette suffocation avait, d'après le texte de la carte, des vertus thérapeutiques. Il s'en amusa. Le progrès avait du bon quelquefois.

Outre ses nouvelles lectures, Jules poursuivait plus que jamais l'écriture de ses *Feuilles voyageuses*, au crayon de bois, ce qui lui permettait d'emporter son cahier partout. Ses notes, brèves ou étoffées selon l'humeur du moment, se paraient d'esquisses ou de croquis. Dirlek y était souvent représenté. À ses côtés figuraient bon nombre de coquillages, d'oiseaux de mer, de poissons, soles ou maquereaux, vendus à la criée, de bateaux et de filets de pêche. Il le remplissait souvent ardemment, noircissant les pages en grand nombre jusqu'à ce que son poignet le fasse souffrir, pages qui se teintaient parfois de rouge colère quand elles l'amenaient sur les traces de son enfance, réveillant les fantômes du passé. Une fois apaisé par ce déversement, il arrachait les feuilles maudites pour les précipiter dans le feu et les regarder se consumer.

Le sacro-saint dimanche, jour de repos, ses pensées s'orientaient souvent vers la famille d'Eulalie, au souvenir des moments heureux, et lorsque le gramophone d'Yvette reprenait les couplets de *La Petite Tonkinoise*, il revivait les dîners littéraires de la villa bleue. Il avait averti Célestine de son changement de domicile mais n'avait toujours pas reçu de réponse. Il avait pris l'habitude de se rendre sur la plage, se délectant d'effluves marins et d'embruns, attentif à la respiration de la mer, agrémentée à marée haute du roulis des galets. Elle était devenue sa musique intérieure et il y revenait quotidiennement, comme un pèlerinage.

L'hôtel fut inauguré le 23 juin 1912, à la veille d'un circuit automobile très attendu que n'auraient pas boudé ces cousins. Une cérémonie eut lieu sur les terrasses à laquelle furent conviés les habitants des trois villes sœurs, Le Tréport, Eu et Mers-les-Bains. Yvette y assista, grâce à la sollicitation de Jules qui la prévint tout de même :

— Il faudra grimper la rampe de la falaise. Emprunter le funiculaire aujourd'hui n'est même pas pensable.

— Allez ! Roule, ma poule ! avait-elle répondu.

Encouragée dans ses efforts par son jeune locataire qui lui prenait le bras, elle parvint, essoufflée, jusqu'à la corniche, ravie d'admirer le panorama sur la mer cent mètres plus bas.

— Cela faisait des années, avoua-t-elle, que je n'étais pas monté aussi haut, et en compagnie d'un beau jeune homme encore.

Elle fut stupéfaite à la vue de l'imposante architecture et éblouie par la splendeur des jardins à la française. Des tables avaient été dressées sur la terrasse balustrée, à laquelle on accédait par de larges marches. Le directeur de l'hôtel, monsieur Steiner fit un discours devant un panel d'ingénieurs des Ponts-et-Chaussées et de la société d'électricité, et souhaita la bienvenue aux visiteurs. La statue du paon, perchée sur son piédestal, dominait l'assemblée. L'oiseau, haut et fier, juché sur sa vasque, regardait le ciel, ses plumes repliées vers l'arrière tandis qu'un autre plus petit, au pied de la coupe, levait la tête pour l'admirer. Du cidre et des petits fours étaient offerts à la population. Les invités allaient et venaient jusqu'à l'entrée du grand hôtel. Jules emmena Yvette contourner l'établissement pour en mesurer toute l'ampleur. Chemin faisant, il lui expliquait la disposition des principales pièces qu'on pouvait apercevoir le long des larges baies vitrées.

— Deux cent cinquante chambres, répétait Yvette, incrédule, et cent salles de bains. Quel luxe ! Ils ont mis le paquet ! C'est qu'il va en falloir, des réservations, pour rentabiliser tout ça.

Ils marchèrent le long de la falaise puis rentrèrent à Mers-les-Bains.

— Vous avez encore une bonne endurance, la complimenta le jeune homme.

— Ne te moque pas, fit-elle en riant. Les Jeux olympiques, ce n'est pas encore pour demain. Notre Jean Bouin n'a pas à s'en faire. Je ne lui volerai pas sa médaille.

18

À l'occasion du 14 juillet, l'administration de l'hôtel Trianon fit une surprise aux résidents du bord de mer. Après le feu d'artifice officiel, elle en offrit un second aux habitants et aux baigneurs qui s'étaient rendus, fort nombreux sur les terrasses illuminées.

Comme sa tâche était terminée, Jules se fit embaucher par une menuiserie du Tréport. Se sentant l'âme d'un Quito, il proposa ses services au poste de nageur-sauveteur à la belle saison, les soirs de semaine et les dimanches. Sa mission consistait à surveiller les baigneurs intrépides qui s'écartaient imprudemment du rivage et à les ramener vers la plage. Il exerçait sa fonction avec Dirlek. Le chien adorait nager, ses pattes palmées lui offraient de véritables atouts et sa force de traction en faisait en sauveteur hors pair. Il lui avait confectionné une sorte de harnais en corde pour qu'il l'assiste dans ses opérations. Dirlek s'était révélé très efficace. Ils travaillaient tous deux de concert, se complétaient. Jules, en avant-première, rassurait les victimes afin qu'elles n'aillent pas s'accrocher à l'animal au risque de le faire couler, puis le chien, en relais, lui évitait de s'épuiser.

Un dimanche de juin 1913, Jules fut interpellé à la vue d'un bateau qu'il distinguait au loin, lequel paraissait en difficulté. Le ciel devenait menaçant, le vent se levait et la houle déformait les vagues, interdisant aux embarcations de quitter le port. Plus un seul sauveteur en mer pour leur porter assistance. Le canot à rame *Les Essarts* était parti au secours d'un voilier sur le cap Est. Plus tôt dans l'après-midi, Jules avait aperçu le bateau, à l'effigie de la Société de Sauvetage des naufragés. À son bord, l'équipage, composé de douze hommes – dix aux avirons, le capitaine qui tenait la barre et le brigadier qui veillait sur l'avant – avait pris la mer. Le capitaine l'avait salué d'un geste de la main. Jules ne pouvait donc pas compter sur leur soutien. Il courut jusqu'à l'avant-port, talonné par son chien, réclamant de l'aide aux hommes qu'il croisait. Deux d'entre eux lui désignèrent une longue barque arrimée au quai, la plus proche du chenal. Ils se précipitèrent avec lui dans l'embarcation et larguèrent les amarres. Dirlek, équipé de son harnais, avait suivi son maître. Le vent soufflait du sud-ouest sur la rade du Tréport.

Les deux hommes, familiers du port, s'entendirent pour ramer de toutes leurs forces, ahanant sous la force du vent, guidés par Jules qui les orientait vers le bateau en difficulté. Il s'agissait d'une barque de dix-huit mètres de long, baptisée *Les Trois Sœurs*, armée pour la pêche au chalut dans la Manche. Dès l'ouverture de l'hôtel Trianon, le propriétaire avait proposé ses services à la riche clientèle des lieux, des demi-journées en mer sur son chalutier à voile. Un matelot et un mousse l'accompagnaient, tandis qu'à son bord se trouvaient trois passagers, un homme et deux femmes, appartenant à la même famille, visiblement éprouvés par le tangage du bateau. Le capitaine peinait à le contenir et à le ramener à bon port. Alors que la barque se rapprochait, le vent fraîchit, entraînant de fortes bourrasques qui contraignirent le pilote des *Trois Sœurs* à manœuvrer. Le voilier se coucha sur le flanc, piqua de l'avant et, tout de suite après, ce fut le drame. Il chavira, précipitant à l'eau le mousse et les trois passagers. Le capitaine vira de bord afin de porter assistance aux naufragés mais son chalut l'empêchait de naviguer correctement.

Heureusement, la barque improvisée les avait rattrapés. Jules se saisit de l'unique bouée reliée à un câble et la jeta en direction des naufragés. Puis, confiant la corde à un des marins, il sauta à l'eau et nagea avec vigueur jusqu'à eux. Son chien l'avait rejoint. L'homme prit la bouée et glissa vers la femme la plus âgée afin de lui porter secours. Jules parvint de justesse à approcher une jeune fille brune avant qu'elle ne boive la tasse. Ses bras battaient l'eau dans des mouvements désordonnés. En proie à la panique, elle tenta de s'accrocher à lui, lui agrippa la tête puis le cou, menaçant de le faire couler. Il se souvint alors des conseils de Quito. Sur un ton rassurant, il expliqua à la jeune femme qu'il avait l'habitude de cette situation et qu'elle devait se laisser guider, plongeant son regard dans les yeux bleus affolés, les soutenant jusqu'à l'apaisement. Ce faisant, il lui dégagea les poignets et la fit pivoter, son dos contre lui. Elle n'offrit plus aucune résistance et ils purent progresser dans l'eau.

Pendant ce temps, le couple commençait à montrer des signes de faiblesse. Madame, tétanisée, agrippait désespérément le bord de la bouée, effrayée à l'idée qu'elle lui glisse des doigts lors du remorquage. La présence de Dirlek fut salutaire. Comme il le voyait s'approcher d'eux, Jules cria à l'homme de s'accrocher au harnais du chien et de passer la bouée autour de sa femme. Ce qu'il fit. Ainsi, l'un et l'autre furent hissés sur l'embarcation de fortune. Jules les rejoignit, soutenant jusqu'au bout la rescapée. Le mousse, bon nageur, avait été récupéré par le chalutier.

Tout le monde était sain et sauf. Sur la barque, les époux et la jeune personne s'étreignirent, soulagés et ragaillardis, après tant de frayeur. Les deux hommes reprirent leurs mouvements de rame, riant de la farce jouée au destin, dans une bonne humeur contagieuse. Le capitaine des *Trois Sœurs* réussit à les suivre à petite vitesse et à orienter le bateau jusqu'au port. Sur les ordres de son supérieur, le mousse se dirigea à pas rapides vers le quai François-Ier. Une fois sur la terre ferme, la famille remercia les deux marins, puis ne tarit pas d'éloges sur les prouesses de Jules et de son chien. La jeune femme, qui n'avait encore rien dit, prit la parole d'une voix enjouée :

— Nous ne nous sommes pas présentés. Je m'appelle Ombeline Fleuret et voici mon oncle et ma tante. Ils sont venus fêter les vingt ans de mariage de mes parents au Trianon.

— Jules Desmoulins. Et voici mon chien, Dirlek.

— Enchanté, répondit l'oncle. Nous vous invitons à dîner demain soir, si vous le voulez bien, au restaurant de l'hôtel. Pour vous remercier.

— Il ne faut pas, fit Jules. Ce que j'ai fait était bien naturel…

— J'insiste.

Il contempla les yeux rieurs de la jeune femme et ne put s'empêcher de sourire.

— C'est d'accord.

— À demain soir, alors, disons huit heures.

— C'est entendu.

Le mousse revint, suivi d'un homme, le conducteur d'une automobile. Il s'adressa à la famille Fleuret :

— Cette personne va vous raccompagner. C'est la moindre des choses que je puisse faire pour vous. Je suis tellement désolé, s'excusa le capitaine.

La famille se dirigea vers la voiture. Jules ne les quittait pas des yeux. Juste avant de partir, Ombeline lui décocha un magnifique sourire, qui illumina son visage, un sourire à damner un saint. Ni la robe ni les cheveux mouillés, rien ne pouvait l'enlaidir. Il en eut conscience. Hypnotisé, il suivit des yeux leur progression. L'oncle se retourna soudain pour lancer :

— Nous ne vous avons pas proposé d'emmener votre compagne.

— Je vis seul, répondit Jules.

Il les regarda s'éloigner sur le quai François-Ier. Le capitaine du chalutier, dépité, s'approcha de lui pour tenter de se disculper, de justifier ses difficultés de manœuvre dont les conséquences auraient pu être tragiques.

— La barque a viré sur sa drome et je n'ai pu la relever, entendit Jules.

— Sur sa quoi ? fit-il, faussement intéressé.

— La vergue, sur le mât.

— Le grand mât ? s'entendit-il prononcer, alors que la voiture poursuivait sa route.

— Mât de misaine… beaupré… chalut trop lourd… voiles auriques… continuait l'autre.

Jules s'en moquait. L'automobile avait disparu à l'angle de la rue Alexandre-Papin. Il réalisa soudain que le type était en train de lui citer tout le répertoire maritime.

— Je ne suis pas de la partie, fit-il pour écourter la conversation, d'autant que la température commençait à chuter et qu'il était trempé jusqu'aux os.

Le gars haussa les épaules et retourna à son bateau en maugréant. Jules regagna bien vite la plage et se changea dans l'une des cabines blanches mises à sa disposition. Il rentra chez lui, le cœur léger et le sourire aux lèvres. Sur le muret, il raconta son aventure à Yvette qui lui demanda d'un air malicieux :

— Comment s'appelle-t-elle ?

— Om-be-line, articula-t-il, en détachant chaque syllabe, et je suis invité demain soir à sa table, au Trianon.

— Ah, Jules ! s'exclama Yvette, elle doit être bien jolie !

— C'est vrai, mais comment le savez-vous ?

— Vous n'avez même pas touché à mes crêpes.

Habillé de son costume trois pièces, d'une chemise en batiste et de son chapeau haut-de-forme, Jules confina Dirlek dans la cour et demanda à Yvette un avis sur sa tenue.

— Vous êtes très élégant.

Elle ajusta son nœud papillon et lui donna quelques conseils.

— Vous allez rencontrer la haute bourgeoisie parisienne. Restez sobre, ne répondez que si l'on vous adresse la parole, et surtout ne les contredisez pas. Ces gens-là sont susceptibles, ils supportent mal qu'on leur tienne tête, surtout quand ce sont des personnes comme vous et moi. Croyez-moi, j'en ai eu quelques-uns en location. Ils nous considèrent comme des gens du peuple. Même si, entre nous, on ne vaut pas moins qu'eux. Mais, allez donc leur dire ça. N'oubliez pas que vous êtes quelqu'un d'exceptionnel et ne vous laissez pas impressionner par leurs apparences.

Jules soupira. La tension montait d'un cran. Il eut néanmoins le temps nécessaire pour souffler avant d'emprunter le funiculaire. Il n'avait pas arpenté les terrasses depuis l'ouverture de l'hôtel, un an auparavant. Les températures étaient particulièrement douces sur l'esplanade où se promenaient des femmes élégantes, accompagnées de leurs époux. Des enfants couraient et jouaient près du paon. Le vent tiède caressait le visage de Jules. Une ambiance propice à la détente, qui présageait un bel été.

Il était ponctuel, avait même un peu d'avance lorsqu'il pénétra dans l'hôtel par la porte-tambour vitrée. Des notes de musique, accords de guitare et d'accordéon, emplissaient l'air de leur mélodie envoûtante. Elles paraissaient émaner du restaurant. D'immenses tapis orientaux recouvraient le sol. Des appliques étaient accrochées de part et d'autre des larges baies vitrées, qu'une frise murale, percée d'un médaillon transparent, chapeautait. Entre les quatre hauts piliers étaient agencés de petits salons de style Louis XVI, bergères et fauteuils de tissu rayé, chaises, repose-pieds et plusieurs guéridons. Alors que Jules se perdait dans la contemplation de feuilles de palmier disposées dans de hauts vases, un majordome vint à sa rencontre.

— Puis-je vous être utile ?

— J'ai rendez-vous pour le dîner avec la famille Fleuret.

— Très bien, monsieur, je les fais appeler. Peut-être souhaitez-vous profiter de notre salon en les attendant ?

Jules brûlait d'envie de parcourir librement les pièces et les galeries de ce vaste hôtel, s'y sentant un peu comme chez lui. Il se plia néanmoins aux exigences du milieu et s'assit sur un fauteuil, face à l'escalier. Le hall était animé d'un mouvement perpétuel de gens qui entraient et sortaient, stationnaient devant le bureau d'accueil, retournaient sur leurs pas ou gagnaient la salle du restaurant.

Il n'eut pas à patienter longtemps, la famille Fleuret apparut bientôt en bas des marches. Il reconnut l'oncle et la tante, qui affichèrent tous deux à sa vue un sourire jovial, devina la présence des parents d'Ombeline et fut subjugué par la beauté de celle-ci lorsqu'elle descendit le vaste escalier. La jeune femme portait une robe sultane bleu pâle, sorte de long fourreau, surmontée d'un empiècement en dentelle et d'un gilet plus foncé noué haut. Un ruban lui remontait la taille jusque sous la poitrine. Des fleurs bleu dragée couraient en cascade des deux côtés de sa jupe. Ses cheveux étaient coiffés en chignon et soutenus par un turban outremer qui soulignait le bleu profond de ses yeux. On aurait dit une princesse des mille et une nuits descendant les marches de son palais. Dès qu'elle le vit, elle lui adressa un sourire enjoué et se précipita vers lui.

— Bonjour. Comment allez-vous et comment va votre chien ?

Il aurait voulu rire de la spontanéité de la jeune femme, de sa fougue et de son empressement, mais n'eut que le temps de sourire. L'oncle et la tante s'étaient approchés, visiblement ravis de le revoir et de lui présenter les parents d'Ombeline. La ressemblance entre les deux frères était frappante, tous deux portaient une moustache et un collier de barbc, lc père d'Ombeline affichait néanmoins une autorité naturelle que n'avait pas son frère.

— Ainsi, fit ce dernier, admiratif, voici notre héros du jour. Merci à vous d'avoir sauvé notre fille. Nous vous devons une fière chandelle.

— Oui, admit la mère. Sans vous, c'était le drame. Nous ne sommes pas près d'oublier cet accident.

— Comment avons-nous pu faire confiance à ce capitaine, apprenti pêcheur ?

— Ce sont les aléas de la mer et des conditions climatiques, conclut Jules.

Sur les recommandations d'Yvette, il se contint d'en dire davantage, afin de ne pas froisser la susceptibilité de ses hôtes. L'oncle parut lire dans ses pensées.

— Vous avez raison, jeune homme. N'allons pas nous emporter mais fêter dignement votre présence parmi nous, proposa-t-il. Si nous nous dirigions vers le restaurant ?

Ils cheminèrent côte à côte sur le long tapis étendu au milieu de la galerie. Des chaises et des tables étaient disposées de chaque côté. La musique s'amplifiait au fur et à mesure de leur progression.

L'oncle lui indiqua que des Tsiganes se produisaient en concert tous les soirs et jusqu'à trois fois par jour, le samedi et le dimanche. Des artistes russes les accompagnaient. Pour l'heure, les musiciens accordaient leurs instruments et allaient se mettre à jouer à la fin du dîner.

— Dans quelle partie êtes-vous ? s'enquit le père.

— Dans la menuiserie, les meubles principalement. Mais j'ai travaillé à la réalisation de cet hôtel avant son ouverture.

— Vraiment ?

À l'intérieur du restaurant, le chef de salle les conduisit vers une table près de la baie vitrée. Ils prirent place sur des fauteuils Louis XVI aux dossiers en médaillon. Jules s'installa entre l'oncle et la tante et en face des parents d'Ombeline. La jeune femme s'assit aux côtés de sa mère, à l'extrême droite de la table, si bien qu'il devait tourner la tête pour pouvoir lui parler.

— Alors ainsi, vous avez travaillé sur cet hôtel ? reprit monsieur Fleuret.

— Tout à fait, j'ai réalisé le vestiaire notamment, et des boiseries dans les chambres.

— Vous devez être très qualifié, j'imagine qu'on ne recommande que de bons ouvriers pour ce type de bâtiment, fit l'oncle.

— Je me débrouille, fit Jules, en prenant de l'assurance au gré des compliments de son voisin. Êtes-vous satisfaits de vos chambres et des prestations ?

La mère ne répondit rien et détourna les yeux lorsqu'il la regarda. Ombeline affirma :

— J'ai rarement vu un tel luxe, il faudrait être difficile. Les services sont à la hauteur, le personnel est disponible à toute heure du jour et de la nuit. Sans parler de l'équipement pour le terrain de golf, qu'on peut louer sur place.

Un garçon s'était approché de leur table pour prendre les commandes. Après maintes discussions et réflexions, étant donné que Jules appréciait autant le poisson et les fruits de mer que les membres de la famille Fleuret, on décida d'un menu commun. Le dîner se composait de médaillons de homard sautés au beurre, d'un turbot braisé au vin blanc, du trou normand, de salade, de fromages et d'un parfait au chocolat. Jules dégusta raisonnablement le vin qu'on lui servait. Un verre de rouge fut proposé avec le fromage, suivi d'un digestif qu'il rcfusa.

— Allons, laissez-vous faire, insista l'oncle.

— Merci, mais j'ai déjà bien assez bu, fit-il.

Il avait été le centre d'attention tout au long du repas. Ombeline l'inondait de questions, curieuse de tout connaître de lui. Ses joues roses trahissaient son excitation.

— Quelle chance vous avez d'habiter au bord de la mer et de savoir si bien nager ! Et votre chien, est-ce vous qui l'avez dressé au sauvetage ?

— C'est assez inné pour cette race. Avec leurs pattes palmées, ils se déplacent très vite. Ajoutez à cela leur endurance et leur puissance, vous en faites de solides nageurs. Mais surtout, ce sont de braves bêtes, dociles comme tout. Le mien adore m'accompagner.

— De quelle race s'agit-il ? s'intéressa monsieur Fleuret.

— Un newfie, on dit aussi terre-neuve.

— Un grand chien tout noir, expliqua la tante, avec une bonne tête sympathique.

— Et il vit avec vous ? demanda la mère.

— Oui, je loue une maison avec une cour. Mais il reste avec moi à l'intérieur la plupart du temps.

Elle prit un air dégoûté qui lui rappela la moue d'Eulalie.

Le père d'Ombeline l'interrogea sur le milieu dont il était issu. Il rendit compte de la situation agricole de ses parents, ajoutant qu'outre leurs récoltes fourragères et céréalières, ceux-ci élaboraient du cidre et le vendaient à des restaurateurs renommés. Leur maison, Les Cidres Desmoulins, était d'ailleurs réputée dans le secteur. Il se sentit gonflé de fierté à l'évocation de sa famille et de sa réussite mais ne s'étendit pas sur le sujet, préférant taire son parcours compliqué et les raisons qui l'avaient amené en bord de mer. Il détourna donc la conversation.

— Mais, assez parlé de moi. Que faites-vous dans la vie ?

Monsieur Fleuret se redressa sur sa chaise pour répondre :

— Nous possédons un atelier familial de confection de lingerie, de corsets pour être plus précis, et travaillons pour de prestigieuses maisons parisiennes. Je la dirige et mon frère me seconde dans le démarchage. Ma fille suit des cours de comptabilité afin de pouvoir m'épauler et, à terme, reprendre les rênes de l'entreprise.

Ombeline fit une moue contrariée. C'était la première fois que Jules la voyait perdre son beau sourire. Il jetait fréquemment des regards dans sa direction, regards que ne manquait pas de remarquer madame Fleuret et qui semblaient l'amuser.

Après le dîner, on se leva pour assister au concert tzigane qui venait de commencer. Jules se plaça à côté de la jeune femme et, ensemble, ils écoutèrent les accords entraînants des musiciens. Les premières notes nostalgiques et suaves des violons accéléraient au rythme de la guitare pour adopter un rythme endiablé. La chanteuse tzigane à la longue jupe évasée tournait sur elle-même et tapait un petit tambourin.

Son répertoire se composait essentiellement de chants russes. Une musique qui donnait envie de danser. Ombeline le regarda :

— Vous aimez ?

— Beaucoup. Et vous ?

— Assez.

Elle était si belle à cet instant que Jules eut envie de lui prendre la main, geste qu'il réfréna car la mère de la jeune femme ne les quittait pas des yeux.

Puis vint l'heure de se séparer. Jules remercia la famille Fleuret pour son accueil, le repas et l'excellent moment qu'il avait passé en sa compagnie. Les Fleuret le raccompagnèrent jusqu'au hall puis il prit le chemin du retour, le cœur léger et des accords tziganes plein les oreilles.

19

Le lendemain, en fin de journée, Jules se rendit sur la plage en espérant y apercevoir Ombeline. Il ignorait combien de temps la famille Fleuret demeurerait à l'hôtel. Tout juste savait-il que l'anniversaire de mariage de ses parents avait lieu en fin de semaine. Son carnet de *Feuilles voyageuses* à la main, les crayons dans les poches de son pantalon, il emprunta l'allée dénuée de galets qu'on avait aménagée pour faciliter l'accès vers le rivage et alla s'installer à son endroit habituel, près des cabines de bois.

Il esquissait le jeu de deux enfants sur le sable, ses yeux passant des frêles silhouettes vers son carnet, lorsqu'un mouvement insolite le surprit. C'était elle. Dans une marche rapide, reflet visible d'un profond agacement, elle descendit l'allée de galets, rejoignit la plage et se précipita vers les premières écumes de la marée, les poings serrés. Puis, devant le vaste élément, elle tambourina avec ses pieds dans le sable, attrapa un caillou et l'envoya avec force dans la mer. Elle ne pouvait le voir d'où elle se trouvait. Aussi attendit-il la suite des événements sans intervenir. De longues minutes s'écoulèrent avant qu'elle ne s'éloigne, visiblement apaisée par les flots. Arpentant l'estran, elle se dirigea vers les deux enfants, comme happée soudain par leurs cris joyeux. Son visage obliqua vers les cabines de plage. Elle l'aperçut, le reconnut et marcha vers lui, le sourire aux lèvres.

— Je ne vous avais pas vu, fit-elle.

Il mima la surprise.

— Que faites-vous ? Vous dessinez ?

— Oui j'avais terminé. Comment allez-vous ?

— Oh. Pas très bien aujourd'hui. Je me suis disputée avec mon père. Je ne vais pas vous ennuyer avec cela.

— Vous ne m'ennuyez pas.

Ses yeux prirent un éclat sombre. Elle serra les mâchoires, relent de contrariété, puis s'apaisa.

— Puis-je voir vos dessins ?

— Si vous voulez. Ils sont rudimentaires, je vous préviens.

Elle prit place à côté de lui sur les marches de la cabane blanche et feuilleta le carnet, s'arrêtant au fil des pages pour le questionner.

— Vous êtes sévère envers vous-même. Je trouve que vous avez un bon coup de crayon.

Elle observa les dessins des bébés que Jules avait croqués dans la salle d'attente du médecin. Ils s'étalaient sur des pages entières. Il crut voir un éclair de tristesse passer dans son regard, rapide, fulgurant. Elle ne s'attarda pas sur les portraits et poursuivit son exploration, soudain ragaillardie.

— Oh ! Et qui est ce monsieur en blouse avec le collier de barbe ?

— C'est le docteur Léon Dufour. Un bienfaiteur de l'humanité. Une belle personne comme on en fait peu. Nous sommes devenus amis lors de mon séjour à Fécamp.

— Léon Dufour, je connais ce nom, fit-elle, et son combat pour la santé des bébés. Nous avons une œuvre de la Goutte de lait à Paris. Vos dessins de navires sont minutieux. Et, oh ! Celui-là est effrayant !

Jules avait représenté les flots déchaînés et, au milieu d'eux, en fâcheuse posture, on distinguait un bateau aux affres de la tempête, couché et presque englouti sur l'un de ses flancs. Il expliqua que le trois-mâts avait sombré au large de Terre-Neuve et qu'il connaissait un des marins de l'équipage fécampois, lequel s'était noyé avec tous ses compagnons d'infortune. Personne n'en avait réchappé. Elle fut horrifiée au récit de cette tragédie mais ne s'appesantit pas sur cette sombre réalité et poursuivit son exploration du carnet.

— Votre chien, s'anima-t-elle. Comme il s'amuse ! Et ce goéland, plus vrai que nature !

Elle n'eut pas le temps d'en découvrir davantage. Jules, souriant, se tourna vers le sillon sablonneux bordé de galets.

— Je crois qu'on vient vous chercher.

Ombeline se leva en hâte pour rejoindre sa mère.

— À demain, lui glissa-t-elle, au même endroit.

Le lendemain, Jules vit débarquer la jeune femme en compagnie de son oncle et de sa tante qui allaient se promener près du port. Cela leur laissait le temps de bavarder. Sa mère n'aimait pas la savoir seule, aussi s'était-elle emparée de cette sortie impromptue pour se forger un alibi.

— Quand j'aurai atteint ma majorité, soupira-t-elle, je serai enfin libre. Nous n'avions pas terminé de regarder votre carnet de croquis. Il est très intéressant. Je me suis demandé comment vous aviez connu le docteur Dufour et pourquoi vous aviez habité Fécamp.

— J'accepte de vous raconter, mais à vous, d'abord. Pourquoi vous être fâchée avec votre père ?

Elle soupira.

— Il veut me faire épouser Édouard, le fils d'un de ses amis. Le patron d'une filature, qui a des appuis politiques. Ça lui permettrait d'ouvrir une succursale en province. Il essaie de me convaincre que c'est un bon parti, qu'il me rendrait heureux. Mais je ne suis pas dupe. Chez mon père, tout n'est que calcul. Alors il n'a rien trouvé de mieux qu'inviter Édouard à son anniversaire de mariage.

— J'en suis navré pour vous. L'avez-vous déjà rencontré ?

— Deux ou trois fois. Un garçon gentil, prévenant, qui ferait sûrement un bon mari. Seulement, je n'ai pas envie qu'on décide pour moi de l'homme que j'épouserai. Enfin, ce n'est rien. Je vais faire bonne figure, comme d'habitude.

— Et qu'en pense votre mère ?

— Elle se range derrière son avis. N'est-ce pas le lot de toutes les femmes ?

Elle soupira. Jules l'observa. Un long visage, aux traits réguliers et au profil charmant, des pommettes qui conservaient quelques rondeurs de l'enfance, un nez court et retroussé, des yeux bleus perpétuellement changeants, du lapis-lazuli au cobalt. Jamais il n'avait croisé d'aussi beau regard. Des boucles brunes en accroche-cœur encadraient son visage. Jules, conquis, aurait pu la contempler des heures durant. Lorsqu'elle s'affirmait, son menton se dressait vers l'avant, ses pommettes, hautes, se rehaussaient de rose et ses yeux s'obscurcissaient, emplis d'un orage menaçant. Un tempérament volontaire. Il se demanda jusqu'où pouvaient aller ces éclairs quand elle était contrariée. Elle sourit, en femme habituée au regard flatteur des hommes. Il posa son carnet de croquis derrière lui et un court instant, sa main effleura son bras.

— Pardon, fit-il en appuyant sa main sur la sienne, main qu'elle ne retira pas. Au lieu de cela, elle lui sourit, ce que Jules prit pour un encouragement. Il en fut troublé, mais poursuivit le fil de la conversation :

— Vos parents vous aiment et s'inquiètent de vous savoir heureuse. Croyez-moi, c'est une chance que tout le monde n'a pas.

Elle fit mine d'acquiescer. Il lui conta alors en toute confiance que l'envie de quitter son village lui était venue en écoutant les récits marins de son grand-père. Il décrivit le malheureux échouage du navire sur lequel il était engagé, sa rencontre avec Quito, et compatit sur la misère des matelots en partance pour Terre-Neuve. Leurs femmes et leurs enfants les attendaient des mois durant, avec leurs courriers et les articles de la presse pour unique lien. Elle l'écoutait, imaginait les décors qu'il lui dépeignait, tremblait à l'évocation des dangers de la mer, riait lorsqu'il lui contait les batailles de fleurs et les farces que Quito et lui réservaient parfois à leurs collègues ouvriers.

— Vous avez beaucoup voyagé. Hier Fécamp, aujourd'hui Le Tréport, vous ne tenez pas en place. Vous me faites penser à ce petit oiseau, le martinet noir. Ma grand-mère Lizzy m'a raconté que ce volatile passe sa vie dans les airs. Il boit, mange et dort même en vol. Il ne se pose à terre que pour se reproduire. Plusieurs individus de cette espèce se réfugient dans son jardin au printemps. Ils construisent leurs nids sous les gouttières et, au mois d'août, d'un seul coup, ils disparaissent pour les pays chauds.

Jules sourit à cette idée, eut envie de l'embrasser, envie qu'il réfréna. Elle poursuivit :

— Une année, un couple de martinets est venu nicher chez elle et n'est jamais reparti. Grand-mère les voyait voler ensemble. C'était beau. Ils décrivaient des arabesques. Finalement, ils se sont posés dans son jardin et ne l'ont plus quitté.

— Ils avaient trouvé leur foyer, conclut Jules, pensif.

— Sûrement. J'ai longtemps cru qu'elle les avait immortalisés sur la fresque au-dessus de sa porte, fit-elle avec un petit rire.

Elle hésita un soupçon de seconde et prit une grande inspiration.

— Y a-t-il quelque chose qui vous fait fuir ? osa-t-elle enfin du bout des lèvres, comme un murmure.

— Absolument pas, fit-il, étonné. J'essaie simplement d'élargir mes horizons, d'accumuler des expériences. C'est vrai, j'aurais pu me contenter de rester à la ferme de mon village. Suivre la voie déjà tracée pour moi. Ç'aurait été bien plus facile mais tellement moins enrichissant. S'il y a une chose que je fuis, ce sont les conventions.

Elle demeura pensive quelques instants avant d'avouer :

— J'admire votre courage, partir ainsi loin des siens ! Je suis tenue financièrement par mes parents mais quand viendra le temps de mon envol, j'aimerais suivre votre exemple.

— Je ne vous le conseille pas. Voyez-vous, avec l'éloignement vous rompez un lien précieux, celui qui vous rattache à votre famille. C'est beaucoup plus difficile qu'on ne l'imagine. Ça ressemble à un déchirement intérieur, vraiment douloureux. On doit lutter en permanence contre la culpabilité d'avoir abandonné ses proches et le besoin de réaliser ses envies. Comme s'il fallait toujours renoncer à quelque chose pour être heureux.

— Je comprends ce que vous dites. Je crois que tout progrès demande des sacrifices et qu'aucun changement n'est possible sans ça.

— Si vous partez, vous allez manquer les événements importants, les réunions de famille, toutes les photos que votre mémoire emmagasine et qui créent les souvenirs.

— Je pourrais toujours rentrer de temps à autre et les revoir. Je m'en sens la force intérieure. Les épreuves nous rendent aussi plus vivants.

Elle avait prononcé ces mots d'un ton volontaire. Jules observa les traits juvéniles qui abritaient une personnalité de lutteuse.

— Pour en revenir à l'image de votre martinet, il est vrai que comme lui, j'aimerais trouver la femme avec laquelle construire mon nid.

Elle sourit, ne sachant que répondre, lorsqu'elle le vit regarder vers le quai.

— Voilà vos chaperons, fit-il.

L'oncle et la tante arrivaient dans leur direction. Le temps était passé si vite.

Il rentra à Mers-les-Bains, tout guilleret. Sur le gramophone d'Yvette, les disques tournaient, entonnant les titres du répertoire de Polin. La voix du chansonnier interprétait les couplets de *La Caissière du grand café* sur une musique légère, entraînante.

Elle est belle, elle est mignonne.
C'est une bien jolie personne.

Et Jules reprenait le refrain en sifflotant. Les mouettes et les goélands semblaient marcher et voler au rythme de la chanson. Le paysage maritime tout entier acclamait avec lui son nouveau bonheur. Ombeline venait tout juste de célébrer ses vingt printemps. Des printemps de soie, de dentelle et de brassées de fleurs. Des printemps de fête et de parfum subtil, de poésie, de grâce et d'élégance mêlée, de beauté aux multiples facettes. Yvette sortit de sa maison.

— Vous voilà bien joyeux, monsieur Jules, on vous dirait presque amoureux.

— Je le suis, Yvette, je le suis. De la plus jolie femme que j'aie jamais rencontrée. C'est une princesse, un ange, avec les yeux de l'océan. Et elle daigne m'écouter.

— Comme je suis heureuse pour vous.

20

Jules sifflota encore le lendemain matin en partant pour le travail. Il perdit ses clés, oublia de nourrir Dirlek qui se rappela à lui par un aboiement rauque et commit, à l'atelier, mille étourderies qui furent heureusement sans gravité. Le soir même, il prenait son poste de guet près des cabines de plage, ses feuillets à la main, souriant à l'idée de la revoir. « Om-be-li-ne », prononçait-il, à voix basse en découpant chaque syllabe. Un prénom qui eût convenu à une princesse de contes de fées, ses longues mèches de cheveux ondoyant au gré du vent. L'esprit de Jules flottait dans l'air, serpentait dans les vagues, bercé par la douce tiédeur de l'été. Puis il s'égarait, rêvant de délices sinueux, de désirs délictueux, de courbes évanescentes, d'ondulations qu'aurait censurées la morale.

Il attendit plusieurs heures mais elle ne vint pas, le laissant déçu et vide, l'âme en peine, inquiète de ce qui avait pu lui arriver. Il dut patienter jusqu'au lendemain, avec pour unique horizon l'espoir incertain de sa venue. Heureusement, sa requête fut exaucée lorsqu'il la vit descendre l'allée de sable entre les galets et se diriger vers lui. Elle s'excusa. Son oncle et sa tante n'avaient pas daigné sortir la veille, la privant du même coup de son précieux alibi. Il salua d'un geste de la main les chaperons de la demoiselle. Elle avoua, pour son plus grand bonheur, s'être languie de leurs conversations. C'était une magicienne, effaçant par ses quelques mots les longues heures d'attente et d'inquiétude. Elle souhaitait en apprendre davantage sur lui et sur son village, dont le nom étrange lui échappait.

— Hodeng ? commença-t-elle.

— Hodenger.

— Hodeng-Hodenger, reprit-elle, amusée. Où habitez-vous ? À quoi ressemble votre maison ?

Il dépeignit le grand corps de ferme, énuméra les animaux qui s'y trouvaient, les vaches, les deux chevaux, les poules et les lapins. Lorsqu'elle voulut connaître la couleur des vaches, il sourit, surpris qu'une fille de son rang s'intéresse à des choses aussi triviales. C'était de belles normandes, mouchetées de marron ou de noir, qu'il représenta sur un de ses feuillets. Elle s'intéressait à tout et l'encouragea à poursuivre sa description. Les pommiers dans le verger se prolongeaient sur deux allées rectilignes jusqu'au mitan de la cour. L'ombre qu'ils offraient était bienvenue lors des banquets ou des fêtes de la moisson. Elle l'écouta, les yeux mi-clos, puis voulut savoir s'il appartenait à une grande famille et qui assistait aux repas. Il évoqua ses parents Louise et Ernest, Tom, ses quatre sœurs, ses grands-parents et le Jabot…

— Qui ça ? fit-elle, en rouvrant soudainement les paupières.

— Le Jabot. Il fait un peu partie de notre famille. Je l'ai surnommé comme ça à cause des jabots qu'il pose sur ses chemises le dimanche. C'est un ouvrier agricole que j'ai toujours connu à la ferme. Il aide beaucoup ma mère. Il faut dire que mon père a souvent fort à faire à la cidrerie et dans les champs. Pendant mon enfance, il nous emmenait, Tom et moi, pêcher dans la mare. Il nous apprenait à lancer des palets, nous faisait rire. Un brave homme, courageux et toujours gai. Je me suis demandé s'il n'y avait pas quelque chose entre ma mère et lui tellement il l'accompagnait partout.

— Vous croyez que c'est le cas ?

— Non, j'ai trop d'imagination. Ma mère n'est pas ce genre de femme. C'est un brave homme, c'est tout, veuf avec une fille, de la même année que moi.

— Quel âge avez-vous ?

— Vingt-sept ans. Je m'entendais bien avec sa fille, Nénette,

Il fut soudain saisi d'une douleur au sommet du crâne tandis que ses tempes s'échauffaient mais n'en fit rien paraître.

— Est-elle devenue votre petite amie par la suite ?

— Non.

Il rit et elle fit de même.

— Pourquoi ? N'était-elle pas assez jolie ?

— Si. Non. Enfin, je n'ai jamais imaginé ce genre de choses avec elle. Elle n'était pas aussi jolie que vous, en tout cas, fit-il en souriant et en se rapprochant d'elle, ses yeux plongés dans les siens.

Elle détourna le regard, soudain tout émue.

— Vous êtes magnifique, poursuivit-il en posant sa main sur la sienne.

— Il ne faut pas, minauda-t-elle sans conviction en ôtant lentement sa main comme une caresse.

— Pourquoi ? Je ne vous plais pas ?

— Vous êtes très séduisant. Mais… je suis incapable d'apporter du bonheur aux autres.

— Pourquoi dites-vous cela ? fit-il, surpris.

— Vous ignorez qui je suis, je vous assure. Je ne vaux pas la peine qu'on s'attache à moi.

— Vous ne pouvez pas dire de telles sottises. Je ne sais pas ce qu'on a pu vous faire croire…

— Reprenons plutôt notre conversation, proposa-t-elle en souriant. Alors cette fille, Nénette ?

Il soupira.

— Elle portait de beaux vêtements et elle avait dans les cheveux des bijoux et des perles. C'est son père qui les lui offrait. Ça rendait les autres filles du village folles de jalousie, à commencer par mes sœurs.

Jules précisa qu'elle était l'équivalent d'une cousine ou d'une sœur même, mais de son âge, et qu'il lui trouvait quelque chose d'assez mélancolique dans le regard. Elle était tombée enceinte à seize ans, s'était mariée, avait quitté le bourg, et il ne l'avait jamais revue. Ombeline s'écria spontanément que cette Nénette avait bien de la chance. Comme il s'en étonnait, elle hésita à répondre, se reprit plusieurs fois, regrettant sa vivacité, pour enfin rétorquer sans conviction qu'elle avait connu le bonheur de partir de chez elle. Il sentit qu'elle n'exprimait pas le fond de sa pensée et se tut pour l'encourager à poursuivre. Elle renchérit sur la fortune d'habiter à la campagne et loua les bienfaits d'une vie au grand air, recommandée d'ailleurs par les médecins de la capitale. Leur résidence ne possédait qu'un patio.

Jules se représenta les rues parisiennes, conformes à celles de Rouen, c'est-à-dire pavées avec des immeubles hauts et mitoyens et très peu d'espaces verts. Aussi, dans ces conditions, détenir une cour, même minuscule, était forcément rarissime.

— Je vous l'ai dit, ma grand-mère Lizzy a un jardin, à l'arrière de sa maison, chose exceptionnelle dans les beaux quartiers. Son habitation n'est pas bien grande mais elle possède un charme fou. Comme elle aime les fleurs, elle en a fait un lieu agréable et parfumé. Elle nourrit les oiseaux avec des noix et leur dispose de petits nichoirs. Une rue pavée mène jusque chez elle. C'est un espace mitoyen entre deux boutiques, de fleurs et de parapluies. Une façade blanche avec des volets bleus. Au-dessus de la porte en ogive, il y a ce médaillon arrondi ouvragé d'un motif fleuri avec des oiseaux et des rosiers de chaque côté.

— La fresque aux martinets, fit remarquer Jules.

— Tout juste, sourit-elle.

Lizzy était une petite dame au chignon blanc, encore dynamique malgré son âge, qui accueillait Ombeline avec tendresse. Jules se la représenta mentalement. La jeune femme poursuivit :

— Quand j'ai le moindre souci, c'est sur elle que je peux m'épancher. Pourtant, elle n'a pas eu la vie facile. Mon grand-père a créé l'entreprise que mon père a reprise par la suite. C'était une filature de coton. Les débuts ont été difficiles et ils n'ont pas toujours mangé à leur faim.

Une aïeule que semblait beaucoup apprécier la jeune femme.

— Les beaux quartiers dont vous parlez, est-ce qu'ils avoisinent les grands monuments ?

La maison de Lizzy se situait dans le IVe arrondissement, pas très loin de l'église Saint-Gervais. C'est d'ailleurs dans cette église que se rendait la grand-mère pour l'office du dimanche. À proximité de chez elle se trouvaient les quartiers de l'hôtel de ville et, un peu plus loin, un espace où Ombeline aimait se promener. Les îles, celle de Saint-Louis et de la Cité. C'est là qu'on pouvait admirer la majestueuse cathédrale Notre-Dame. Ses parents et elle habitaient à quelques kilomètres, en direction du quartier des Marais. La fabrique de corsets de son père était établie dans ce secteur. La jeune femme aimait flâner dans les allées verdoyantes de la place des Vosges qui se trouvait à proximité.

Jules s'imagina dans ces quartiers avec elle, main dans la main, tous les deux se promenant et contemplant Notre-

Dame. C'est un rêve qui lui tenait à cœur, comme celui de visiter les grands musées de peinture. Il lui en fit part, ce à quoi elle répliqua que c'était une quête réalisable, pour qui voulait s'en donner la peine et se ménager du temps.

— J'ai aussi la chance d'aller au théâtre et au cinéma. Tenez, le mois dernier, j'ai pu voir le film *Fantômas*, fit-elle crânement.

Il la jalousa presque, lui qui n'avait jamais assisté à une séance de cinématographe, et s'abstint de tout commentaire. Elle admit toutefois que Paris générait beaucoup d'injustices et engendrait des voyous de toute sorte. Il fallait y être né. Jules comprit qu'elle faisait allusion à la bande à Bonnot. Les lignes du *Messager eudois* annonçaient leur procès. Apparemment, l'actualité du moment décrivait aussi des pilleurs de cimetière qui exerçaient leurs méfaits au Père-Lachaise. Malgré tout, c'était une ville vivante, au plus près de l'action. Elle évoqua le discours de Jaurès du mois dernier. Il protestait contre les risques de guerre et contre le projet de service militaire en trois ans.

— Un couple d'amis est allé le voir sur la butte du Chapeau-Rouge. Ils m'ont raconté. Jaurès s'était hissé sur un camion, la main posée sur la hampe d'un drapeau rouge. Il a prononcé un beau discours. À ce qu'ils m'ont dit, chacun de ses mots faisait vibrer la foule. Mon père ne m'aurait jamais laissée y aller. Pensez-vous, un industriel !

Elle soupira.

— C'est un point de discorde entre nous. Quand je parle de Jaurès ou de *L'Humanité*, il se moque de moi. Il répète en riant : « Depuis quand les femmes ont un avis en politique ? » Il ne me prend jamais au sérieux.

— Il a tort. J'imagine que les femmes sont capables de réaliser de grandes choses.

— Ça fait du bien d'entendre un homme prononcer ces mots. Je dois bien le reconnaître, affronter seule mes deux parents n'est pas toujours simple. J'aurais aimé avoir une sœur, une oreille complice à laquelle j'aurais pu confier tous mes secrets. Êtes-vous proche de votre frère ?

Jules soupira. Il ne savait comment aborder ce sujet délicat et craignait les multiples questions qui en découleraient. Il prit une profonde inspiration et se lança :

— Sans doute, dans notre petite enfance. Mais après… la situation a basculé. Il a reçu un choc qui l'a blessé à la tête et l'a laissé inconscient. Après cet accident, il n'a plus été le même. Cela l'a handicapé, mentalement. Nous avons grandi avec une certaine complicité, mais bien différente de ce à quoi l'on peut s'attendre.

— Quel dommage, murmura-t-elle tristement, soudain pensive.

— Pour tout vous dire, je n'ai aucun souvenir de cet accident et je sens que ma mère m'en a toujours voulu. Comme si elle m'en tenait pour responsable.

— Ah bon ? Mais quel âge aviez-vous, l'un et l'autre ?

— J'avais six ans et Tom, trois.

— Vous n'étiez que des enfants. Votre mère ne peut pas vous en vouloir pour ça. C'est une scène qui a dû vous marquer. Vraiment, vous n'en gardez aucune trace ? J'ai pour ma part des souvenirs qui remontent bien avant mes cinq ans.

— Pas la moindre impression.

Il massa son crâne endolori. Des coups de massue martelaient ses tempes. Il contracta les mâchoires et plissa les yeux.

— Qu'avez-vous ? Vous êtes souffrant ?

— Non. J'ai dû prendre un coup de soleil, je n'aurais pas dû retirer mon chapeau.

Il le déposa sur le sommet de sa tête, l'ajusta et affirma :

— C'est ma grand-mère Célestine qui m'a élevé et c'était bien mieux comme ça. J'ai des liens très forts avec elle. Je lui envoie de mes nouvelles régulièrement. Je ne sais pas si ma mère les lit ou si elle m'en veut encore d'être parti. En tout cas, je ne reçois de réponse que de Célestine.

— Je comprends la tendresse qui vous lie. J'aime tant Lizzy, moi aussi. Peut-être devriez-vous écrire une lettre à votre maman. Certaines mères ne savent pas montrer leur tendresse, elles sont habitées d'une sorte de pudeur mais elles vous aiment tout autant.

Jules ne répondit rien. Il se souvint des mots douloureux que Louise avait prononcés juste avant qu'il ne s'en aille. « Si tu craques, inutile de revenir. » Une discipline qui avait orienté sa vie et qu'il mettait un point d'honneur à maintenir.

Elle reprit :

— C'est difficile pour une mère de voir son enfant souffrant, et croyez-moi, j'en sais quelque chose. Je suis tombée très malade alors que j'avais à peine dix ans. Une phtisie pulmonaire.

— Est-ce que c'est grave ?

— Oui, très. J'ai eu la chance d'être soignée par le docteur Kuss au sanatorium Villemin. C'est dans la vallée de L'Oise. Malheureusement… commença-t-elle sur le ton de la confidence.

— Malheureusement quoi ? demanda Jules.

Ils aperçurent à ce moment l'oncle et la tante qui les observaient en surplomb.

— D'autres s'en sortent moins bien, finit-elle par dire.

Il se proposa de la raccompagner jusqu'à l'hôtel, peu désireux de la quitter, ce à quoi elle acquiesça, visiblement ravie.

21

Tous les quatre empruntèrent le funiculaire vers les terrasses en bavardant avec entrain. Jules les escorta jusqu'au hall d'entrée sans le franchir et, après avoir regardé à regret sa belle s'éloigner, prit la direction opposée. Il croisa le chemin de la mère d'Ombeline qui, après l'avoir salué, lui dit :

— Vous savez, vous ne devriez pas vous bercer d'illusions concernant ma fille. Vous l'avez sauvée de la noyade. Elle vous considère comme son héros, c'est bien naturel. N'en espérez pas plus. Quand la magie sera retombée, il ne vous restera plus qu'à retourner à votre anonymat. Et puis, nous partons mardi.

Jules accusa le coup et tourna les talons. Alors qu'il s'apprêtait à descendre la rampe de la falaise, il rencontra un groupe d'hommes, parmi lesquels il reconnut le père d'Ombeline. Celui-ci l'arrêta :

— Voici, messieurs, celui qui a sauvé ma fille de la noyade.

Tous saluèrent son geste héroïque.

— Maintenant, ils ne se quittent plus, déclara-t-il, en déclenchant de petits rires amusés. Continuez sans moi, mes amis, je vous rejoins.

Il fit un pas de côté, incitant Jules à l'accompagner, en vue d'une discussion privée.

— Jeune homme, nous avons célébré et récompensé votre bravoure. Je pensais que nous étions quittes. Ce n'est apparemment pas le cas, ce qui me contrarie un peu, je dois bien vous l'avouer. Ma fille doit rencontrer son futur fiancé dans deux jours. Autant vous dire que des influences extérieures sont malvenues dans ce contexte. Elle est jeune et malléable, comme vous avez sûrement dû le remarquer. Alors, pourquoi ne passerions-nous pas un accord tous les deux, d'adulte à adulte ? Je vais être plus précis. Combien dois-je vous donner pour que vous laissiez ma fille tranquille ?

Jules le regarda, incrédule.

— Vous êtes sérieux ?

— Évidemment.

— Mais je ne suis pas le genre de type qu'on achète. Que croyez-vous ?

— Que chaque homme a son prix. Réfléchissez. Je lui offre un avenir heureux, à l'abri des tracas financiers. Que peut-elle espérer de mieux ?

C'en était trop pour Jules qui ne put s'empêcher de répondre :

— Mais de l'amour. N'est-ce pas ce dont rêvent toutes les jeunes femmes ?

— Avec un simple ouvrier, loin des fastes auxquels elle est habituée ?

Jules préféra s'éloigner, sentant sourdre les affres de la colère. Il entendait le père qui criait :

— Réfléchissez. Ne laissez pas passer votre chance.

Il fulmina en arpentant le sentier littoral de Mers-les-Bains, parcourut les kilomètres d'une traite comme on avale une potion amère. Jamais il n'avait effectué d'aussi rapides foulées, à s'en couper le souffle. La douche glaciale qu'il venait de recevoir l'avait remis sur les rails, ceux d'une réalité qu'il avait occultée ces derniers jours et qui lui revenait en pleine face, lui ouvrant enfin les yeux. Monsieur Fleuret disait vrai, qu'avait-il à espérer de leur relation ? Ombeline paraissait l'apprécier en tant qu'ami et confident mais pouvait-il en escompter davantage ? Il dormit mal, se retournant sans cesse dans son couchage, trempé de sueur. Pouvait-il espérer la revoir ?

Elle ne se présenta pas pendant deux jours, de manière attendue puisque le dimanche avait lieu l'anniversaire de mariage de ses parents. Qu'à cela ne tienne, elle viendrait au moins le saluer avant son départ. Toute la nuit, il construisit d'improbables *scenarii*. Son père les contraignait à précipiter leur retour, soi-disant pour affaires, ou bien la séquestrait dans sa chambre. Le lundi soir, contre toute attente, il la vit franchir l'allée de sable et se diriger promptement vers lui.

— J'ai réussi à leur faire faux bond mais ils ne doivent pas nous trouver ici.

Jules lui prit la main et l'entraîna en courant à travers les ruelles du Tréport. Elle s'amusait de se voir enlevée et d'échapper ainsi à ses obligations. Ils parcoururent le quartier des Cordiers, grimpèrent jusqu'à l'église, admirèrent le panorama sur la mer, tressautant à chaque bruit de pas, riant et s'engouffrant dans les venelles. Il l'enlaça sous un porche, sentit son corps frissonnant, délicieusement cambré, approcha ses lèvres et lui donna un baiser tendre et langoureux.

— Tu m'as tant manqué. Je n'ai pas cessé de penser à toi.

— J'ai vécu un des dimanches les plus tristes de mon existence, fit-elle, et cet Édouard, quel ennui !

Il embrassa à nouveau les lèvres joliment ourlées, douces comme de la soie, addictives.

— Ton père n'est pas un homme facile.

— Il m'a dit avoir passé du temps avec toi lorsque tu m'as raccompagnée. Tu lui aurais confié que les bourgeoises en villégiature te sont source de distraction.

— Quoi ? Mais, ce ne sont que des mensonges.

— Ce sont les propos qu'il t'a fait tenir. Je me suis bien doutée qu'il tentait de me manipuler. Je connais mon père et ses manœuvres. Lorsque j'ai répliqué, il s'est fâché et a menacé de me cloîtrer dans la chambre de l'hôtel si je ne changeais pas d'attitude. Après cela, ils ne m'ont pas laissée seule une seconde.

Ils restèrent ainsi lovés l'un contre l'autre, avant de reprendre leur promenade dans les hauts quartiers de la ville, main dans la main, unis dans un même espoir, celui de prolonger ces instants de plénitude. Lorsque le jour commença à décliner et qu'arriva le moment des adieux, Jules lui confia, tristement :

— Maintenant, tu vas m'oublier et te marier, comme le veut ton père.

— Pas question, fit-elle. À ma majorité, c'est promis, je viendrai te retrouver.

Elle dissimula l'adresse qu'il lui avait transmise à l'intérieur de son corset, assurant qu'elle lui écrirait. Puis ils s'enlacèrent une dernière fois avant qu'elle ne regagne le funiculaire.

Après son départ, plus rien ne fut comme avant. Cette rencontre avait bouleversé sa vie, en l'illuminant de couleurs. Ombeline, grâce à ses mots, avait brisé les chaînes qui l'entravaient et chassé les idées sombres qui parasitaient son existence. D'aveugle, il devint hyper éveillé, attentif au moindre souffle de vent, à la beauté du paysage, du ciel et de la mer dont le bleu lui rappelait parfois ses yeux. Elle tint sa promesse et lui écrivit, lui confiant l'adresse de Lizzy où il pourrait lui répondre. Il le fit anxieusement, avec la crainte de décevoir par des mots trop ordinaires, déchira la page et réitéra la manœuvre à plusieurs reprises jusqu'à se décider enfin pour une version définitive à peine satisfaisante. La boîte postale dans laquelle il glissa l'enveloppe lui fit l'effet d'une impitoyable gueule de loup. Elle absorba la lettre et referma irrévocablement ses crocs sur elle.

22

Le dimanche, Dirlek escaladait les sentiers côtiers en crête de falaise, le long des herbes battues au vent, prudemment, contraint par son maître à se tenir à bonne distance du rebord, de crainte des éboulis qui se produisaient fréquemment. Jules l'emmenait grimper le chemin des matelots jusqu'à la statue de Notre-Dame de la Falaise, puis partait en direction d'Ault, surplombait la côte et revenait par les champs, pour observer les oiseaux migrateurs. Il contemplait alors les points de vue sur la mer, à la manière d'un peintre, en quête du meilleur angle pour poser son chevalet. Juste avant l'été, un champ de lin en fleur, au sommet d'une pente, lui offrit une perspective enchantée sur les flots en contrebas. Tout y était, le ciel bleu foncé, la mer dont le vert givré s'étirait au large en un fondu de lapis-lazuli et de bleu paon et ces corolles fragiles dansant au gré du vent, telle une marée bleu pâle. Il n'aurait su définir leur couleur. Elles lui évoquaient les campanules ou les pervenches sans en posséder véritablement la teinte. C'est chez un marchand de journaux qu'il approcha au plus près de leur nuance. Il y acquit plusieurs pastels dont le bleu maya combla ses espérances. Dès lors, ses croquis s'agrémentèrent de couleur, comme s'il leur avait insufflé la vie.

Au mois d'août, alors qu'avait lieu au Tréport la Fête des baigneurs, Jules fut appelé à la caserne Amey à Évreux, afin d'y effectuer sa seconde période militaire d'une durée de neuf jours, lieu qu'il avait déjà fréquenté lors de son premier exercice de dix-sept jours en 1911. Il y retrouva son compagnon d'armée active, Moïse, avec lequel il avait sympathisé. Une silhouette trapue, au tempérament vif, qui contrastait étonnamment avec celui, calme et posé, de Jules. À croire qu'ils se complétaient, comme l'adret et l'ubac d'une même montagne. Ils furent heureux de se revoir. Après des épreuves de course à pied, de gymnastique, de maniement des armes et de manœuvres dans la caserne, on affecta Jules au corps des tailleurs, pour son caractère soigneux et méticuleux. Il réparait, rapiéçait les tissus des uniformes afin de leur donner une seconde vie. Moïse avait été affecté à l'entretien des routes.

La discipline de la caserne se voulait exigeante mais moindre en comparaison de leurs deux années d'armée active, dans le camp de Mourmelon, en Champagne. Jules découvrait son ami sous un tout nouveau jour. Il était désormais papa d'une fillette prénommée Clara, qui représentait tout pour lui. Sa femme souffrait de phtisie pulmonaire et devait souvent s'absenter pour subir des soins. L'épidémie sévissait à Paris et se répandait telle une ombre maléfique sur les quartiers les plus pauvres de la banlieue. Jules pensa immédiatement à Ombeline et à sa chance d'en avoir guéri. Moïse avait laissé malgré lui la petite à sa sœur, mais ne semblait pas lui accorder une grande confiance.

Jules lui conta son arrivée au Tréport après les années passées à Fécamp et sa rencontre récente avec la ravissante Ombeline.

— Je te souhaite d'avoir des enfants avec elle. C'est la plus belle chose qu'un homme puisse espérer, tu verras. Au début, on s'inquiète. Est-ce que je vais être à la hauteur ? Après on est pris dans un tourbillon de tâches qui font qu'on n'y pense plus. Les gosses vous offrent tellement d'amour qu'on soulèverait des montagnes pour eux.

— Je te comprends. Je suis tombé sous le charme de mes petites cousines à Fécamp, deux adorables poupées. J'aimerais un jour en avoir une rien qu'à moi. Pour l'instant, c'est un peu tôt. Je ne sais même pas si mon histoire avec Ombeline va perdurer. Son père est un riche homme d'affaires parisien et il ne l'entend pas de cette oreille.

— Comme on dit, à cœur vaillant, rien d'impossible.

Jules retrouva avec bonheur sa maison de Mers-les-Bains, Yvette, l'homme au monocle et son chien Dirlek. Il entretenait une relation épistolaire avec Ombeline. Confiant, il lui envoyait désormais des textes enflammés qu'il illustrait toujours de croquis aux thèmes maritimes et recevait en retour une confirmation de l'amour qu'elle éprouvait pour lui. Il était rassuré mais s'en étonnait. Qu'avait-elle pu lui trouver ? Il lisait et relisait sans cesse ses lettres et s'endormait avec elles à ses côtés. Il lui tardait de la revoir et les mois n'en finissaient pas de s'écouler.

Il écrivit à Célestine sans pour autant s'épancher sur sa nouvelle liaison, estimant qu'en dévoiler l'existence était prématuré. Il ne s'en confia pas davantage à ses cousins de Fécamp. Deux nouvelles importantes lui parvinrent par le biais d'Hugo. La première concernait Quito. Il venait d'être père et savourait son nouveau bonheur. La seconde se rapportait au docteur Dufour. Celui-ci était chevalier de la Légion d'honneur depuis le mois d'août.

Arriva l'année 1914.

Jules se rendit pour la première fois au Modern Cinema de Mers-les-Bains où l'on projetait *Le Chevalier de Maison-Rouge*. Ce film d'aventures le fascina et lui procura une sensation inégalable, une expérience qu'il se hâta de partager avec Ombeline. Elle en fut ravie pour lui et lui redit son désir de venir lui rendre visite.

Les locataires se succédaient dans les maisons colorées tandis que les notes du gramophone d'Yvette continuaient d'enchanter la vie du quartier. Jules achetait deux fois par semaine *Le Messager eudois* qu'il lui prêtait volontiers. À la fin du mois de janvier, un canular fut révélé dans toute la presse. Paul Birault, un journaliste parisien, avait en effet créé, en décembre 1913, le Comité du centenaire d'Hégésippe Simon et envoyé une invitation à cent parlementaires et à un ministre pour l'inauguration de la statue de ce grand précurseur. Le personnage était purement fictif. Certaines figures, conviées à se rendre à Poil, ville natale affectée à Hégésippe Simon, avaient répondu présentes, dix-sept au total, sans réaliser que la date de l'invitation était le 31 mars 1914, la veille du 1er avril. Certains prétendirent même avoir connu personnellement l'homme, grand patriote à leurs yeux, paré de toutes les valeurs.

Jules et Yvette rirent beaucoup de cette bonne farce. Lorsqu'une chose promise leur paraissait impossible à obtenir, ils ne l'illustraient plus par la semaine des quatre jeudis mais disaient plutôt : « Autant finir à Poil devant la statue », puis plus simplement : « Autant finir à poil. »

En juin, Jules reçut la lettre d'Ombeline, tant espérée, celle qui lui annonçait son arrivée au Tréport dans les semaines qui suivraient, avant la fin du mois tout au plus, le temps de s'entendre avec une amie chez qui elle passerait prétendument trois jours. Elle venait d'avoir vingt et un ans, la majorité, mais ne pouvait se départir de l'assistance financière de son père. Le patron de Jules lui avait accordé un congé exceptionnel qu'il compenserait par la suite en heures supplémentaires.

Le 27 juin, il attendit sur les quais de la gare du Tréport et vit Ombeline descendre du train et effectuer quelques pas vers lui de sa démarche lente et gracieuse. Comme il la contemplait, des vers de Baudelaire lui vinrent en tête :

Avec ses vêtements ondoyants et nacrés,
même quand elle marche, on croirait qu'elle danse.

Un homme qui s'était visiblement offert de porter son bagage lui emboîtait le pas. Jules se précipita afin de le remercier et de l'éconduire poliment.

23

Les retrouvailles furent heureuses et enflammées. Jules, ivre d'émotions, ne pouvait contenir son bonheur tant il l'envahissait. Il enlaçait sans cesse son amoureuse, lui répétait des mots tendres. Elle répondait à ses attentes mais réfrénait, gênée, ces effusions publiques de crainte de paraître inconvenante.

Ils empruntèrent le tramway jusqu'à Mers-les-Bains et s'en allèrent déposer le bagage de la jeune femme dans la maison bleue. Les touches de couleur qui recouvraient les villas et égayaient le paysage la subjuguèrent. Elle apprécia particulièrement les motifs marins qui ornaient certains balcons, les boutons de céramiques floraux bleu turquoise et s'amusa des noms dont chacune d'elles était baptisée. Comme elle s'étonnait de ne pas voir Dirlek, Jules lui expliqua qu'Yvette se chargeait de sa garde. Il avait passé beaucoup de temps à nettoyer son logement, lequel rutilait de propreté, et espérait que si simple qu'il fût, il conviendrait à sa princesse. Il ouvrit la porte bleue avec une pointe d'appréhension qu'il dissimula du mieux qu'il put. La demoiselle trouva l'agencement de la maison agréable et la salle de séjour suffisamment spacieuse, ce qu'il prit de prime abord pour de la politesse forcée.

Il réalisa qu'elle était sincère, lorsqu'elle décrivit l'espace restreint de certains lieux de vie au cœur de la capitale.

Puis ils s'en furent, main dans la main, arpenter l'estran jusqu'au soir. Jules l'emmena dîner dans un restaurant d'apparence modeste mais à la cuisine raffinée. Il demanda à faire remplacer la cruche à eau, expliquant que le bec en était ébréché. Ombeline s'en amusa, flattée par ce qu'elle pensait être de la prévenance. Comment aurait-il pu lui avouer son aversion pour le verre brisé ?

La demoiselle, exténuée par son voyage, avait peu d'appétit. Ils rentrèrent donc assez tôt à la villa. Une fois sur place, elle lui annonça d'une voix grave :

— Je dois te confier quelque chose…

Jules l'observa de ses grands yeux inquiets. Elle reprit :

— C'est difficile pour moi, alors je t'en prie, ne m'interromps pas. Voilà, je t'avais dit avoir souffert de phtisie pulmonaire lorsque j'étais enfant. J'en ai guéri, certes, mais la maladie m'a laissé quelques séquelles, comment dire… malheureuses. Les microbes se sont portés sur cet endroit qu'ont les femmes… ce qu'elles ont de plus intime. Et cela a eu de fâcheux retentissements.

Elle mit la main sur son ventre et hésita à poursuivre. Son regard devint fuyant.

— Mon Dieu, comme c'est difficile.

Elle planta ses yeux dans les siens et déclara en rougissant :

— Je ne pourrai jamais avoir d'enfant.

Jules accueillit la nouvelle avec stupeur, la bouche grande ouverte, soudain pétrifié. Il prit une grande inspiration avant de répondre :

— C'est… vraiment dommage. Mais, comment… En es-tu bien sûre ?

— Oui, c'est définitif.

Ils s'observèrent un instant sans parler et Jules rompit le silence le premier :

— Pour une femme, je n'ose pas imaginer comme ça doit être difficile à vivre. Cela ne change rien aux sentiments que j'ai pour toi et ma foi, si notre histoire perdure, si nous nous en donnons les moyens et si tu le souhaites, nous pourrons toujours adopter un enfant.

Elle sauta dans ses bras en pleurant à chaudes larmes.

— J'avais si peur de te décevoir, que tu ne veuilles plus de moi.

Il l'étreignit étroitement de longues minutes.

— Je t'aime, répétait-il tendrement, essuyant ses joues du revers de la main, les embrassant.

Soudain, elle se déroba à lui.

— Accorde-moi quelques minutes, fit-elle en disparaissant dans la pièce voisine, aménagée en cabinet de toilette.

Jules l'attendit, assis sur le rebord du lit. Elle en revint parée d'une chemise de nuit en soie rose pâle et en dentelle qui mettait en valeur sa silhouette longiligne. Jules devina sous le tissu une poitrine charmante.

— Comme tu es belle ! fit-il, ébloui.

Il l'attira à lui. Ses mains s'enhardirent sous le léger voile à la découverte de son corps. Elles rencontrèrent la tiédeur des cuisses et les petits seins arrogants. Puis il glissa l'étoffe par-dessus sa tête. Elle l'aida à déboutonner sa chemise. Lui, n'y tenant plus, acheva de se déshabiller et envoya voler dans la chambre le reste de ses vêtements.

— Sois doux, fit-elle, c'est la première fois.

Il s'allongea sur elle, sentit le corps palpitant de désir, offert. Il prit son temps, dévora de baisers chaque parcelle de sa peau, une peau satinée, sucrée, parfumée. Puis, il la posséda, lentement, intuitivement, attentif au moindre sursaut de son corps. Ils chavirèrent ensemble dans un bonheur absolu. Quand ce fut fini, ils rouvrirent les yeux, ravis, puis, demeurèrent enlacés, peau contre peau, jusqu'au petit matin.

Lorsqu'ils se levèrent enfin, le soleil éclairait déjà la pièce de séjour, la promesse d'une journée radieuse. Ils déjeunèrent d'un morceau de pain et de beurre fermier, burent un café chaud, traînèrent pour se laver et s'habiller, interrompant leurs gestes pour se picorer de baisers. Ombeline revêtit une robe estivale toute simple, parée de toute la beauté de sa jeunesse et alors que Jules ne pouvait détacher ses yeux de son corps de sylphide, elle proposa de manière inattendue :

— J'ai emporté dans mon bagage une combinaison de bain et un peignoir. Crois-tu que tu pourrais m'apprendre à nager ?

Il sourit à cette idée.

— Bien sûr mais nous ne sommes qu'au mois de juin. Je préfère te prévenir, la température de l'eau est plutôt saisissante.

— Le docteur Rouhet recommande les bains froids pour endurcir le corps, assura-t-elle en riant. Et, j'allais oublier, pourras-tu emporter ton carnet de dessins ?

Ils s'arrêtèrent chez Yvette avant de partir. La porte fut à peine ouverte que Dirlek surgit joyeusement et vint faire la fête à son maître. Jules présenta les deux femmes l'une à l'autre, plaisantant sous les assauts de la bête qui le poussait avec sa truffe et qu'il tentait de contenir. Elles firent connaissance. Yvette, visiblement impressionnée par l'élégance naturelle d'Ombeline, utilisait un langage soutenu, presque ampoulé. Le chien enfin calmé, Jules put libérer son étreinte et le laisser aller et venir. Il quémanda des câlins à la jeune femme qui le caressa longuement, ravie de plonger ses doigts dans les poils épais de l'animal. Dans la pièce voisine, le gramophone livrait une mélodie que Jules n'avait encore jamais entendue. Une voix féminine portait des paroles qu'Ombeline reconnut immédiatement.

— C'est Nitta-Jo, *Le Jeune Homme du métro*, j'aime beaucoup.

Yvette apprécia la remarque et lui adressa un sourire satisfait. Puis ils se rendirent en tramway jusqu'à la plage du Tréport et revêtirent leurs combinaisons de bain.

— Ne te moque pas, fit-elle.

Ils rirent l'un et l'autre de leur accoutrement et s'en allèrent en courant jusqu'aux premières vagues. Elle poussa de petits cris en s'enfonçant dans l'eau, crut ne jamais pouvoir s'immerger entièrement, réussit toutefois à se tempérer. Jules la soutint en flottaison tout en lui enseignant la technique de la brasse. Elle suivit ses conseils et finit par esquisser, seule, quelques mouvements.

Ils grignotèrent des en-cas dans l'après-midi. Elle ne souhaitait pas se rendre au restaurant et Jules avait peine à croire à une telle simplicité chez une femme de son rang. Elle lui expliqua qu'à Paris, sa mère concoctait elle-même les repas et qu'elle la secondait bien souvent. Que ce soit avec elle ou avec Lizzy, elle éprouvait toujours autant de plaisir à réaliser de bons petits plats. Une femme venait entretenir la maison et préparait les recettes des déjeuners mondains mais c'était tout. Ils étaient des bourgeois moyens et sa mère n'aurait jamais accepté d'employer du personnel journellement, question d'éducation. Jules comprit mieux l'attitude de la jeune fille et le fossé qu'il avait cru présent entre leurs deux échelles sociales s'amenuisa, ce qui le rendit optimiste. Il en était ravi.

Elle feuilleta son carnet de dessins. Un homme les observait sur la plage, portant un appareil photo. Il se dirigea vers eux.

— Je suis Ernest Arnault, photographe. Je vous trouve tellement beaux. Permettez-vous que je vous immortalise ?

Les deux amants prirent la pose, amusés. Quand ce fut fini, l'homme proposa de leur envoyer un double de la photographie. Ombeline donna l'adresse parisienne de sa grand-mère Lizzy.

Ils parcoururent les ruelles de la ville, arpentèrent la plage, rirent avec les mouettes et s'en allèrent marcher sur le haut des falaises, enlacés à l'abri des regards. Le jour défila à toute vitesse. Exténués et affamés, ils empruntèrent le tramway pour se rendre dans le restaurant le plus réputé du Tréport pour sa cuisine des coquillages. Ils se régalèrent de moules, de pommes de terre et de vin blanc. Il était tôt lorsqu'ils franchirent la porte de la maison bleue.

— Ça te dirait de boire un dernier verre sur le muret près de la plage ? fit-il en brandissant une bouteille de cidre.

— Bien sûr, j'y comptais bien. Tu m'as tant parlé de vos rendez-vous de locataires que j'ai hâte d'y assister. J'ai même apporté ceci.

Elle sortit de son bagage une boîte de biscuits joliment enveloppée d'un papier rose, portant le nom de l'enseigne Maison Ladurée.

— Ce sont des macarons.

Les habitants présents étaient au nombre de quatre, Yvette, un couple en voyage de noces et le monsieur au monocle. Ils furent ravis de boire un verre de cidre et de découvrir les célèbres macarons à la coque légère et fondante. Les jeunes mariés se tenaient un peu en retrait, visiblement très amoureux. Yvette observait Ombeline avec un air complice. Quant au monocle, il n'avait d'yeux que pour elle, la suivait du regard, ébloui, et lui souriait. Jules ne se souvint pas d'avoir déjà vu un sourire se dessiner sur les lèvres du vieil homme. En lieu et place de la tête d'éteignoir qu'il offrait habituellement se profilait un nouveau visage. Jules, à cet instant, le trouva fort sympathique. Pas de doute, sa jeune compagne savait conquérir les cœurs.

Tous l'écoutaient avec curiosité, un brin envieux, évoquer sa vie parisienne, les expositions universelles, la tour Eiffel, le Sacré-Cœur, les premiers films du cinématographe. Le jeune marié s'enhardit à citer le Moulin Rouge, ce qui eut pour effet d'empourprer le visage de sa femme. Ombeline expliqua qu'il était devenu le temple de l'opérette et qu'on pouvait y voir bon nombre de revues. Mistinguett s'y faisait un nom. Elle ajouta que la plupart des actrices portaient des corsets confectionnés dans l'usine de son père. Cette révélation suscita l'admiration générale.

Ombeline reconnut que les résidents des bords de mer ne devaient surtout rien envier à une vie parisienne où l'espace de liberté était restreint, confiné. Les habitants n'avaient d'ailleurs qu'une hâte aux beaux jours, celle de fuir la capitale. Chacun admit qu'elle avait raison, entrevit sa chance sous un nouvel angle et émit un soupir de bien-être à cette pensée. L'homme au monocle tenta une approche :

— Alors, le Louvre a retrouvé sa *Joconde* ?

— Oui, quelle histoire ! fit-elle. Et Apollinaire et Picasso tous deux emprisonnés à tort !

— Un ancien employé du musée, si j'ai bien compris. Ce serait lui le responsable.

— Exactement. Il a gardé le tableau sous son lit pendant deux ans et lui faisait prendre le train dans une valise. Qui se serait douté ?

— Comme dans les bons romans, remarqua Jules. Le coupable n'est jamais celui qu'on croit. Sans doute un amateur d'art compulsif.

— Oui. L'homme était italien et a expliqué qu'il souhaitait rendre le tableau à son pays.

— Un excès de patriotisme, dit en souriant le monocle.

Yvette évoqua la météo du mois passé :

— Avez-vous subi les dégâts du dernier orage ?

— Non, pas dans mon quartier mais plus haut, dans le VIIIe, ça a été terrible, la chaussée ouverte par l'eau des égouts, des voitures et des piétons engloutis dans cette faille béante. Onze morts. Il y a eu des maisons effondrées et le métro Saint-Lazare inondé. Un orage pareil, ça n'était pas arrivé depuis des années. Quelle catastrophe !

— On remet en cause les travaux du métro à ce qu'on dit, osa le vieil homme.

— Effectivement. Nous en saurons plus après les expertises.

— Il se passe toujours quelque chose à Paris, affirma le jeune marié. Des amis à moi sont allés écouter Jaurès au Pré-Saint-Gervais. Ça barde, à ce qu'il paraît. Il reste opposé au service militaire de trois ans et il ne lâche rien.

— Jaurès a de bonnes idées, affirma Ombeline avec un sourire malicieux, contre la guerre, pour la liberté des femmes, pour que nous soyons reconnues comme les égales des hommes et obtenions, un jour, le droit de vote.

— Le droit de vote, soupira la jeune mariée, ce n'est sûrement pas pour demain.

Yvette renchérit en adressant un clin d'œil complice à Jules.

— Autant être à poil devant la statue d'Hégésippe Simon.

Une vague de rires ébranla le petit groupe. Contre toute attente, le monocle, d'ordinaire si sérieux, leva son verre en proclamant :

— Trinquons à la statue de ce brave homme !

Chacun put profiter de l'atmosphère estivale, légère et insouciante. Le vent léger caressait les visages d'une douce tiédeur, à peine rafraîchie par la nuit qui tombait. Jules repenserait longtemps à cette soirée, aux voix qui s'étaient tues, au soleil rougeoyant qui glissait et se fondait dans la mer et à ses bras autour de la taille d'Ombeline. On se quitta ravis de ce moment de partage.

Le lendemain, la journée fut en demi-teinte, mêlant confusément l'ivresse des sentiments amoureux et l'angoisse de l'inéluctable séparation. Elle leur parut succincte, abrégée encore par ce train que devait attraper la jeune femme. Juste avant son départ de Mers-les-Bains, elle souhaita rendre une dernière visite à Yvette. Celle-ci l'accueillit chaleureusement et s'en alla chercher un paquet qu'elle lui confia. Des crêpes qu'elle avait confectionnées spécialement à son attention, en guise de cadeau d'adieu. Les deux femmes s'embrassèrent.

— Revenez vite nous voir, proposa Yvette, émue.

Ils empruntèrent le tramway pour se diriger vers la gare du Tréport-Mers. Sur la voiture arrière, une publicité vantait les mérites de la maison Bourdelot, propriétaire du bazar des galeries sur le quai François-Ier. Ce magasin dans lequel ils avaient flâné la veille, en toute insouciance.

— Ils sont touchants, tes amis locataires, lui confia-t-elle. Yvette a un cœur en or et ce monsieur au monocle, un peu silencieux, réfléchi, on croirait un espion des services secrets.

— C'est vrai, reconnut Jules, il en a tout à fait le visage. Yvette te dirait qu'il en a l'air mais pas les paroles.

Ils en rirent tous deux, puis, soudains muets, regardèrent défiler le paysage, en proie au vague à l'âme.

La gare vomissait son flux de passagers, fraîchement débarqués, en provenance de Dieppe. Des familles qui, pour la plupart, avaient profité de la plage. Des visages colorés, empreints des premiers soleils de l'été, autant de vies croisées, anonymes, vidées de leur substance, tant elles semblaient indifférentes à Jules. Devant le bâtiment, un crieur de journaux proposait l'édition du *Messager eudois*.

— Dernières nouvelles ! L'assassinat de l'archiduc François Ferdinand, héritier du trône d'Autriche, et de Sophie, son épouse ! On accuse les Serbes d'avoir commandité le crime !

— Oh ! Mais c'est terrible ! fit Ombeline.

— Un complot, comprit Jules en achetant au garçon un exemplaire du périodique et en l'offrant à la jeune femme.

— Désormais, il n'y a plus que Jaurès pour arrêter la guerre, conclut-elle sur un ton préoccupé.

Ils savourèrent leurs derniers instants de plénitude, enlacés, sur le quai de la gare.

— Ces quelques jours ont été magnifiques, fit Jules. Tu es tellement belle, intelligente et raffinée. C'est un bonheur de t'avoir rencontrée. J'aimerais tant croire que tu ne vas pas t'enticher d'un type mieux que moi.

Elle posa sa main sur son visage.

— Tu sais que je t'aime. Mon cœur ne pourrait appartenir à un autre que toi. Comme il va me sembler long, le moment de te revoir ! Mais… tu viendras me rendre visite à Paris. Peut-être pourrais-tu loger chez ma grand-mère, Lizzy ? Promets-le-moi.

— J'en serai ravi. J'essaye de prévoir ça pour le mois d'août.

— J'ai hâte.

Le train parvint en gare. Jules installa sa princesse à l'intérieur et lui fit ses adieux. Le sifflet à vapeur de la locomotive retentit et, avec lui, le temps de la séparation, brutale, déchirante, cruelle.

Jules en fut anéanti. Mélancolique, il retrouva sa maison aux volets bleus. Heureusement, la présence réconfortante de Dirlek l'aida à passer ce cap difficile.

24

La vie reprit son cours, ponctuée des apéritifs entre voisins sur le muret. La silhouette d'Ombeline semblait se détacher en filigrane sur le front de mer et les accompagner. On y énonçait fréquemment son prénom, preuve qu'elle avait su apposer une marque indélébile dans le cœur de chacun. Au mois de juillet, le vieil homme relata la manifestation des féministes aux Tuileries pour réclamer le suffrage des femmes. Jules sourit sans répondre. S'y trouvait-elle ?

Fin juillet, il évoqua avec Yvette les propos d'Ombeline sur le monocle et sa prétendue qualité d'espion, pensant l'amuser.

— Vous ne croyez pas si bien dire. Vous savez garder les secrets, n'est-ce pas ?

Jules opina de la tête, surpris par la tournure sérieuse que prenait la conversation.

— Eh bien, un jour qu'il y avait eu un début d'incendie, dans la cheminée de son immeuble, j'ai dû m'introduire dans son logement avec ma clé. Il était absent. En pénétrant dans l'appartement, j'ai découvert un poste de TSF et, posés à même la table, des papiers d'identité vierges, plusieurs tampons et un billet de ferry pour l'Angleterre.

Jules ouvrit de grands yeux stupéfaits et convint avec une moue :

— Laisser de telles preuves à portée de regard. Pour un agent, ça n'est pas très prudent.

— Peut-être l'a-t-on pris de court ? En tout cas, je ne lui ai jamais avoué être entrée chez lui ; c'était mieux ainsi. Mais ce n'est pas tout. Lorsque, ces jours derniers, on a confisqué les postes de TSF partout en ville, il n'a même pas été inquiété. Ça ne m'étonnerait pas qu'il s'absente régulièrement pour rejoindre l'Angleterre. Il s'en va prendre le bateau à Dieppe, et roule ma poule ! Je ne vous ai rien dit, bien sûr.

Jules retournait nager presque tous les soirs et exerçait son rôle de surveillant de baignade le dimanche, réitérant par le souvenir sa première rencontre avec Ombeline, lui écrivait, se démenait au travail afin de compenser les heures octroyées lors de ces trois jours. Il se demanda s'il obtiendrait semblable autorisation au mois d'août.

Il n'eut pas à se poser la question bien longtemps. Le 1er août, dans les rues de Mers et du Tréport, la nouvelle se répandit avec une vitesse fulgurante. *On a assassiné Jaurès.*

— Cette fois, la guerre est inévitable, soliloqua Jules.

L'église du Tréport sonna le tocsin. De grandes affiches blanches furent collées en hâte sur la porte de l'édifice et sur celle de la mairie, attirant une population curieuse. Jules parvint à se frayer un chemin parmi la foule et découvrit l'ordre de mobilisation générale, qui prenait effet dès le lendemain. Un frisson lui parcourut l'échine. Il demeura un long moment sur la petite place, hagard, assistant au va-et-vient des passants. Des femmes s'en allaient lire l'affiche et en repartaient les yeux emplis de larmes. Quand reverrait-il Ombeline ? Des hommes regagnaient leur domicile à grandes enjambées. Il fit de même. Un silence de plomb semblait s'être emparé de la ville, stoppant net toutes les activités. Même le tramway ne circulait plus.

Il allait devoir se séparer d'Yvette, de la maison bleue qu'il aimait tant, et du rivage. Pas un seul jour sans qu'il ait écouté la respiration de la mer. Quelle tristesse de devoir tout quitter ! Plus que tout, il allait devoir abandonner son chien. Cela lui fendait le cœur. Qui lui préparerait ses gamelles et qui lui dénicherait ses biscuits de mer ? Yvette proposa de le prendre en garde. Il insista pour qu'elle accepte l'argent qu'il lui tendait.

— Mon pauvre Jules, lui dit-elle, les yeux brillants.

— Ne vous inquiétez pas, je serai de retour avant cet hiver. Il faut bien défendre son pays.

Il en aurait presque oublié qu'il s'en allait faire la guerre. Il n'était pas anxieux, ressentait même une vague excitation à l'idée de repousser l'envahisseur hors des frontières. Malgré lui, il tourna son regard vers Notre-Dame de la Falaise. Une image surgit alors en lui, forte, prégnante, celle du départ des voiliers pour Terre-Neuve. Il s'imagina soudain matelot, quittant son pays à bord d'un navire. En lui résonnèrent les trois coups de sirène adressés à Notre-Dame du Salut.

Partie 3

25

Trois ans plus tard

— Eh, Moïse ! Comment il s'appelait déjà, ce type, tu sais, celui de la 106e, qui écrivait des poèmes ?

Jules avait le nez relevé au-dessus de son carnet, les sourcils froncés. Sa mémoire des patronymes et surtout celle des prénoms ne s'était pas améliorée avec le temps.

— Laisse-moi réfléchir… Louis, il me semble.

Moïse disputait une partie de manille avec trois autres soldats.

— Louis Fournier, reprit le Furet.

Un sobriquet parfaitement adapté à sa curiosité et à sa ruse. L'oreille traînante, sans cesse à l'affût des conversations, il savait débusquer toute sorte de renseignements. Une qualité qui faisait de lui un informateur hors pair.

— C'est ça, Louis Fournier. Je crois qu'il venait d'ici. J'ai aperçu sur la route une pancarte, Saint-Thomas-en-Argonne. Il l'avait écrit dans son poème. Attendez, si je me souviens bien…

Ce joli coin d'Argonne depuis des mois tressaille.
Il a son front ouvert par toute cette mitraille,
Ses mille neuf cent quatorze années de rudes combats,
Et l'on s'en souviendra de Vienne à Saint-Thomas.

Moïse siffla son admiration tandis que le Furet pouffait.

— Incapable de retenir un prénom mais réciter un poème, si. Passe-moi donc une sèche au lieu de faire le malin.

Le Furet avait pris sa mine renfrognée, contrarié parce qu'il venait de perdre et allait encore devoir payer ses bouteilles de vin. Jules se leva, lui tendit son paquet de cigarettes en riant. Qu'il était bon de pouvoir ainsi se tenir debout en chaussettes sur la paille et de garder les pieds au sec !

Les hommes s'étaient installés dans l'écurie d'une ferme à Ville-sur-Tourbe. Les semaines précédentes les avaient exténués. Après avoir combattu au Chemin des Dames, à Hurtebise et en forêt de Coucy, le régiment avait relevé un bataillon dans les tranchées d'Argonne. Une pluie diluvienne s'était abattue sur la région, formant avec la terre argileuse une boue infâme, collante, inextricable. Ils n'étaient plus que des loques humaines recouvertes d'une gaize qu'ils avaient dû ôter en la raclant au couteau. En outre, quitter leurs brodequins avant la fin des opérations était impossible. Ils en étaient réduits à les conserver aux pieds nuit et jour. Avec les moyens du bord, ils avaient consolidé les tranchées mises à mal par les pluies.

Ces conditions météo mises à part, il y avait eu peu d'affrontements. C'est à peine si de temps à autre, une balle sifflait au-dessus de leurs têtes, rien de comparable aux derniers mois à galoper le long des fossés pour éviter les shrapnels et les tac-tac des mitrailleuses. À croire que la lassitude s'était emparée de l'autre camp. S'accorder quelques jours de repos leur paraissait un luxe. Pouvoir enfin se laver dans un seau et quitter leurs satanées chaussures trempées et boueuses devenait providentiel. En outre, il était intéressant de pouvoir converser avec les femmes, de savoir ce qu'elles pensaient de la guerre. Il n'y avait plus d'hommes nulle part, seulement des vieillards. Les maris de deux d'entre elles se trouvaient sur le front de la Somme. Quant à la plus jeune, elle ne semblait pas avoir de fiancé. Toutes trois tenaient la ferme à bout de bras et s'occupaient des enfants.

Jules observa un type qu'on surnommait Jolicœur, un sourire constant sur les lèvres, l'œil aguicheur et le verbe flatteur pour leurs hôtesses qui allaient et venaient. Ce n'était d'ailleurs pas sa seule particularité. Jolicœur pouvait se vanter d'avoir participé au Tour de France plusieurs années de suite, dont celle de 1913, incluant le passage par les Alpes. Cette prouesse lui valait le respect de tous.

— Alors, quoi ? fit celui-ci. Tu me tires le portrait ?

Jules ne répondit rien, se contentant de sourire.

— Il rédige ses mémoires, fit le Furet.

— Et tu vas en faire quoi ?

Jules l'ignorait, mais pour se donner une contenance, il répliqua :

— Qui sait ? Les publier. Pourquoi pas ?

— Ah, ça, c'est la grande classe, mon gars. Écrivain. Avec ça, toutes les filles vont te tomber dans les bras.

— Mais il a déjà une belle petite femme, une Parisienne, répondit Moïse.

Jules se contenta de sourire, d'un sourire énigmatique, qui encourageait d'ordinaire les interrogations, mais pas cette fois. Il aurait voulu qu'on lui demande à quoi elle ressemblait, exhiber sa photo, recueillir l'admiration de ses camarades et se gorger de vanité. Ceux-ci s'en moquaient et poursuivaient leur partie de cartes, ce qui piqua son amour-propre. Jolicœur reprit :

— En tout cas, quand la guerre sera finie et qu'on défilera en héros dans tout Paris, j'en profiterai pour aller voir les jolies filles de la capitale. Sans leur maman, bien sûr.

Ils rirent tous de bon cœur. Chacun avait encore en tête les acclamations qui avaient accompagné sa mobilisation et son départ dans des trains surchargés. Jules se souvint des Normands dans la gare de Rouen qui, malgré l'heure matinale, étaient venus sur les quais pour les encourager. Il faut dire qu'ils avaient fière allure avec leur pantalon rouge, la capote bleutée à deux rangs de boutons, les mollets resserrés par des guêtres en tissu et le képi qui affichait le numéro de leur régiment. Depuis, le pantalon était passé du rouge au gris et les uniformes avaient vieilli. Récolteraient-ils pareil enthousiasme à leur retour ?

— Avec la tête qu'on a, fit Jules en se tenant la barbe, pas évident que ça plaise aux filles. Je ne suis même pas certain que ma mère me reconnaisse…

— Sûr, fit Moïse, les coiffeurs et les barbiers ne manqueront pas de travail.

La partie de cartes était achevée. Moïse se leva au moment où deux jeunes enfants de six ou sept ans pénétraient à l'intérieur de la grange. Ils lui tendirent timidement une pile de journaux et s'empressèrent de disparaître.

— Vous voyez, fit-il, même les gosses ont peur de nous.

Jolicœur s'était emparé d'un des périodiques.

— Vous n'y êtes pas du tout. Le poilu a la cote. Regardez-moi ça.

En première page figuraient en effet deux soldats en permission dans la capitale, au bras de jolies filles. L'édition remontait à 1915. Les journaux passèrent de main en main. Jules s'arrêta sur la couverture de l'un d'eux, sans doute le plus récent au vu de son aspect lissé. Il datait du 16 octobre 1917, soit d'à peine un mois, et titrait « L'Exécution d'une espionne ». On y voyait Mata Hari en robe de danseuse, tenant les pans de sa jupe, de grands colliers lui descendant jusqu'au nombril. Les soldats observèrent la photo sans émettre la moindre remarque. Cela portait malheur d'évoquer les morts, et l'espionnage, ici, n'avait pas bonne presse. Jules se souvint tout naturellement du vieil homme au monocle.

Au fil des mois, Yvette lui avait écrit depuis ce bord de mer qu'il affectionnait tant pour lui donner des nouvelles du voisinage et de son chien. Elle avait réussi à lui dénicher ses biscuits de mer dans une boulangerie-épicerie, rue Jules-Barni. Il relut, amusé, sa dernière lettre.

Je ne rencontre plus beaucoup mon oncle. Il s'est découvert une passion pour le thé et pour le whisky. Je vois constamment de nouvelles têtes passer chez lui, des amis qu'il initie sans doute à ses dégustations. Je ne suis pas dupe de ce changement. Aussi, quand je l'ai croisé ces jours derniers, il a compris à mon regard que je connaissais ses drôles d'habitudes. Il m'a longuement dévisagée, a émis un vague sourire indéfinissable, de connivence, plus pour sceller notre entente que pour esquiver mes commentaires. Puis il est revenu pour régler son dû, en temps et en heure. C'est la première fois que cela arrive. Nous sommes quittes, m'a-t-il dit. Se serait-il racheté une conduite ?

Le langage codé de la lettre l'avait amusé. Par « mon oncle », Yvette désignait l'homme au monocle, qui, semble-t-il, disparaissait de longues périodes en Angleterre, allusion au thé et au whisky. Quant à ses nouvelles fréquentations, il s'agissait assurément des agents qu'il hébergeait pour un temps dans son logement et auxquels il attribuait de faux papiers. Avant leur acheminement, les courriers étaient interceptés, ouverts, lus, parfois censurés par de grosses ratures noires avant d'être refermés, quand ils n'étaient pas tout bonnement confisqués. Yvette, en femme avisée, avait su déguiser son écriture pour y échapper. Jules, qui avait juré de garder le secret sur l'affaire de l'oncle, tint parole et ne confia nullement ses renseignements, pas même à Moïse.

Le jour commença à décliner. Les hommes allumèrent un feu devant la grange, tandis que le ululement d'une chouette perçait la nuit. Les femmes apportèrent la soupe qu'on mit à chauffer sur le feu et de grandes tartines de beurre que chacun dévora à pleines dents. Puis, les soldats s'installèrent autour de la table, composée d'une porte allongée sur deux tréteaux. À la lumière des lampes Pigeon, ils poursuivirent leur partie de cartes. Jules reprit son carnet et se cala un peu à l'écart sur un ballot de paille suffisamment éclairé. Les flammes dansaient sur ses pages.

Moïse avait perdu sa femme quelques mois avant la mobilisation. Il vint s'asseoir à ses côtés. Les deux amis ne s'étaient pas quittés depuis le début de la guerre et veillaient l'un sur l'autre comme des frères. Ils fumèrent une cigarette sans parler puis Moïse se mit à sculpter des morceaux de bois à l'aide d'un couteau, trouvé dans la poche d'un type qui n'en aurait plus besoin. C'était amusant d'observer ce gars massif et trapu, aux épaules de portefaix, s'adonner à un travail aussi minutieux. Il avait fabriqué de la sorte plusieurs animaux qu'il destinait à sa fille. Un chien, une vache et même une girafe avaient ainsi vu le jour. Jules devait lui reconnaître un certain talent. Lui-même n'aurait pas fait mieux. Il poursuivit son écriture tout en jetant un coup d'œil à la réalisation de Moïse. Un petit cheval apparut bientôt devant ses yeux.

— Quel âge elle a, ta fille ? demanda-t-il soudain.

— Six ans. Elle est du mois de mars, comme moi. Tiens, voilà les derniers dessins qu'elle m'envoie.

Jules admira un instant le chef-d'œuvre accompli par Clara, qui rendait son papa si fier. Des maisons, des arbres et partout des animaux, des chats en particulier, plutôt bien représentés pour une gosse de cet âge.

— Elle adore les chats, fit Moïse, la nature, les bêtes. Ils doivent lui manquer à Paris, chez ma sœur. Tu la verrais. Une gamine douce, sensible et tellement intelligente. Elle rêvait d'avoir un chat, mais nous n'avons jamais pu en prendre parce que ma femme était allergique à leurs poils. Ça la faisait éternuer. Clara ramenait à la maison ceux qu'elle trouvait, les gens abandonnent les petits parfois, mais nous ne pouvions pas les garder alors elle les remettait dehors en pleurant.

Jules sourit. Ces animaux lui remémorèrent sa première permission. Il avait transité par Paris pour rejoindre la Normandie et avait passé de précieuses heures en compagnie d'Ombeline. Elle avait extirpé de son sac à main le cliché que le photographe du Tréport lui avait envoyé et le lui avait tendu, les yeux amusés, guettant sa réaction. Sur le portrait ils souriaient tous deux, Ombeline, magnifique, la cabine de bains à l'arrière, le temps des jours heureux. Puis en y regardant de plus près, il avait remarqué un détail insolite. Un gros chat blanc sorti de nulle part s'était invité et figurait à leurs côtés dans le cadre du photographe.

— Tu as vu, avait-elle dit comme il semble prendre la pose.

Ils avaient ri tous d'eux, d'un rire enfantin qui faisait du bien. Ombeline avait la faculté de lui faire oublier les malheurs par son optimisme et par son habileté à trouver de la drôlerie en toutes choses. Il entendait encore son rire franc s'écouler comme une cascade joyeuse, éclabousser les éléments et tout inonder de gaieté. Il sourit à ce souvenir, se grattant la barbe, dans un geste automatique, presque une manie, qui cessait tout naturellement dès qu'il saisissait son carnet. C'était un objet auquel il tenait beaucoup. Il émanait d'un envoi d'Ombeline au début de la guerre. Depuis si longtemps déjà. Il caressa la couverture de cuir usé puis l'ouvrit. À peine avait-il son crayon en main que les idées jaillissaient sur le papier et y déposaient leur empreinte. Ces mots qu'il croyait perdus lui revenaient avec une facilité satisfaisante. Dans les premiers temps, les pages blanches l'avaient pétrifié. Son cerveau anesthésié, amorphe, semblait incapable d'y coucher la moindre syllabe. Sans doute avait-il assisté à tant d'horreurs qu'en réactiver le souvenir lui paraissait insurmontable.

Le crayon entre les lèvres, il se revit à Rouen le jour de son départ. Comme l'indiquait la feuille de route de son carnet militaire, le 6 août, il s'était rendu par le train dans une caserne à Rouen, près du Jardin des plantes. Une fois habillé, il avait hérité de son barda, un havresac et deux musettes contenant ses effets personnels, une couverture, des chaussures, le nécessaire pour nettoyer les armes et des produits d'hygiène. Un matériel dont il fallait maîtriser l'organisation si l'on voulait s'y retrouver. Par-dessus le paquetage trônait l'indispensable gamelle. On lui avait attribué son fusil Lebel, la Rosalie dans son fourreau et des cartouchières. L'ensemble devait bien peser vingt kilos. Puis direction la gare. C'est là qu'il avait rencontré Moïse. Au cours du mois d'août, trois millions de soldats avaient été ainsi mobilisés, regroupés puis répartis dans vingt et un corps d'armée.

Les deux hommes arboraient les chiffres 3 et 9 sur leur képi, ceux du 39e régiment d'infanterie et du 3e corps d'armée. Ensemble, ils avaient suivi la ligne H, celle qui partait de Rouen, transitait par les gares de Pontoise et de Compiègne pour débarquer près de Vouziers. Pendant le voyage, ils avaient fait connaissance avec les gars de leur compagnie, avaient plaisanté en pensant déjà à leur retour. Raccompagner les Allemands chez eux, les impressionner, tout cela ne devait être qu'une formalité. Leur commandant avait perdu ses papiers en montant dans le train. Un type, grand et nerveux, un peu gauche, qui allait et venait, retournait poches et musettes, en proie au désarroi. Il se souvint avoir pensé en le regardant qu'ils étaient bien mal engagés.

À sa surprise, certains soldats détenaient de longs couteaux, tels ceux qu'il avait pu observer à la ferme quand on tuait le cochon. Il avait frissonné d'effroi. À quoi serviraient-ils, à achever les blessés ? Aujourd'hui il savait qu'il avait vu juste.

26

Les premiers mois avaient été les pires de tous. Le premier combat surtout. Après avoir débarqué en Belgique à Charleroi, les hommes de la 39e avaient progressé vers le nord. Jules ignorait encore s'il serait capable de mettre un gars en joue et de l'abattre. Son baptême du feu eut lieu près de Pont-du-Loup. Les Allemands étaient postés à la lisière d'un bois, ses camarades et lui tapis dans un champ d'avoine qui leur dissimulait la vue et les contraignait à se relever pour tirer. Cibles offertes aux mitrailleuses ennemies, leurs pantalons de couleur vive s'agitant tels des coquelicots à la surface du champ. Le combat était inégal.

Chaque homme qui se levait était touché. Si bien que le sergent ordonna l'assaut. Dans un cri général, tous s'élancèrent, se défendant du mieux qu'ils pouvaient. À ses côtés, des camarades tombaient de toutes parts, certains se relevaient, blessés, beaucoup y restèrent. Ce fut un massacre. Presque la moitié de la troupe fut décimée. Jules tira impitoyablement sur les envahisseurs, avec une rage dont il ne soupçonnait pas l'existence, et fut par miracle épargné, du moins physiquement. Moralement, ce fut un bouleversement, le premier d'une longue série.

Cet épisode leur permit de progresser de quelques kilomètres mais l'accalmie ne dura pas. Avant d'atteindre Thy, des tirs d'embuscade les surprirent, les obligeant à se replier dans un village à l'intérieur duquel ils passèrent la nuit, la population ayant déserté les lieux. Au petit matin, des troupes vinrent les seconder avant l'arrivée des Allemands. S'ensuivit un affrontement sanglant au terme duquel le village fut incendié. Des visions de chairs tuméfiées, de membres arrachés, de visages affreusement mutilés, autant de figures qui hantaient son quotidien et lui provoquaient des cauchemars épouvantables. Lui, qui pouvait auparavant s'endormir sur un tas de pierres, était devenu insomniaque, sursautant au moindre craquement.

Puis avaient eu lieu la bataille de Guise et celle de la Marne. Il y avait vu tomber d'autres gars, blessés, estropiés, salement amochés, qu'on brancardait vers un hôpital de fortune et dont on restait sans nouvelles. Difficile de s'attacher. Heureusement Moïse et lui se serraient les coudes. Néanmoins, il savait son temps compté et envisageait le pire. Était-ce une question de jours ou de mois avant que sa bonne étoile ne lui fasse faux bond ? Elle lui était restée fidèle au cours des trois années de guerre écoulées même s'il avait été à deux doigts d'en réchapper, comme cette fois où une balle avait traversé son sac, l'épargnant miraculeusement. Quand le danger était palpable, il posait la main sur son cœur. Dans la poche de sa veste, un étui contenait la photo d'Ombeline et un trèfle à quatre feuilles que lui avait envoyé Célestine. Il priait Dieu afin qu'il lui donne la chance de les revoir toutes deux, lui demandait pardon pour ses incartades passées et promettait, s'il survivait, de ne plus manquer aucun office du dimanche.

La terre nourricière, si chère à son enfance, était à présent son refuge. De longs boyaux fortifiés de mitraillettes couvertes de fils barbelés qui les engloutissaient pour un temps avant de les vomir sur le champ de bataille, à l'assaut des lignes ennemies. Au plus fort de la tourmente, il implorait Dieu pour qu'elle ne devienne pas sa tombe, avec une ferveur dont il se serait cru incapable, le suppliant de l'absoudre pour ses écarts de conduite.

Heureusement, il y avait les courriers. Victor, le vaguemestre était le meilleur ami des soldats. Des acclamations éclataient à son arrivée et se propageaient tel un écho le long de la tranchée. Il avançait comme la Providence, les bras chargés de cartes et de lettres, de paquets de toutes tailles contenant des victuailles et des cadeaux réconfortants qu'envoyaient les proches, à l'arrière. Jules extirpa de son carnet quelques missives qu'il avait plaisir à relire. L'une d'elles émanait de Célestine. Elle l'avait rédigée en septembre 1914 mais il ne l'avait reçue que début 1915.

Jules, mon enfant.
J'espère te trouver en bonne santé.
Les journaux nous livrent des informations sur cette méchante guerre qui nous remplissent d'effroi. Je pense sans cesse à toi et à tes oncles qui êtes tous mobilisés. Peut-être que vous vous serez rencontrés ici ou là dans de bonnes conditions. Je prie Dieu chaque jour pour qu'il vous garde en vie, mes chers petits. J'espère que vous mangez à votre faim et qu'on vous traite bien.
La guerre a eu ses répercussions jusqu'en Normandie et pas très loin de chez nous. C'est ce qui était écrit ces jours-ci dans le journal de Gournay. Un détachement de soldats allemands, réparti dans trois automobiles et un camion, avait prévu de faire sauter des ponts de chemin de fer sur la Seine autour de Rouen, dont celui d'Oissel. Ils ont traversé les villages de l'Oise, sans être inquiétés, mais sont tombés en panne en forêt de Lyons. Une

habitante de Martagny a croisé leur chemin à travers bois. L'article explique qu'elle a connu, enfant, la guerre de 1870 et a su immédiatement qu'elle rencontrait des soldats allemands. Le maire de Neufmarché ne la croyant pas, elle s'est rendue à la gendarmerie de Gournay et, heureusement, le maréchal de logis Jules Crosnier, deux gendarmes et deux autres hommes ont préféré aller vérifier sur place. Les trois agents ont malheureusement été tués. Les personnes qui les accompagnaient ont été épargnées. Elles ont pu donner l'alerte et faire arrêter les Allemands. Quelle courageuse femme, et quel sacrifice que celui que ces trois hommes ont accompli pour le devoir ! Comme tu le vois, il s'en passe aussi, dans notre beau pays de Bray, qui reste toujours cher à ton cœur, je l'espère. Tu es un brave petit. Notre Fernand veille sur toi. Au village, nous nous sommes organisées entre nous afin de relayer les hommes. La vie agricole n'attend pas et il y a les bêtes à nourrir. J'ai donc repris du service à la ferme de tes parents. Ta mère a son caractère, j'ai le mien, comme tu sais mais nous nous accordons. Quelques ouvriers nous secondent dans les tâches les plus ardues, tu ne seras pas étonné si je te dis que le Jabot est le plus dévoué. Chacun doit s'organiser, nous ne sommes pas à plaindre. Tes parents, tes sœurs et Tom se joignent à moi pour t'embrasser.
Célestine

Il sourit, le visage de sa grand-mère lui apparaissait dans toute sa tendresse. Son regard bienveillant semblait l'observer, il devenait malicieux parfois, comme lorsqu'elle signifiait la possible aventure entre sa mère et le Jabot. Ils n'y croyaient ni l'un ni l'autre, c'était plutôt une plaisanterie à laquelle ils riaient de bon cœur.

Célestine évoquait ses oncles. Il avait effectivement rencontré Marcel à son arrivée à la gare de Charleroi. Alors qu'il s'attendait à des retrouvailles complices, sa déception avait été immense. Son quasi-frère lui reprochait son absence, de ne pas être rentré pour les revoir, lui et ses sœurs et de n'avoir donné de ses nouvelles qu'à Célestine ; des nouvelles qui s'étaient raréfiées avec le temps, d'avoir totalement omis sa mère qui, d'après lui, s'était fait un sang d'encre lors de la mobilisation. Jules avait répliqué, le ton était monté et, sans l'intervention de Moïse, ils se seraient battus. Marcel s'était éloigné en furie. Il balaya ce souvenir d'un revers de main. Il avait heureusement pu revoir sa famille lors d'une permission en 1916. Sept jours roboratifs qui lui avaient remonté le moral. Sa mère lui avait témoigné plus d'attention qu'à l'ordinaire et lui avait confié un paquet juste avant son départ. Il contenait une belle brioche et de la confiture de mirabelles. Quant à Tom, il lui avait offert le doudou de son enfance, une sorte de poupon de tissu, qu'il conservait comme un grigri, au fond de son sac.

Il avait repris le rythme des marches forcées et des combats. Les pantalons rouges s'étaient teintés de bleu, les képis avaient fait place aux casques en acier. L'objectif étant de se faire tuer le moins possible, les expéditions avaient lieu la nuit, le jour, ses camarades et lui se jetaient dans une tranchée pour dormir un peu. Le repos était souvent de courte durée. Le ciel s'éclairait et les obus pleuvaient au-dessus de leurs têtes dans un vacarme infernal.

En juin, ils parvinrent sur la rive droite de Verdun, assaillie par les Allemands. Tout de suite après, ce fut l'enfer. Les avions survolaient la plaine, les fusées allemandes tombaient. Une odeur âcre lui piqua la gorge, ses yeux pleuraient. En un éclair, il se saisit de son masque et de ses lunettes, unique rempart contre les gaz asphyxiants. Des camarades s'écroulèrent dans le sang, les cris, les râles, certains suppliant qu'on les achève. Finalement, les troupes françaises résistèrent, défendirent coûte que coûte la ville, faisant face aux grenades, aux gaz, aux bombes, à la faim et à la soif. L'image du champ de bataille jonché de cadavres lui évoqua l'enfer, celle des chevaux morts était presque plus douloureuse encore que celle des hommes. L'odeur surtout était insoutenable, un fardeau encombrant qui ne les lâchait pas. Pénible rappel du prix à payer pour la liberté. Verdun résista. La ville fut sauvée grâce à leur pugnacité. Le calme revint et, avec lui, la perplexité, celle d'en être sorti vivant.

Dans ces régiments combattaient des soldats de tous bords, des Flamands, des Bretons, des Parisiens, des Méridionaux mais également des territoriaux et des gradés plutôt sympathiques. Jules eut alors la surprise de rencontrer Quito, Gus et ses cousins. Gus était très remonté contre l'état-major, dont faisaient partie les armateurs de Fécamp, Louis Cassin et Léonce Bures. Il se murmurait en outre que la guerre effacerait les dettes de ce dernier, celles qu'il devait rembourser depuis le procès du naufrage du navire le *Saint-Louis*. À cette impunité, qu'elle soit ou non fondée, s'ajoutait leur épuisement, le sentiment d'ignorance et d'impuissance face à cette guerre qui n'en finissait pas. Jules n'avait pu qu'acquiescer sur l'injustice de leur commandement. Il ne se passait pas une semaine sans qu'on fusille des soldats pour avoir reculé devant l'ennemi. C'est sur ces notes pessimistes que s'était terminée leur entrevue. À peine leur avait-il souhaité bonne chance que la compagnie de ses cousins embarquait pour d'autres batailles.

C'est alors qu'il avait rencontré le poète Louis Fournier. De larges moustaches et un visage sympathique, avenant, qui l'avait poussé à engager la discussion. Au sein des régiments qu'il avait croisés figuraient toujours un ou deux types, qui s'essayaient au dessin, à la prose ou à la poésie. Loin d'être des marginaux, ces hommes avaient un je-ne-sais-quoi de particulier, un optimisme indéfectible qui suscitait chez Jules un mélange de curiosité et de fascination. Il trouvait amusant que le destin ou Dieu lui-même les dépose sur son chemin, comme il l'avait fait avec les peintres lors de son séjour à Fécamp. L'un d'eux représentait des scènes de vie dans les tranchées, à la façon d'un reporter. Ses réalisations l'avaient sidéré. Comment pouvait-on nier la laideur de la guerre et en créer quelque chose d'artistique ? Laisser un témoignage pour les générations futures, pour les civils, telles devaient être leurs aspirations. En conversant avec Louis Fournier, avec lequel il avait sympathisé, son opinion s'était quelque peu modifiée. Le soldat lui avait montré un de ses poèmes puis lui avait expliqué les raisons qui le poussaient à écrire.

— C'est le fait de rêver, créer, inventer qui vous sauve de la laideur de la guerre, sans compter l'ivresse que cela procure. Elle vous enveloppe dans son univers et vous aide à traverser les éléments déchaînés.

Il avait acquiescé au souvenir de la jubilation que lui donnait l'acte de dessiner, par le passé. Mais le véritable déclic avait eu lieu au printemps dans la tranchée qu'il occupait. Les combats avaient fait rage, laissant derrière eux un paysage de désolation et, malgré tout, une petite fleur avait éclos, juste sous ses yeux. C'était une jacinthe d'un bleu profond, qui, comme ses consœurs, colorait chaque printemps les sous-bois. Une petite fleur, sauvage, aux clochettes graciles qui avait résisté à tous les assauts. La nature reprenait ses droits quoi qu'il advienne. Il avait imaginé la forêt à la fin de la guerre. Les hommes nettoieraient les lieux et la végétation luxuriante les ressusciterait. Il vit les tapis bleus répandus sous les arbres et les familles en promenade. Les fillettes s'écartaient et en cueillaient quelques-unes pour les offrir à leur mère. Cette vision lui procura un agréable bien-être. Il comprit les raisons de l'artiste et se mit à dessiner la fleur avec une attention toute particulière. Ce fut son premier croquis.

La mort semblait vouloir l'épargner. Dieu n'était pas rancunier. S'il survivait, il se promit de retrouver le poète. Cela faisait plus d'un an qu'il noircissait ainsi des pages ou les relisait, au gré de ses aspirations. Puis Louise s'était mise à lui écrire. D'abord, seulement quelques phrases, qui n'en revêtaient pas moins un caractère précieux.

J'espère que tu vas bien et que ton moral reste au beau fixe. Je t'envoie quelques victuailles pour améliorer l'ordinaire.
Tendrement,
Louise

Ces quelques lignes épurées l'avaient ému, par l'effet de surprise et par ce qu'elles ne disaient pas. La fierté qu'elle avait dû braver, imaginait-il, pour saisir sa plume et faire un premier pas vers lui. Elle transpirait de mots contenus, prisonniers, qui ne demandaient qu'à s'échapper. Il avait senti qu'un rien suffirait pour les aider à surgir, pour surmonter cette pudeur naturelle qui demeurait entre eux depuis toujours et que son absence n'avait pas permis de dépasser.

Il s'était alors appliqué pour lui répondre, chaleureusement, rehaussant volontairement le trait, conscient du pouvoir des mots et des réactions qu'ils pouvaient engendrer. Par exemple, il lui avait écrit : « Je tâcherai de rester en vie pour éprouver le bonheur de te retrouver. » C'était sincère mais un rien exagéré. Certes, il avait très envie de la revoir mais subsistaient leurs différends irrésolus, cela lui demanderait du temps.

La seconde lettre de Louise s'avéra nettement plus prolifique et plus tendre aussi. Peu à peu, ils se réapprivoisèrent au gré des correspondances et Jules, à sa grande surprise, sentit s'envoler la rancœur.

27

Comme chaque matin, Ulrich Tag sortit des cantonnements de repos, emprunta le boyau souterrain qu'on nommait Ortlieb-Tunnel pour descendre dans un ravin à l'air libre. De là, il pénétra à l'intérieur du Kaiser-Tunnel, sous la voûte de béton, s'engagea vers l'embranchement de droite, déboucha dans la galerie principale, large de deux mètres. Il se rendait à son poste, situé à l'extrémité sud du souterrain. Chemin faisant, il croisa deux soldats qu'il reconnut et salua, un médecin et un infirmier. Tous deux se dirigeaient vers l'hôpital. C'était mauvais signe. La veille, les combats avaient occasionné de lourdes pertes sur la butte de Vauquois. Dans ce secteur de l'Argonne, la guerre des mines se poursuivait, effrayante et exténuante. C'était à celui qui, le premier, démolirait à grand renfort d'explosifs la tranchée adverse. Des soldats mutilés avaient été brancardés dans des chambres isolées à l'autre bout de la galerie, véritable mouroir d'où des cris déchirants perforaient le silence et arrivaient jusqu'aux oreilles du jeune homme. Certains blessés avaient été opérés dans la nuit, d'autres ne le seraient que ce matin.

Ulrich soupira.

Les tirs ennemis l'avaient épargné durant les années qu'il avait passées sur le front. Il espérait pouvoir rentrer en Allemagne sain et sauf, retrouver sa femme Bianca et leurs deux enfants qui n'avaient que six mois et deux ans lorsqu'on l'avait mobilisé sur le sol français. Il parvint à destination, une pièce composée de deux groupes électrogènes, dédiée à la production d'électricité. Elle fournissait l'énergie des vingt-trois ventilateurs de la galerie principale et des voies secondaires, de cinq perforatrices et de plusieurs pompes à eau. Deux hommes étaient occupés à leur tâche, l'un, aux commandes des ventilateurs et l'autre, qu'il venait relayer, à l'entretien du système électrique.

Dans le civil, Ulrich était professeur de physique à l'université de Karlsruhe. Plus au nord se trouvait la ville de Bruchsal, son lieu de résidence. Chaque matin, il prenait le train pour rejoindre son établissement. Son métier l'avait naturellement désigné à l'exercice de cette mission, veiller au bon fonctionnement des batteries du groupe électrogène. Le Kaiser-Tunnel, situé en pleine forêt près de la commune de Lachalade, avait été creusé sur une longueur de trois cent cinquante mètres et sur une profondeur qui en atteignait quarante. Il reliait deux ravins et permettait aux soldats de se rendre dans les tranchées en toute discrétion.

Dans ce grand boyau où les pas et les voix résonnaient, Ulrich s'attela à sa tâche. Il examina d'abord la charge des batteries, ajusta le niveau d'eau, laquelle s'évaporait sans cesse, contrôla la densité de la solution acide, puis se saisit du carnet qu'il avait en poche pour y consigner toutes ses mesures. L'officier supérieur vint vérifier son travail, jeta un coup d'œil sur son bloc-notes, lut les chiffres auxquels il ne comprenait pas grand-chose, ne posa aucune question mais fit régner un semblant d'autorité dans la pièce. C'est à ce moment que l'informateur du central téléphonique entra. Comme chaque matin, il émit son compte-rendu détaillé de la situation en cours. Les deux hommes conversaient comme s'ils étaient seuls, sans prendre garde à la présence d'Ulrich qui poursuivit sa tâche de contrôleur avec une indifférence feinte. Après avoir évoqué les récents combats et le nombre de victimes à déplorer sur le registre, ils s'inquiétèrent de la conjoncture politique de l'Allemagne. Puis ils louèrent le *Kronprinz* Guillaume pour son engagement auprès des soldats de la Deutsches Heer et critiquèrent les chanceliers successifs qui entraient en conflit avec lui.

À Berlin, les dirigeants militaires Ludendorff et Hindenburg réclamaient la démission du dernier en date, élu depuis à peine quelques mois, à cause de son désaccord sur la réforme intérieure du Reich. On lui cherchait un remplaçant. Les objectifs de guerre devaient être redéfinis ces prochains jours. Les responsables politiques allemands avaient proposé la poursuite du conflit, restait à obtenir la validation de l'Autriche.

— Autant dire que la négociation de paix est remisée aux oubliettes, commenta l'informateur téléphonique.

Ulrich soupira, songeant aux courriers que Bianca lui envoyait, faussement rassurants. Le pays souffrait de pénurie alimentaire. À Berlin, on mourait de faim. Il l'avait appris par les soldats de son régiment. Les difficultés de ravitaillement s'étendaient aux grandes villes et les grèves se multipliaient. Il s'en inquiétait pour Bianca et pour leurs deux fils, même si, habitant à la campagne, il leur était sans doute plus facile de se nourrir. La récolte de pommes de terre avait été moins désastreuse que l'année précédente mais les familles manquaient de sucre et de pain.

La paix n'était pas à l'ordre du jour. Il ressentit une grande lassitude, remit son carnet en poche et s'en fut à travers le tunnel rejoindre ses compagnons d'infortune.

28

Printemps 1918

Le vent soufflait sur le bois de la Gruerie. Jules occupait une tranchée de seconde ligne sur le secteur de Marie-Thérèse. Ici, comme à Bagatelle ou La Sapinière, les lignes adverses se trouvaient très proches des leurs. Un réseau dense de tranchées qui se faisaient face mais demeuraient pacifiques. Dans un camp comme dans l'autre, on attendait les ordres.

Le vaguemestre vint livrer son courrier et ses nombreux colis, tant espérés. Jules reçut de la part de sa famille diverses boîtes de pâté, un cake et un pot de confiture. De quoi agrémenter le frichti quotidien, composé le plus souvent d'une monotone et insipide viande qu'on surnommait « singe ». Seul le pain était mangeable, aussi accueillait-on avec plaisir les envois des proches.

Ses compagnons et lui occupaient une sorte de cave, reprise aux Allemands, que les obus et les mines avaient épargnée et profitaient de leur situation en seconde ligne pour se refaire une santé. Jules n'avait jamais si bien dormi que dans cette grotte, creusée à dix mètres sous terre, qu'on atteignait en empruntant de multiples boyaux, carrefours et étranglements. C'était pourtant un espace glauque, exigu et obscur qui empestait le tabac froid mais il s'y sentait en sécurité et surtout les rats n'y venaient pas. Et pour cause ! On stockait la nourriture en surface. Plus de réveil nocturne au contact de ces ignobles bestioles que seule la lumière aveuglante d'une torche pouvait éloigner. Jules pensait alors à Dirlek, que Gus avait surnommé « chasseur de rats ». Son chien lui manquait, un souvenir ravivé par le travail des compagnons à quatre pattes qu'il côtoyait chaque jour. De véritables mascottes qui parcouraient sans relâche les tranchées et ramenaient dans leur gueule un morceau de tissu pour signaler la présence de soldats blessés. De quoi forcer l'admiration.

Entre deux parties de cartes, Jules rédigea une lettre qu'il destinait à Ombeline. Les courriers qu'elle lui adressait étaient de précieux réconfortants dont il se délectait. Elle débutait invariablement ses missives par « Mon tendre amour, mon adorable chéri, mon martinet enjôleur », et dispersait au gré des lignes d'autres douceurs. Elle l'encourageait à rester vaillant, lui remémorait d'agréables instants, le choyait, tentait de lui donner bon moral. L'entreprise familiale avait été réquisitionnée pour la fabrication de cartouches, son père supervisait la main-d'œuvre locale et participait à l'acheminement des caisses. Sa mère et elle élaboraient des munitions. Édouard avait été rappelé du front en sa qualité d'ouvrier spécialisé pour l'usinage de grosses pièces d'artillerie, ce qui était observé d'un très mauvais œil par les employées dont les maris s'en allaient mourir au combat. Quant à Ombeline, elle se serait bien passée de sa présence. Lizzy se portait bien.

Jules répondait avec enthousiasme à tous ses courriers, la nommait sa princesse orientale, son ange du Trianon, décrivait les régions qu'ils avaient traversées, relatait quelques anecdotes et parlait de ses camarades. Il taisait la réalité de la guerre et ses craintes qu'elle ne finisse jamais et terminait par l'immense désir de la tenir à nouveau dans ses bras. « Votre martinet enjôleur est devenu moineau des tranchées, écrivit-il. Il ne peut désormais plus voler que dans son imaginaire. Peut-il encore vous plaire ainsi ? » Sa lettre achevée, il extirpa de la poche de sa veste un petit carré d'étoffe sur lequel elle avait versé quelques gouttes de son parfum. *L'Heure bleue*, lui avait-elle écrit. Lorsqu'il le portait à ses narines, la fragrance le ramenait immanquablement vers elle et vers cette heure si particulière du soir à Mers-les-Bains. Il demeura un instant le regard clos afin de visionner son beau visage.

Il avait revu la jeune femme lors de ses deux permissions, en transitant par la capitale pour rejoindre la Normandie. Quelques heures pour la première et presque une journée entière pour la seconde. Ensemble, ils s'étaient promenés au jardin du Luxembourg, avaient longuement admiré la fontaine Médicis, déjeunant de casse-croûtes qu'elle avait confectionnés à la hâte chez Lizzy, et s'étaient longuement enlacés. Jules avait découvert le métro parisien, les affiches des spectacles qui se produisaient dans les théâtres, loin, bien loin du front. Elle l'avait trouvé amaigri, l'avait questionné sur ses journées au combat. Il hésita à lui raconter son quotidien, partagé entre l'envie de se confier et la crainte de heurter sa sensibilité. De toute façon, aucun mot n'aurait suffi pour décrire l'enfer.

Des affrontements avaient eu lieu toute la semaine précédente. Des tirs de mitraille et d'obus avaient déchiré l'air, fait trembler les corps jusqu'aux entrailles, affolant les sens et persuadant chacun que sa dernière heure était venue. Pouvait-il lui faire part de cette réalité ? Il s'était épanché sur ses craintes, lui avait confié que dans les moments de vive émotion, il serrait très fort sur son cœur sa photo et priait. La nuit, le spectacle de l'embrasement du ciel se révélait aussi unique que redoutable. Mais ce qu'il appréhendait le plus était les gaz. Les Boches devenaient experts dans leur camouflage. À peine avait-on le temps d'attraper son masque qu'on les inhalait immanquablement, et parfois en abondance. S'ensuivaient alors d'affreuses toux qui déchiraient les poumons. Mais, était-ce seulement imaginable pour une jeune femme de bonne famille ? Elle avait poursuivi :

— Tu comprends, les journaux étouffent les informations. Nous ne savons rien de ce que vous endurez.

Il lui avait décrit quelques situations dans lesquelles ses compagnons et lui s'étaient retrouvés acculés, sans donner de détails afin de ne pas l'effrayer. Puis, sous son insistance, il avait fini par lui raconter le dernier assaut mené, aussi vain que meurtrier.

— On dormait tranquillement, à l'abri de nos tranchées, encore épuisés par les affrontements de la veille. Les trois lieutenants nous réveillèrent. « On va attaquer, les gars, préparez-vous. » En un éclair, chacun prit son poste. Des groupes furent constitués, un lieutenant en tête suivi de soldats du génie qui ne portaient pas de fusils, mais à la place, un bouclier et de grosses pinces censées venir à bout des barbelés. Derrière eux, le reste de la compagnie et, en queue de peloton, des hommes traînant pelles et pioches. Tout le monde s'élança hors de la tranchée au pas de gymnastique. Certains d'entre nous crièrent : « Baïonnette au canon ! » ou encore : « Pour la France ! », tandis que plusieurs autres entonnèrent *La Marseillaise*. Les lieutenants reçurent une balle en pleine tête et chutèrent. Les soldats après eux s'écroulèrent aussi. Les Boches canardaient tout ce qui bougeait. Nous étions couchés, abrités derrière ceux qui étaient tombés à terre. Quelques hommes parvinrent aux fils de fer, hélas ! trop gros. Trop ardus à couper sous cette mitraille infernale. Que décider alors ? Impossible d'avancer. Reculer était trop risqué, même en rampant. Il fallut attendre la nuit pour ramener les blessés jusqu'à la tranchée. C'était un spectacle désolant, aussi misérable qu'inutile. Pourtant je n'entendis aucune des victimes se plaindre d'avoir été mutilée pour rien. Voilà où nous en sommes et pourquoi nous ne progressons pas plus vite.

Ombeline l'avait écouté sans dire un mot, des larmes plein les yeux. Elle avait murmuré : « Mon pauvre chéri » puis l'avait étreint de toutes ses forces. « Tu vas faire attention à toi, hein ? » Puis ils avaient abordé des sujets plus légers, s'étaient remémoré leurs jours heureux au Tréport, s'étaient embrassés, avaient ri du spectacle des enfants dans la rue, s'étaient promis de s'aimer toujours puis s'étaient quittés.

Jules relut son carnet.

Mai 1917. Des mutineries avaient éclaté au sein de la 74e, celle qu'occupaient ses cousins, Quito, Gustave et d'autres gars de Fécamp. Elles avaient eu lieu après l'immense massacre au Chemin des Dames, auquel avaient pris part ses cousins et duquel ils étaient miraculeusement revenus indemnes. La souffrance, les privations, les humiliations avaient entamé leur moral. En outre, les permissions avaient été supprimées après Verdun et l'on ne parlait pas de les rétablir. Des combattants s'étaient rassemblés, rebellés, refusant de monter aux tranchées, et avaient entonné l'hymne du plateau de Craonne. Une manifestation massive à laquelle avaient participé Gus et Hugo. Le Furet s'était surpassé pour débusquer ces précieux renseignements.

Son cousin Hugo et Gus s'étaient trouvés embarqués en camion auto, dans la région de Soissons, avec les soldats de deux compagnies. Le colonel cantonné à Noyon avait dépêché une enquête qui, après jugement, avait abouti à des sentences sévères. C'est le Furet qui avait colporté le verdict : quatre condamnations à mort, vingt-trois peines de travaux publics et deux acquittements. Jules s'était rongé les sangs dans l'attente de l'identité des malheureux. Finalement, ni Hugo ni Gus n'avaient endossé de sanction et les condamnés à mort s'étaient trouvés graciés.

Il soupira d'aise en relisant ses notes. Il était temps pour lui de s'allonger pour se reposer un peu. Depuis qu'il avait renoué avec l'écriture, ses souvenirs heureux lui revenaient avec facilité et agrémentaient ses heures de veille. Ainsi s'endormait-il en rejoignant mentalement la location d'Yvette, ouvrait la fenêtre et profitait du panorama sur la mer. Dans cette quiétude improvisée, il réussissait à s'assoupir pour quelques heures au moins. Les rêves qu'ils faisaient alors se peuplaient d'univers familiers et du visage de ses proches.

Le sommeil l'emporta avec une aisance digne de ses années d'avant-guerre. Il emprunta l'escalier en colimaçon de la maison bleue et déboucha face à un long couloir borné de portes de chaque côté. La première s'entrouvrit vers son enfance en pays de Bray, il visionna les traits de Tom et de Célestine, dans un village vidé de ses habitants. Derrière la seconde porte se trouvaient Eulalie et Charles qui l'invitaient à les accompagner dans les rues de Fécamp. Il ne put accéder à la troisième. Elle semblait verrouillée de l'intérieur. Malgré sa surprise, il n'insista pas et préféra ouvrir la suivante. Son chien Dirlek surgit, pour son plus grand bonheur, et ils cheminèrent ensemble sur la plage du Tréport. Il pouvait percevoir les embruns sur la peau de ses bras nus, son nez se chargeait de l'odeur maritime emplie d'iode et le bruit familier de l'entrechoc des galets résonnait à ses oreilles. Ce fut un rêve délicieux qui lui laissa sur les lèvres une empreinte salée.

Le matin même cependant, le vaguemestre Victor lui apporta une lettre au goût amer. Elle émanait d'Yvette et, contrairement à l'ordinaire, ne contenait que quelques lignes ; des mots cruels, déchirants que Jules reçut en plein cœur. Son chien Dirlek n'était plus. Yvette l'avait trouvé un matin, inanimé sur le sol. Il était fatigué ces derniers temps, vieillissant, et était parti pendant la nuit. Il n'avait pas souffert. Jules pleura à chaudes larmes, sans pudeur, comme un gamin, pour qui le monde vient de s'écrouler. Malgré toutes les horreurs vécues sur le champ de bataille, malgré la douleur éprouvée pour ses camarades tombés avant lui, rien ne lui causait plus de souffrance que cette perte. Il la ressentait dans son corps et dans sa chair, elle se mêlait à la culpabilité et à l'impuissance. Moïse l'observa un long moment et, démuni, lui tapota doucement l'épaule, comme l'on fait avec un enfant. Dirlek avait été son compagnon des premiers jours, son ami fidèle. Il aurait remué ciel et terre pour lui fournir ses biscuits de mer. Ce chien lui avait tant apporté qu'il y tenait comme à la prunelle de ses yeux.

Le visage dans ses poings, il visualisa la face aimable du bel animal. Il se représenta le poil touffu dans lequel il adorait plonger ses doigts, les coups de museau derrière son bras pour réclamer des caresses et la sensation de sa grosse tête lorsqu'il l'étreignait. Le jour de son départ, Dirlek n'avait rien voulu manger, subodorant sans doute l'échéance d'une nouvelle séparation. Il l'avait suivi jusqu'à l'angle de la rue qui mène à la gare, comme il le faisait lorsque son maître partait au travail, et avait refusé de rebrousser chemin. Jules s'était contraint à le ramener chez Yvette, le cœur lourd de l'abandonner ainsi, ignorant quand il le reverrait.

À l'évocation de cet épisode, il pleura à nouveau, déversant des torrents de larmes sur leur amitié, leurs jeux passés, les opérations de sauvetage qu'ils avaient réalisées ensemble, tous ces instants qui n'existeraient plus. Il maudit cette fichue guerre pour l'avoir privé des dernières heures de vie de l'animal et regretta de n'avoir pu l'accompagner au moment où il aurait eu tant besoin de lui. Sans doute s'était-il cru abandonné. Rien ne put l'égayer. Ses compagnons d'armes respectèrent sa peine et le blagueur de la troupe s'en alla raconter ses histoires ailleurs.

29

Paris, quartier des Marais

Au cours du repas dominical, monsieur Fleuret avait insisté pour qu'Ombeline passe l'après-midi en compagnie d'Édouard, invité avec son père pour le déjeuner. La jeune femme avait refusé. Au fil des mois, elle intervenait avec toujours plus de ferveur dans les conversations familiales. Calé dans son fauteuil de velours, son père s'étonnait de la lenteur des soldats sur le front. Pourquoi n'étaient-ils pas plus offensifs ? Que fabriquaient-ils ? Elle apporta le café et entendit les derniers mots. Elle observa Édouard, assis mollement dans le canapé, pendant que son bien-aimé risquait sa vie à la guerre. Cette vision lui parut insupportable. Elle se remémora les paroles de Jaurès : « Le courage c'est de chercher la vérité et de la dire. » Au risque de déplaire, elle se lança, riposta sur le manque de moyens des soldats français, la désinformation des journaux et la réalité qui était tout autre dans les tranchées.

Son père ricana, comme si elle avait prononcé une absurdité. Piquée au vif, elle se défendit et finit par décrire l'opération racontée par Jules, en ajoutant que ce témoignage émanait d'une source sûre. Son récit eut l'avantage de clouer le bec aux trois hommes mais elle s'était mise en danger en vexant son père. En effet, dès que les invités furent partis, il se rua sur elle, lui reprochant son insolence, assurant que les femmes ne devaient pas intervenir dans les conversations masculines. Le ton monta. Il insista à nouveau pour qu'elle passe du temps avec Édouard.

— Jamais ! cria-t-elle.

Elle s'apaisa puis, à mi-voix, avoua son amour pour Jules, leur relation épistolaire et son impuissance à fréquenter qui que ce soit d'autre. Le père ironisa, parla de contes de fées, de chimères, évoquant son manque de maturité. Sur le ton de la confidence, il lui exposa la phase de reconstruction d'après-guerre et profila l'avenir incertain de leur société. Puis il lui signifia à mi-mot que son union avec Édouard serait la bienvenue dans ce contexte. Comme elle ne lâchait rien, il entreprit de la culpabiliser. Leur atelier avait près de soixante ans, sa grand-mère Lizzy, qu'elle aimait tant, y avait travaillé sans relâche et il revenait à elle d'en assurer la pérennité.

Ombeline ne voulait rien savoir. Voyant qu'elle ne cédait pas, le père haussa le ton, menaça de lui couper les vivres si elle ne changeait pas de comportement. Elle s'en fichait, le lui dit haut et fort et alla se réfugier dans sa chambre en claquant la porte. Sa mère vint la visiter un peu plus tard, tenta de l'adoucir, de lui faire admettre qu'elle se trouverait bien malheureuse, privée d'un confort auquel elle était habituée.

— Te verrais-tu vivre à la manière d'une fille de ferme ? ironisait-elle, portant une estocade que la jeune femme dut encaisser.

— Je travaillerai, j'enseignerai s'il le faut. J'en possède les compétences.

Madame Fleuret sortit alors sa dernière carte, perfide :

— Sait-il que tu ne pourras pas lui donner d'enfant ?

Elle observa sa fille, les yeux emplis d'un sentiment de victoire. Le regard d'Ombeline restait hermétique. Elle s'était habituée depuis longtemps à dissimuler ses expressions.

— Crois-tu que tu pourras le rendre heureux ?

Elle demeura muette. Madame Fleuret quitta alors la chambre, le front haut, d'un air satisfait, sans même attendre de réponse.

Ces paroles eurent l'effet d'un coup de poignard dont la jeune femme ne réalisa pas immédiatement la portée. Le doute était installé. Il amorça lentement son travail de sape. Ombeline sortit de sa table de chevet la photo prise sur la plage au Tréport et contempla le visage de son amoureux. Elle entendait encore ses mots lorsqu'elle s'était confiée à lui sur son infertilité. « Cela ne change rien aux sentiments que j'ai pour toi. » Elle n'avait jamais douté de leur sincérité. Dans sa poche, on devinait le carnet à dessins. L'image des bébés qui y figuraient lui revint et s'imposa avec force, étouffant les mots qu'il avait prononcés, lesquels perdirent de leur vigueur, se ternirent et se délitèrent. Elle revit son sourire ému dans la contemplation de ces chérubins et son désir complice de partager ce bonheur. Comment avait-elle pu nier l'évidence, se persuader qu'il renoncerait à tout pour elle ?

Elle se saisit d'une feuille et lui écrivit.

30

L'humidité ne cessait de gagner la forêt d'Argonne, une forêt dense aux taillis impénétrables et aux nombreuses sources. La boue se formait rapidement et s'accumulait dans les tranchées si bien qu'on devait sans cesse l'évacuer. Pour ne rien arranger, la pluie s'était mise à tomber à verse, compliquant encore la tâche. Les soldats n'en pouvaient plus de toute cette eau. Jules songea à Ombeline et à ce jour de déluge où ils avaient parcouru, en riant, les rues du Tréport. Il l'imagina au pied du funiculaire puis en train de descendre l'escalier du Trianon dans son élégante robe bleue. Que de beaux jours ils avaient passé là-bas ! L'hôtel, depuis le début de la guerre, faisait office d'hôpital militaire où l'on soignait les blessés de la Somme. C'est ce que lui avait rapporté Yvette, dans son dernier courrier.

Les conditions climatiques mises à part, le secteur était plutôt calme. Rien de commun avec les affrontements précédents. Cependant, on n'était à l'abri de rien. D'un jour à l'autre, tout pouvait changer. Un bombardement, une attaque à la grenade, un ordre de lancer l'assaut, et vous voilà rayé de la carte avant d'avoir pu dire ouf. Jules comptait néanmoins sur sa bonne étoile pour s'en sortir indemne. Heureusement, le comique de service s'en allait distribuer ses blagues pour égayer l'atmosphère. Puis derrière lui, le vaguemestre arriva. On le devinait aux acclamations joyeuses qu'il déclenchait à son passage. Il remit à Jules une lettre à l'écriture familière, celle d'Ombeline. Sa bouche se fendit d'un sourire satisfait et il se hâta d'ouvrir l'enveloppe.

Jules,
J'espère que ta santé est bonne et que ton moral demeure au beau fixe. Je rends grâce à ton courage et prie pour toi chaque jour que Dieu fait.
Je sais que ce que tu vas lire peut sembler difficile, ne m'en veux pas, je t'en supplie.
Comme je te l'ai dit, je ne peux pas avoir d'enfant. Ni la médecine ni la nature n'y pourront jamais rien. Je me remémore ton regard lorsque tu m'as montré ces portraits de bébés chez le docteur Dufour. Les années n'ont pas effacé ce souvenir, celui de la joie que j'ai pu voir dans tes yeux à l'idée de tenir dans tes bras un petit bien à toi. Un cadeau que je ne pourrai malheureusement jamais t'offrir. Quelle égoïste suis-je pour te priver d'un tel bonheur ? Notre relation pourrait-elle y survivre ?
Prends soin de toi, Jules.
Je t'embrasse,
Ombeline

La missive lui fit l'effet d'une bombe. Était-ce un simulacre de rupture ? Il blêmit d'effroi et suffoqua. Envolés les martinets, les chéris des lettres précédentes. Qu'arrivait-il à Ombeline ?

La nuit qui suivit fut éprouvante. Il finit par trouver le sommeil et fut projeté à Mers-les-Bains, dans la maison bleue qu'il louait à Yvette. Il descendit l'escalier de la cave et déboucha sur le couloir familier, jalonné de portes. Sans hésiter, il fila directement vers celle qui était fermée à clé la première fois et clencha la poignée. À sa grande surprise, celle-ci n'était pas verrouillée. À peine se trouva-t-il à l'intérieur qu'une multitude d'enfants, miséreux, rampèrent vers lui, agrippant les pattes de son pantalon, lui réclamant de l'aide. Des bébés étaient allongés par terre dans la crasse. Pris de pitié pour eux, il aurait aimé les secourir mais ignorait comment. Il aperçut alors une lueur, dans le fond de la pièce et tenta d'avancer vers elle. L'emprise des enfants sur ses jambes ralentissait ses pas. Il parvint à distinguer dans la lumière le docteur Dufour assis à son bureau. Celui-ci se leva, vint vers lui et lui dit :

— Vous n'avez qu'un mot à prononcer, Jules.

À l'extrémité de la pièce, dans l'embrasure d'une porte ouverte sur l'extérieur, se tenait Ombeline. Elle le regardait tristement et s'éloigna. Il cria de toutes ses forces : « Non ! » Les enfants disparurent d'un coup et il courut derrière elle pour la rattraper. La porte débouchait sur une tranchée qu'Ombeline avait franchie, et aboutissait dans la zone de combats. Elle se trouva bientôt à la merci des tirs ennemis. Il s'élança vers elle, hurla son prénom mais elle ne l'entendait pas.

Il se réveilla en sursaut, couvert de sueur. Dès le lendemain, il lui écrivit la lettre la plus convaincante qu'il put pour la rassurer, rien ne pourrait jamais altérer l'amour qu'il éprouvait pour elle.

31

Ulrich Tag reprenait son poste de contrôleur du Kaiser-Tunnel. C'était le 29 mars, jour de l'anniversaire de son fils aîné. Un officier était venu le chercher au camp de repos, le Lager Moro-West, car les techniciens qu'il avait formés pour le remplacer ne parvenaient pas à effectuer correctement les analyses. Dans cette base de troisième ligne, il occupait un baraquement particulier, à quelques mètres de la centrale électrique sur laquelle lui et ses compagnons devaient veiller. C'était un impressionnant générateur qui fournissait un courant de 110 volts sur neuf kilomètres de câbles pour éclairer tout le cantonnement. Il avait été importé d'Allemagne jusqu'à Senuc et Challerange puis était arrivé à la gare de l'Homme-Mort, à Binarville. Il avait ensuite transité à travers la forêt par la Feldbahn, une voie ferrée de soixante centimètres, utilisée pour transporter les hommes et le matériel d'un camp à l'autre.

Dans cette cabane de rondins et de pierre, Ulrich coulait des jours heureux en compagnie de soldats habilités comme lui à l'entretien du générateur. Le confort y surpassait encore celui du *Kaiserlager*, une base de seconde ligne où il logeait de temps à autre. Fini les bottes trempées et boueuses des tranchées, la crasse et la sueur, les poux. Toute l'eau du camp était canalisée, acheminée jusqu'aux douches pour lesquelles elle était chauffée. En outre, un puits fournissait une eau potable de qualité dont le trop-plein se déversait dans le ruisseau. Une station d'épouillage permettait de se délivrer de la vermine. Seules résistaient des puces à l'intérieur des abris, ignobles bestioles dont on ne parvenait pas à se débarrasser. Des tables et des bancs permettaient de jouer aux cartes ou d'écrire des lettres quand le temps était clément. C'était le cas lorsqu'il fut appelé à la tâche. Un timide soleil commençait à apparaître entre deux nuages, la promesse d'une journée radieuse.

Toutefois, il ne broncha pas, bien au contraire, trop heureux de paraître indispensable. Par bonheur, il assista sur place au compte-rendu de l'officier. L'ambiance ne reflétait pas la joie, au vu de sa mine dépitée. Les nouvelles s'annonçaient même très mauvaises. Le général Ludendorff, chef de la Deutsches Heer, avait décidé de vaincre les Alliés dans un assaut final, aussi bref que spectaculaire, principalement en Picardie. Des bombardements intensifs suivis d'affrontements, une attaque surprise qui laisserait peu de place à la riposte. L'objectif consistait à gagner la Manche pour y bloquer les ports maritimes avant que les Américains ne déploient davantage de troupes sur le territoire. Le 21 mars, il avait utilisé sa tactique dans la Somme en attaquant à l'improviste les Français de part et d'autre de la ligne Hindenburg, dans des pilonnages violents. Elle lui avait permis d'avancer de plus de cinquante kilomètres.

« Opération Michael », « Michael Schacht », Ulrich entendait ces mots depuis plusieurs semaines. D'après ce que rapportait l'officier, Ludendorff avait commis une erreur stratégique, celle d'avoir concentré ses efforts à Arras, que les Britanniques étaient venus défendre. En effet, lorsqu'il avait voulu se retourner vers Paris, les Français arrivés en renfort lui avaient barré la route. Ulrich n'en perdait pas une miette et parvenait avec peine à se focaliser sur ses analyses. Loin de la ligne Hindenburg vers laquelle il aurait pu être affecté, il se sentait privilégié. Il faut dire que depuis ce début d'année 1918, l'Argonne restait plutôt calme. Il s'agissait seulement de maintenir sa position. Même si de part en part, le secteur se rallumait parfois.

L'officier affirmait qu'il allait recevoir des instructions d'ici peu et qu'ils allaient devoir agir vite, avant l'été. La Deutsches Heer avait récupéré des troupes du front russe qui venaient leur porter secours. Ulrich pâlit en entendant ces mots. Il craignait un ordre d'attaque massif, ordre que ne tarderait sans doute pas à donner le général. Ce serait une opération de la dernière chance, sorte de Michael Schacht, élargie à l'ensemble des zones de combat, et particulièrement à celle de l'Argonne. Ulrich se contrefichait de cette guerre. Celui qu'on nommait l'ennemi, ce *Franzose*, ne l'était pas forcément pour lui. Certains soldats se plaisaient à raconter comment ils avaient assailli une tranchée française et le carnage qu'ils y avaient semé. Il n'appartenait pas à ceux-là. Aussi restait-il toujours hermétique à leurs propos vindicatifs, offrant en lieu et place de la haine un regard nuancé de discernement. Quel homme ne se battrait pas pour résister à l'envahisseur et défendre son pays ?

Il tenta de se souvenir quelle citation de Goethe abordait ce sujet mais n'y parvint pas. Elle énonçait une valeur humaine, celle de ne jamais déprécier son ennemi, ni avant ni après le combat. Cependant, il se serait bien gardé de faire part à quiconque de ses opinions. La Deutsches Heer voulait des guerriers impitoyables, capables d'asseoir leurs positions et d'aller de l'avant. L'officier passait la majorité de ses heures avec le lieutenant Günst. Or, Günst dictait sa loi sur le champ de bataille. Sur des registres, il établissait son bataillon d'attaques, décidait des soldats qu'il allait mettre en première ligne, au plus près du front, et de ceux qui resteraient en marge et n'y seraient envoyés qu'en dernier recours. Autant dire qu'il valait mieux l'avoir dans sa poche.

Ulrich ne devait d'ailleurs sa vie sauve qu'à son rang dans l'ordre de sortie du tunnel. C'est pourquoi il œuvrait de manière à se rendre, sinon indispensable, au moins important. Déjà dans le civil, il était un homme affable, apprécié des élèves et de ses collègues. En temps de guerre, il devenait plus volontiers stratège. Deux recrues le remplaçaient à son poste de contrôleur pendant ses jours d'absence, des soldats qu'il avait lui-même formés. Il omettait à dessein de leur transmettre certains chiffres ou faussait les appareils de mesure afin de perturber leur travail. Ainsi venait-on le chercher pour y remédier. Un matin, il avait même quitté sa fonction en conservant en poche son carnet de relevés. Une manœuvre qui aurait pu lui coûter cher, qu'il avait justifiée par une étourderie et qui n'avait pas eu de conséquences. De menus détails, mais qui comptaient dans l'opinion de ses supérieurs. Ce qu'il souhaitait, c'était rejoindre sa femme Bianca et ses deux enfants. Ces tours de passe-passe signaient son billet de retour pour Bruchsal.

32

Ombeline avait pris le train pour Niort, tôt dans la matinée. Les bombardements parisiens des dernières semaines avaient convaincu monsieur Fleuret de protéger les femmes de sa famille en les éloignant en province chez une grand-tante, décision qu'il avait adoptée à la hâte avant que les faits ne s'aggravent. Lui restait seul à Paris, dans le quartier des Marais, afin de veiller sur l'usine et sur leur résidence. Les vols et les pillages étaient devenus un fléau, ajoutant à la crainte des explosions le sentiment d'insécurité.

Ombeline se promit d'écrire à Jules pour lui signifier son déménagement. Dans la voiture qui les amenait vers la maison de sa tante, elle avait remarqué une boîte à lettres bleue, sur pied, de type Mougeotte, comme celles qui jonchaient les grands boulevards parisiens. Il y en avait une autre, suspendue au mur de la gare, mais elle se trouvait bien trop loin. Elle écrivit pendant la nuit et quitta la demeure tôt le matin afin d'aller expédier sa missive. Elle y détaillait les bombardements et leur fuite impromptue, qui lui semblait si lâche. Elle précisait, comme si c'était nécessaire, ne pas avoir eu le choix. Ce statut de privilégiée la rendait honteuse, tandis que lui se battait à la guerre. Elle saupoudra ses lignes de douceurs sucrées, amoureuses, le chérissait davantage encore que dans ses précédents courriers. Lui donner de ses nouvelles serait ardu mais elle promettait de le faire, juste avant leur retour pour la capitale.

Les courriers s'égarent parfois, empruntent des chemins de traverse, parviennent au mauvais destinataire, quand la censure ne les confisque pas. Depuis le début de la guerre, la poste et les centres de tri accomplissaient un travail titanesque. Dès 1914, les vaguemestres avaient été débordés par l'ampleur de la tâche. Quatre millions de lettres transitaient en effet chaque jour depuis l'arrière du front jusqu'au Bureau central militaire de Paris. Elles représentaient l'indispensable et unique lien que les soldats entretenaient avec leurs proches, leur permettaient de garder le moral. Pour les familles, un courrier, même griffonné à la hâte, prouvait qu'on était vivant. Pour faciliter cet échange, des cartes militaires en franchise avaient été distribuées aux Poilus. Les correspondances allaient donc bon train et, les fonctionnaires étant mobilisés pour la plupart, c'étaient des femmes et des étudiants qui collectaient et triaient le courrier. Gamelin était l'un d'entre eux. Embauché par la ville de Niort, un jour d'avril 1915, il assurait la relève des boîtes Mougeotte dans l'est de la ville, depuis le quartier de la gare jusqu'à la grande place. C'était un gars tranquille, un peu rêveur et oisif. Il fréquentait une jeune femme qu'il surnommait Beckie et profitait parfois de sa tournée pour lui rendre une visite. Pas plus d'une dizaine de minutes. Ce n'était pas dans ses prérogatives, mais qui aurait pu le savoir ? Puis il repartait à la tâche.

Lorsqu'il passa la saluer dans sa résidence de La Petite Charette, celle-ci lui fit signe d'entrer.

— Pas longtemps, j'ai du travail, fit-il en présentant le sac qui contenait déjà une centaine de lettres.

Elle se montra insistante, charmeuse et aguicheuse, pivota sur elle-même, exhiba un sourire malicieux en relevant sa robe au-dessus du genou.

— Es-tu certain de ne pas vouloir entrer ? roucoula-t-elle.

Il avala sa salive. Son regard ébahi passa du mollet au buste de la jeune femme, s'arrêta sur le décolleté. La demoiselle était décidément bien jolie.

— Bon d'accord, soupira-t-il, pas longtemps alors.

Il déposa sa collecte sur le seuil, pénétra sans tarder dans l'appartement de la belle et claqua la porte. Deux enfants de la résidence avaient assisté à la scène depuis l'étage, des gamins, avides de farces et de joyeuses bêtises à inventer. Ils se concertèrent quelque peu, descendirent les marches à pas de loup et s'emparèrent du sac. En se pinçant le nez pour ne pas rire, ils en vidèrent le contenu sur le paillasson, puis disparurent avec les lettres jusqu'au rez-de-chaussée.

— On va les planquer, proposa le premier.

Un bruit résonna dans l'escalier. Des voix puis une porte qui s'entrebâille en grinçant. Apeurés à l'idée de se prendre une correction, les enfants déguerpirent dans la cour de l'immeuble, ouvrirent le soupirail et firent glisser leur trouvaille à l'intérieur du sous-sol.

Gamelin sortit de l'appartement de sa belle, les joues roses, plus amoureux que jamais. Il se saisit du sac et, encore troublé par les délicieux instants qu'il venait de passer, ne se rendit pas immédiatement compte de sa légèreté. Ce n'est qu'après avoir parcouru une centaine de mètres qu'il réalisa qu'on lui avait dérobé sa collecte. Il voulut faire demi-tour, se ravisa finalement. Il avait perdu bien assez de temps et aurait l'air malin à chercher son courrier. On le questionnerait. Comment pourrait-il alors se justifier ? Au pas de course, il poursuivit le relevé des dernières boîtes aux lettres. Au bureau de poste, personne ne prêta d'attention à son sac à moitié vide.

33

Les craintes de Jules redoublèrent au fil des jours. Aucune réponse d'Ombeline ne lui était parvenue malgré les nombreux courriers qu'il lui avait adressés. En outre, Paris souffrait depuis deux semaines de violents bombardements. La ville en avait déjà subi de manière disparate ces dernières années mais jamais de façon aussi intense. Les projectiles étaient tirés par des canons de longue portée. Le Furet avait tendu l'oreille aux renseignements des officiers et les leur avait rapportés. Moïse craignait les dégâts dans les quartiers est, car sa fille y résidait, et Jules insistait pour savoir si le quartier des Marais avait été touché. Le Furet ignorait les impacts précis des obus mais lorsqu'il mentionna le bombardement et la destruction de l'église Saint-Gervais, le jour du Vendredi saint, à l'origine de quatre-vingt-onze décès, Jules fut saisi d'effroi. C'était le lieu de culte de Lizzy et Ombeline l'accompagnait parfois. Il crut l'avoir perdue.

C'est sûr, un malheur était arrivé. Cela expliquait qu'elle n'ait pas donné suite à ses courriers. Soit elle était morte, soit elle refusait de lui écrire. Aucune issue positive. Il doutait en outre qu'elle ait reçu ses lettres, imagina que la censure avait pu les confisquer. Cependant leur contenu ne dévoilait rien d'interdit, ni de subversif. L'hypothèse ne tenait donc pas la route.

Comme un malheur n'arrive jamais seul, une opération de grande envergure se préparait. L'état-major détenait des indications de premier choix concernant une attaque allemande en Argonne qui se voulait secrète. Les gradés avaient envoyé ces renseignements aux officiers, fixant l'échéance au lendemain, 10 avril. Aussi, chacun se reposait du mieux qu'il pouvait, allongé sur la paille, malgré la tension palpable. Jules avait le cœur gros et le moral en berne. Il ne parvint pas à trouver le sommeil, persuadé que cette nuit serait la dernière. Convaincu d'avoir perdu Ombeline, il maudit ce fichu conflit qui lui avait décidément tout volé. Le conflit mais surtout les Boches. Son état d'abattement vira à la colère. Il se laisserait donc mourir. Son corps vacillerait un instant avant de se coucher sur les fougères. Au moins deviendrait-il un héros de guerre plus sûrement que s'il en revenait vivant. Maigre consolation.

À l'aube, on se mit en route depuis le bois des Bercettes en direction de la Courte-Chausse, à travers la forêt d'Argonne et ses arbres magnifiques, très anciens. Des chênes et de nombreux hêtres enserraient en leur cœur un taillis sous futaie, quasi impénétrable. Là où la guerre n'avait pas frappé, tout n'était que splendeur. Le soleil se levait, offrant une lumière féerique au milieu des feuilles au vert tendre printanier. *C'est une belle journée pour mourir*, pensa Jules. Plus les hommes avançaient, plus les arbres se raréfiaient, exhibant les cicatrices bien visibles des combats précédents. Ils parvinrent vers un lieu qui portait le nom de Fille-Morte. De partout, des sources jaillissaient en abondance, créant une atmosphère humide et transformant le terrain argileux en marécage, le moindre trou en puits de boue. En ce lieu baptisé Fille-Morte ne subsistaient aucun arbre ni aucun taillis.

Plus aucune surface plane non plus. Des fossés et des cratères d'obus défiguraient le sol. L'un d'entre eux avait creusé la terre sur un diamètre et une profondeur impressionnants.

— Des souvenirs de 1915, murmura l'un des hommes.

On se serait cru sur une autre planète. Jules se mit à penser que l'enfer devait ressembler à cela. Les soldats qui occupaient les tranchées depuis plusieurs semaines furent ravis de voir apparaître des renforts. La veille au soir, en effet, les Allemands les avaient copieusement arrosés depuis leurs points de repli, à grand renfort de grenades et de mitrailleuses.

— Et de mines ? avait demandé un officier.

Ce n'avait pas été le cas. On avait sans doute réservé l'artillerie lourde pour ce jour crucial. Les combats avaient cessé avec la nuit et un étrange silence s'était installé depuis, ne laissant rien présager de bon.

34

Ulrich Tag fumait une cigarette, les yeux perdus sur la grande forêt à travers laquelle il cheminerait tout à l'heure. La veille, un des sous-officiers s'était mis à jouer des airs de Brahms sur un piano récupéré dans un village voisin, tandis que les gradés l'écoutaient, ravis, bien calés dans des fauteuils Louis XVI ou Voltaire, ou avachis dans de profondes banquettes. Lui et ses compagnons d'armes entendaient la mélodie depuis l'extérieur, installés autour de tables de bois, une chope de bière à la main. De quoi se souvenir du bon temps, celui où il se rendait avec Bianca au Staadttheater, la salle de concert de Karlsruhe. Tout en elle lui manquait, sa personnalité, son goût pour l'art, leurs conversations, le contact de sa peau. Il évitait d'y penser trop souvent, tant cette absence lui semblait douloureuse.

Des soldats du 83e régiment de Landwehr se trouvaient devant la *Kantine*, des réservistes. On les surnommait ici *opa*, autrement dit pépères, car ils avaient dépassé la quarantaine. Ulrich bavarda quelques instants avec eux et avec deux représentants du 252e, acheta des cigarettes à la coopérative, longea les cuisines et les bains des officiers pour se diriger vers son logement. Il y prépara son paquetage, récupérant au passage le linge lessivé au lavoir et fraîchement séché sur une corde entre deux arbres. Il hésita à prendre tous ses effets, se questionna sur son hypothétique retour en ces lieux, quand et en quel état surtout. Lorsqu'il eut terminé, il suivit la voie ferrée vers le poste d'observation qu'occupait Dieter, un de ses amis. Il abandonna sur sa gauche le chariot d'ambulance, aperçut le cinéma dans lequel ils avaient passé d'agréables moments et parvint au pied du mirador mais ne l'y trouva pas.

Ce dernier mois avait été riche d'enseignements pour qui savait tendre l'oreille. Quand les officiers avaient prononcé plusieurs fois le nom de Michael Schacht, puis les mots « opération Michael 2 », il avait entrevu l'approche de l'état-major. Ce qu'il pressentait depuis plusieurs semaines avait fini par arriver. Le général Ludendorff, ayant échoué dans sa stratégie sur la Picardie, envoyait ses forces offensives sur l'ensemble du territoire. L'objectif était ambitieux, dérouter l'ennemi afin de gagner du terrain le plus vite possible. C'était le genre de sujet qu'il pouvait aborder sans crainte avec Dieter. Il le trouva finalement sur la tranchée de crêtes. Hormis lui, il n'accordait sa confiance à personne. C'était d'ailleurs un des seuls hommes qu'il aurait plaisir à revoir dans le civil. Pour Dieter, la guerre se terminerait dans un ultime éclat d'ici deux mois, trois, tout au plus. La bataille de ce jour ne changerait guère la donne. Ulrich, quant à lui, ne se prononçait pas mais espérait un dénouement rapide. Un retour à Bruchsal pour cet été serait providentiel. Il chassa cette idée de son esprit.

L'ordre fut donné de se mettre en marche. Les soldats progressèrent durant plusieurs heures à travers la forêt de la Haute-Chevauchée pour parvenir au Fond des Meurissons. Une croisée des chemins où les raillèrent les occupants du Kaiser-Tunnel. Le lieutenant Günst avait donné ses instructions. Pas question pour ses hommes de se faire canarder en sortant de l'autre côté comme ils l'avaient fait jadis, ils évolueraient à découvert. Ulrich Tag se remémora les paroles entendues dans la salle de contrôle du tunnel, le pessimisme des officiers, la pénurie de munitions, de main-d'œuvre, d'argent et leur pays qui manquait de pain. Personne ne croyait plus vraiment à cette opération de la dernière chance, décidée par Ludendorff. L'attaque était imminente. Des coups de canon résonnèrent à travers un rideau d'arbres, qui avait échappé aux précédents affronts. Ulrich Tag porta la main à sa poche, perçut les contours de son talisman, une montre à gousset, dont le boîtier recelait la photo de sa femme, ferma les yeux, un bref instant, pour imaginer son visage.

35

Les artilleurs français, positionnés depuis la nuit aux confins du plateau de la Bolante, furent arrêtés dans leurs tirs par les obus asphyxiants de l'ennemi. Les yeux piqués par la brume toxique, à demi suffoqués, ils se résignèrent à quitter leurs pièces. Même munis de masques, ils ne pouvaient tenir. La fumée qui planait sur la colline envahissait les fossés et les abris. Les hommes se déplaçaient en courant et en sautant d'une tranchée à l'autre, profitant du brouillard pour progresser. La nuée se dissipa et l'on donna l'ordre d'attaquer. « Baïonnettes au canon ! » Les fantassins surgirent de la zone de repli et ébauchèrent de petites foulées vers l'ennemi. Aux premières mitrailles, quelques soldats s'écroulèrent. L'odeur de la poudre galvanisa Jules qui s'élança en furie, telle une bête féroce, enragée par l'idée de tuer. Il s'exposa dangereusement, resta à découvert et se mit à tirer, hardiment, sans remparts. Que lui importait de mourir puisqu'il n'avait plus rien à perdre ?

Ébloui par le soleil qui lui faisait face, Ulrich Tag plissa les yeux et avança prudemment, pas à pas. L'ennemi était en vue. Des grenades et des balles fusaient de part et d'autre. Des corps s'affaissaient. Lui ne tirerait qu'en cas d'ultime nécessité comme il avait toujours su le faire. Rester en vie. Revoir Bianca. Pour y parvenir, il devait s'épargner tout risque inconsidéré. Cependant, dans son dos, le regard de l'officier lui apparaissait insistant. Était-ce une impression ? Ne surtout pas passer pour un planqué, on en avait fusillé pour moins que cela.

Soudain, il aperçut Jules.

L'attitude du Français le surprit. Dans le feu de la bataille, tous s'étaient réfugiés à terre, dans un fossé, une cache ou derrière un rempart de fortune. Lui seul continuait à courir, véritable tête brûlée, offerte en pâture à l'ennemi. Était-il ivre pour braver ainsi le danger ? Quoi qu'il en soit, l'occasion était trop belle. Il ajusta son Mauser et son doigt se positionna sur la détente. La silhouette du *Franzose* apparut dans le viseur. À cet instant précis, Jules se trouva précipité au sol. Un soldat s'était élancé sur lui. Les deux hommes dévalèrent la pente d'un cratère.

— T'es dingue, tu veux crever ou quoi ?

C'était son oncle Marcel. Ulrich Tag fut surpris pendant une infime durée, quelques secondes, mais qui lui furent fatales. Voyant son ami en danger, Moïse avait ajusté son Lebel pour faire feu. Le jeune Allemand s'écroula, touché d'une balle en pleine poitrine. Néanmoins, il eut encore la force d'appuyer sur la détente avant de s'étendre sur le sol. Le curseur de son fusil était réglé pour une portée de quatre cents mètres et la culasse contenait toujours ses cinq cartouches. « Si le type en face est à cent mètres, visez systématiquement les genoux ou la ceinture pour l'atteindre au torse », lui avait-on répété à maintes reprises. Il exécuta cette ultime manœuvre avant de s'affaisser. Günst n'y trouverait rien à redire.

La balle siffla aux oreilles de Jules et de Marcel, qui demeurèrent tapis un long moment, agrippés l'un à l'autre, soudés. Lorsque le vacarme eut cessé, les deux hommes se retournèrent. On entendait les tirs qui s'éloignaient. Moïse gisait à terre, à leurs côtés, les mains sur l'abdomen. Une tache rouge s'étendait sur sa chemise. Jules se précipita, s'agenouilla auprès de son camarade, tenta de comprimer la plaie tandis que Marcel se mettait en quête d'un brancardier.

— Ils vont arriver d'une minute à l'autre. Tout va bien se passer, articula-t-il d'une voix mal assurée.

— Toi et moi, on est des amis, pas vrai ? murmurait Moïse, les traits grimaçants de douleur.

— Bien sûr. Mais ça va aller, ne t'en fais pas. Je suis là.

Ses yeux inquiets sautaient du visage de son ami vers la blessure. Il leva la tête pour tenter d'apercevoir le secouriste.

— Ma petite fille, Clara, je t'en ai parlé, continuait Moïse. Je l'ai laissée chez ma sœur à Paris. Je suis sûr qu'elle est malheureuse. Promets-moi de veiller sur elle.

Sa voix devenait à peine audible. Jules se pencha au-dessus de son visage et lui tint la main.

— Dans ma poche… une lettre… tu lui donneras.

— Je te le promets, fit Jules en serrant un peu plus sa main dans la sienne.

Moïse rendit son dernier souffle alors que Marcel revenait avec l'infirmier. Jules resta agenouillé auprès de son ami, peinant à réaliser que la mort l'avait choisi, lui, ce fameux jour. Lui qu'il pensait intouchable. Une bien cruelle vérité. Tout était allé si vite. Il n'avait pas su le protéger. Des larmes coulaient le long de ses joues. Il ne réagit qu'au moment où Marcel, debout à ses côtés, lui tapota l'épaule. Il ferma alors les paupières de Moïse, défit la chaîne qui entourait son cou et saisit dans sa poche ses papiers personnels, contenant la lettre et quelques photos. Il s'imprégna une dernière fois de son visage, lui souhaita à mi-voix de trouver la paix et promit de ne pas oublier sa fille.

Durant la matinée, avec leurs Minenwerfer, leurs gaz et leurs effectifs en surnombre, les Allemands réussirent à gagner quelques tranchées. Sur les coups de midi, cependant, des renforts vinrent porter assistance aux Alliés et la tendance s'inversa. Les territoires furent repris et l'on ramena quelques prisonniers. La version argonaise de l'opération Michael avait échoué en moins d'une journée.

36

Marcel vint voir Jules une semaine après les derniers combats.

— Je suis désolé pour ton copain Moïse. C'est bien comme ça qu'il s'appelait ?

— Oui, enfin, Maurice Izard. On a commencé par le surnommer Momo Izard et c'est devenu Moïse. Un vrai chouette type, qui laisse malheureusement une petite fille orpheline. Quel drame !

Jules évoqua son ami, dont l'impulsivité d'autrefois s'était transformée en une force tranquille.

Les autres l'appelaient parfois Maurice, surtout les officiers, mais le plus souvent, c'était Moïse. Les larmes lui montèrent aux yeux à l'évocation de l'ami avec lequel il venait de passer quatre ans, dans des conditions éprouvantes. Marcel le questionna soudain :

— Qu'est-ce qui t'a pris de courir comme ça à découvert ? Tu cherchais à te faire tuer ?

— Le désespoir, sans doute. Quand tous tes rêves s'écroulent, il ne te reste plus que ça.

Les yeux bleus de Marcel s'animèrent soudain et il sourit en hochant la tête d'un air entendu.

— Comment elle s'appelle ?

— Om-be-line, prononça-t-il, en détachant chaque syllabe comme pour mieux les savourer.

— C'est beau. Tu me racontes ?

Jules ne se fit pas prier pour décrire leur rencontre, le dîner au Trianon, ses parents et leurs origines bourgeoises, les lettres postées chez Lizzy à Paris et enfin celle qu'il avait reçue, froide, désincarnée, sans compromis possible. Avec le bombardement de l'église Saint-Gervais, il ignorait si elle était encore en vie.

— Et sans même savoir, tu te jettes dans la gueule du loup. Je t'ai connu plus combatif. C'était quoi, la phrase que tu répétais tout le temps, sur la persévérance ?

— « Persévérance, secret de tous les triomphes. » C'est de Victor Hugo.

— Oui. Eh bien, c'est le moment où jamais de la mettre en application ! Montre-lui qui tu es, bats-toi pour la reconquérir. Les femmes adorent ça.

Jules ébaucha un sourire.

— Ce que tu pouvais m'agacer à avoir tout le temps le nez fourré dans les livres ! Ça n'était pas mon truc, l'école et toutes ces fadaises. Je voulais du concret, du manuel, pétrir, fabriquer, nourrir. La boulangerie, c'était vraiment fait pour moi. Tu lis toujours autant ?

— Oui et j'écris aussi maintenant, fit-il en sortant des feuilles de sa poche. J'en ai une liasse complète.

Jules s'était apaisé. Marcel avait parfaitement joué le rôle de grand frère qu'il endossait jadis. La conversation glissa sur le village de leur enfance. Une fenêtre s'entrouvrit et ils retrouvèrent les fêtes agricoles et la vie paisible d'avant-guerre. Les femmes semblaient s'en sortir vaillamment. Jules énuméra les ouvriers qu'il avait connus puis souligna l'aide particulièrement précieuse du Jabot. À l'énonciation de ce surnom, Marcel fit une drôle de moue.

— Qu'est-ce qu'il y a ? s'étonna Jules, amusé, pensant qu'il allait prétendre lui aussi à une relation avec sa mère.

— Ce type, je ne le trouve pas clair.

— Comment ça ?

— Je ne sais pas. Il a le regard fuyant et... il cherche à donner le change, on dirait. Trop lisse, trop poli. Ça fait des années que je l'observe. Il a bien vu que je n'arrivais pas à le cerner. Depuis, il m'évite. Pas tranquille, le gars. J'ai l'impression qu'il a quelque chose à se reprocher pour en faire autant. Et j'ai du nez pour ça, ma femme me le dit tout le temps. À moins qu'il veuille simplement plaire à ta mère.

— Nous y voilà, fit Jules, et ils rirent de bon cœur.

37

Ombeline avait pris goût à la vie en province. Sa tante était une femme avenante et hospitalière. Leur famille tenait une épicerie en plein centre de Niort. Dans cet immeuble en pierre de taille, partagé en trois par deux colonnes et couvert par une large baie vitrée en ogive, le magasin occupait le rez-de-chaussée. On y vendait toutes sortes de fournitures. La pénurie alimentaire s'étant développée dès le début de la guerre, la consommation de pain avait été restreinte à partir de 1915 et encore réduite en 1918. Le sucre était rationné à sept cent cinquante grammes par mois, la viande limitée à trois fois par semaine. Les autres denrées, pommes de terre, pâtes, chocolat ou confiture, quand elles étaient disponibles s'achetaient au semestre.

Plus loin dans la même rue se trouvait une quincaillerie baptisée À la Ménagère. Chaque matin, les habitués, des femmes pour la plupart, attendaient l'ouverture du magasin. Une file qui grossissait au fil des heures et qui s'amenuisait en début d'après-midi. Quand les stocks étaient épuisés, le rideau tombait avec l'ardoise qui indiquait de revenir tel jour, après la livraison. Les clients, dépités, n'avaient alors plus qu'à rebrousser chemin. Pour servir tout ce monde, les bras étaient les bienvenus. Aussi, Ombeline et sa mère s'adonnaient à cette tâche avec ardeur. Elles allaient chercher ce qui venait à manquer dans l'arrière-boutique, effectuaient les pesées tandis que Lizzy apposait les tampons sur les cartes de rationnement. Cette activité plaisait beaucoup à Ombeline qui se réjouissait d'engager la conversation avec toutes ces femmes.

Dans le quartier, les enfants ne recevaient plus aucun enseignement, faute d'instituteur, lequel avait été mobilisé. Leurs mères se chargeaient donc de leur instruction lorsqu'elles en avaient le temps. Ombeline proposa tout naturellement ses services afin de les suppléer. Sitôt la devanture de la boutique fermée, on se mettait à table. Le déjeuner se terminait, de temps à autre, par une liqueur d'angélique qui rappela à Ombeline l'alcool qu'elle avait bu en compagnie de Jules. Vers quatre heures de l'après-midi, les enfants venaient la trouver et elle leur offrait ses enseignements dans l'arrière-boutique du magasin. Seuls deux gamins s'étaient présentés les premières semaines, deux frères auxquels elle apprenait à lire. Puis le bouche-à-oreille avait fonctionné et elle reçut jusqu'à dix enfants, âgés de six à dix ans. Outre le français, elle leur inculquait aussi les tables de multiplication. Lorsqu'ils avaient suffisamment travaillé et que leur intérêt se relâchait, elle leur montrait des livres d'images de fleurs et d'oiseaux ou bien leur lisait une histoire. Dans la bibliothèque du quartier, elle avait déniché de quoi enchanter ces petits.

De toute sa vie, elle n'avait jamais eu de contacts avec des enfants. Pas de fratrie ni de famille à Paris. Tout juste en croisait-elle dans les dîners qu'organisait son père. Elle n'y était pas spécialement insensible, mais gardait une distance plus ou moins consciente avec eux. Elle leur accorda néanmoins toute son attention, fit au mieux pour qu'ils se sentent à l'aise avec elle, sans pour autant leur allouer trop de largesse, les maintint concentrés afin de leur apporter une aide profitable. Elle s'était imaginé leur prodiguer quelques notions de lecture avec une indifférence feinte. À quoi bon créer des liens ? Elle s'avéra pourtant extrêmement douce avec eux, presque maternante, et elle dut bien se l'avouer, touchée par ces petits visages attentifs et drôles parfois, se surprenant à rire de leurs innocentes réflexions. Quoi qu'elle y fasse, elle était en train de s'attacher à tous ces gosses. Ce sont des choses qui ne se commandent pas. Ils le lui rendaient au centuple, lui témoignaient des gestes tendres ou bien lui apportaient une fleur ou un dessin.

Elle se sentait plus utile qu'à Paris et ne risquait pas d'y croiser Édouard. Néanmoins, Jules lui manquait, d'autant qu'elle n'avait plus accès à sa correspondance à Paris. Aussi, en octobre puis au mois de novembre, les trois femmes s'étaient-elles réjouies à l'idée de voir la guerre s'achever et de pouvoir enfin rentrer chez elles. Leur joie fut pourtant de courte durée. Les journaux annonçaient que le nombre de malades atteints de grippe espagnole augmentait de façon fulgurante dans la capitale. La mortalité, qui toucha 616 personnes le 6 octobre, explosa à 1 300, puis 1 400 cas dans les semaines qui suivirent. Monsieur Fleuret leur fit parvenir un télégramme alarmiste, leur interdisant de prendre le train. Elle n'écrivit à Jules qu'au mois de novembre.

À cet instant précis, une des locataires de La Petite Charette descendit au sous-sol pour y ranger des pommes qu'on lui avait apportées et trouva les lettres que les enfants y avaient abandonnées. D'abord surprise, elle s'en alla les déposer dans la boîte postale la plus proche. Hasard ou coïncidence, les deux courriers rédigés par Ombeline, à six mois d'intervalle, au printemps et en automne, quittèrent le même jour le centre de tri de Niort.

38

Des rumeurs de paix circulaient depuis plusieurs jours parmi les hommes. Depuis les offensives américaines de cet automne sur l'Argonne, tout s'était accéléré et les Allemands tentaient de négocier l'armistice. Dans les tranchées, chacun se demandait ce qu'ils allaient faire des propositions du maréchal Foch, et y allait de son commentaire :

— Après tout ce que ces barbares ont fait chez nous, et ça parle de négociation !

— Mériteraient qu'on passe la frontière et qu'on aille dévaster leurs maisons !

— Vaudrait mieux les faire travailler chez nous, leur faire reconstruire nos villes et nos villages.

— J'espère que Foch ne va rien lâcher.

Pour Jules, la question n'était pas tant de savoir ce qu'on allait leur extorquer mais qu'ils reçoivent une bonne correction, une humiliation bien sentie. Les hostilités cesseraient ce 11 novembre à onze heures précises. En attendant, chacun se défoulait du mieux qu'il pouvait. Il était dix heures lorsque Jules regarda sa montre. Difficile d'imaginer que dans une heure, tout serait terminé. À cet instant, en effet, les crapouillots donnaient encore de la voix dans les tranchées de première ligne. Les odeurs de poudre et de fumée lui parvenaient distinctement. Il soupira. Il devrait se hâter s'il voulait enfiler des vêtements propres. Une cagna s'était écroulée la veille, cagna qu'il avait dû consolider avec trois autres hommes. Il en conservait un trou à la chemise et des manches salies par la boue. Plus que tout, il tenait à être présentable pour le cessez-le-feu.

Sur son chemin se trouvaient un officier et trois soldats, des artilleurs, à première vue, en grande discussion. Tous tentaient d'organiser l'arrêt des combats dans un cérémonial que le commandant énonçait. Les artilleurs s'en iraient tirer le coup de canon sur la colline, comme une salve d'honneur, et les clairons entonneraient leur symphonie de part et d'autre des tranchées. Cette mise en scène lui était chère. L'instant resterait gravé dans toutes les mémoires de la manière la plus belle qui soit. On n'avait pas fait quatre ans de guerre pour finir sur un air de clairon. Il fallait que ça ait de la gueule. Jules sourit, regarda sa montre puis se fraya un passage afin de poursuivre son chemin. À peine eut-il parcouru quelques mètres que l'officier le héla.

Le commandant ne disposait malheureusement que de trois artilleurs, les autres étant mobilisés sur des canons de 155, au plus près du front, ou ayant été tués. Il en fallait quatre au minimum. La tâche serait des plus simples, celle d'un subalterne, soulever la munition et la poser dans le tube. Jules voulut riposter, songeant aux salissures de sa tenue et à cette mission qui outrepassait ses fonctions, mais le choix de l'officier s'était porté sur lui et était visiblement sans appel. En réalisant qu'il se trouvait au mauvais endroit au mauvais moment, Jules se maudit. Pourquoi avoir adopté précisément ce moment pour parcourir la tranchée ? Si seulement il était parti un quart d'heure après. Cela lui apprendrait à être trop prévoyant. Pour les remords, on verrait plus tard. Il mendia quelques minutes, afin d'enfiler des vêtements propres. Il n'en aurait pas pour longtemps. Cette faveur lui fut refusée, le canon étant assez éloigné de leur retranchement. Les ordres étaient les ordres. Personne ne les contestait. *Pris au piège.*

C'est dans cet état d'esprit qu'il grimpa la colline d'Origny en compagnie des trois servants. Le village éponyme se trouvait à proximité et à une trentaine de kilomètres à l'est de Saint-Quentin. Pour y accéder, il leur fallait traverser un petit bois pentu en esquivant les ronces qui ne manquèrent pas de leur lacérer les mollets. Ils parvinrent au sommet du mont quinze minutes avant l'heure fixée. Un panorama gigantesque s'étalait en contrebas. Un champ de ruines parcourues d'un entrelacs de galeries qu'on aurait dit creusées par des taupes. Plus un seul bosquet à perte de vue. Au loin, les fumées des mortiers se mêlaient aux dernières nappes de brouillard. *Dire que des soldats mourront encore quelques minutes à peine avant l'arrêt des combats*, réalisa Jules.

Un canon de 75 se trouvait là, presque abandonné, dissimulé derrière un remblai de terre. Jules observa d'un peu plus près la pièce d'artillerie. Comme il semblait s'y intéresser, l'un des hommes lui expliqua que ce canon avait provoqué en son temps une véritable révolution car il absorbait les reculs. Auparavant, les anciennes pièces ne disposant pas de cet atout, il était nécessaire de les remettre à leur place constamment, tâche épuisante compte tenu du poids de ces engins. Dans ce modèle-ci, le tube reculait sur son support, l'affût, grâce à des roulements, et la pièce restait en place.

Les artilleurs prirent position. D'abord le pointeur. Il installa sa lunette de visée, orienta le canon vers l'horizon puis ajusta l'angle de tir grâce à un niveau. L'artificier confia ensuite à Jules l'obus qu'il devrait introduire dans le canon d'ici quelques minutes.

— Un obus à balles, on va leur envoyer nos derniers shrapnels, fit celui-ci avec un sourire entendu.

Jules eut quelques palpitations au contact de l'objet glacé encartouché sur une douille de laiton. Comme pour répondre à ses craintes l'homme précisa :

— Tu ne risques rien tant que je n'ai pas débouché les évents.

Il lui montra un étrange appareil, une sorte de boîte avec une molette de réglage sur laquelle la fusée serait vissée et percée au dernier moment et lui reprit l'objet. Puis ce fut l'heure. Le pointeur se mit en place devant sa lunette pour contrôler la visée. Le tireur ouvrit la culasse rotative et Jules n'eut plus qu'à entrer l'obus dans le tube. « 75DEC », eut-il le temps de lire sur la douille avant que ne soit refermée la culasse. Il s'éloigna ensuite de l'engin dans un réflexe de survie. Ces gestes savamment millimétrés, les artilleurs les avaient répétés des centaines de fois avec brio. *Celle-ci serait la dernière*, réalisèrent-ils soudain. Ils se regardèrent tous les trois avant la mise à feu, conscients de leur rôle dans cette représentation finale.

Les événements auraient dû se dérouler de manière logique et honorable. C'était sans compter sur le destin. Le canon n'avait pas servi depuis plusieurs jours, les cartouches provenaient peut-être d'un lot de mauvaise qualité, ce qui arrivait parfois lorsque des manufactures privées les produisaient. Toujours est-il qu'à la mise à feu, le canon explosa, fauchant les trois artilleurs qui furent tués net. Le temps suspendit alors son cours. La mort qui planait sur la colline sembla hésiter un instant au-dessus de Jules. Son corps gisait vingt mètres plus bas. Il ne perçut pas les sonneries des clairons le long des champs et des talus. Il ne vit pas non plus ses camarades, sortir un à un de leur cache, indécis, incrédules, stupéfaits d'être encore en vie au bout de quatre années de guerre, quatre années d'enfer.

On entendit dans la campagne résonner les cloches de l'église de Regny, celles d'Origny et de Thenelles. Après l'hymne des clairons, *La Marseillaise* retentit à des kilomètres à la ronde. Au loin, les Allemands participaient à la liesse en hurlant *Republik, Republik*, pour célébrer le tournant berlinois, la fin de leur empire, tandis que l'officier jurait, le front dirigé vers la colline. Un grain de sable venait de gâcher son cérémonial. Des soldats, un brancardier et deux infirmiers s'étaient précipités en direction de l'explosion aussi ravageuse qu'inattendue.

39

Jules

Les cloches du village sonnent à la volée. Ce sont les noces de tante Lucile. J'ai six ans. Il y a une grande fête à la maison. Mon frère Tom me suit partout. Maman nous a expliqué que tata Lucile se marie avec un ouvrier agricole que j'ai vu de nombreuses fois à la ferme. Son regard est empli de tendresse lorsqu'elle s'adresse à moi et sa voix paraît si douce ! J'ai revêtu mes beaux habits du dimanche. Nénette se repose dans une des chambres de la maison, c'est pourquoi nous ne pouvons pas y entrer. Avec Tom, j'emboîte le pas de mes cousins et des enfants des employés, tous plus âgés que nous. Ils organisent une partie de cache-cache et refusent que nous y participions, sous prétexte que nous sommes trop petits. Les cousins rient et s'enfuient en courant à notre approche. J'entraîne Tom et nous tentons de les suivre. En contournant notre demeure, j'aperçois une silhouette en chemise blanche qui longe la façade à la dérobée. J'ai l'impression que c'est le Jabot. Nous nous dissimulons derrière le mur et patientons jusqu'à ce qu'il s'engouffre à l'intérieur. J'imagine qu'il s'est joint au groupe de mes cousins et utilise notre maison comme refuge.

— Viens, je dis à Tom, allons nous cacher, mais ne fais pas de bruit !

Il m'écoute sans broncher, je suis son grand frère, son modèle. Nous pénétrons dans la longère par la salle à manger et entrons dans le débarras. Le Jabot s'est précipité dans la pièce attenante et a rabattu la porte derrière lui. De l'autre côté se trouve la chambre de mes parents. Je reste pantois. Maman m'a expliqué que je ne dois pas rentrer dans cette pièce lorsque la porte en est fermée. Le Jabot y est entré, lui. Peut-être pouvons-nous profiter nous aussi de cette cachette ? J'épie par le trou de la serrure, mais ne vois rien. Tom s'agite car il veut regarder lui aussi. Il me pousse avec ses petites mains et commence à pleurer, je pose un doigt sur sa bouche, chut !

Je réalise soudain que ce n'est pas ma maman qui se trouve à l'intérieur et qu'elle ne saura pas que je suis entré. La curiosité l'emporte. Je me décide, j'entrebâille la porte. J'aperçois le Jabot. Son pantalon défait pend sur ses jambes. Sur le lit, sa fille allongée pleure à chaudes larmes. Tom ne voit rien et commence à s'énerver, il me pousse en grognant. Je lui ordonne de ne pas faire de bruit mais c'est trop tard. Le Jabot nous a certainement entendus puisqu'il se dirige vers nous à toute allure. Il ouvre la porte avec une violence inouïe, furieux d'avoir été épié. Nous sommes projetés en arrière. Je fais un vol plané et mon crâne heurte un coin de la table basse tandis que le petit corps de Tom poursuit sa trajectoire jusqu'à la grande armoire.

J'ignore combien de temps je suis resté assommé. Lorsque je reprends connaissance, je ne me souviens plus de rien. J'ai très mal à la tête. Assis par terre, j'ai tout juste le temps d'apercevoir Tom, inanimé sur le sol, avant d'entendre des voix résonner dans la maison. Un vase empli de roses s'est brisé. Il y a des morceaux de verre partout, des fleurs éparses et de l'eau qui ruisselle jusqu'à moi et m'atteint aux doigts. Je me relève au moment où des gens font irruption à l'intérieur de la pièce. C'est le Jabot qui a donné l'alerte. Derrière lui, ma mère, ma grand-mère et toute une cohorte d'invités se dirigent vers nous.

— En passant à côté de la maison, je les ai entendus chahuter. Je suis entré. C'est comme ça que je les ai trouvés, rapporte-t-il.

Sous la panique, ma mère, décomposée, répète en hurlant le prénom de mon frère. Sa voix a pris un ton grave que je ne lui connaissais pas. Tom ne répond pas à ses appels et du sang coule d'une de ses oreilles. Je comprends que quelque chose ne va pas et commence à pleurer. Maman se met à crier contre moi en me demandant :

— Que s'est-il passé ? Qu'as-tu fait à ton frère ?

Je fixe le vase brisé, le sang qui s'épanche de l'oreille de Tom et, apeuré, porte les mains sur les miennes. Le verre a sûrement transpercé les oreilles de Tom. Je ne comprends pas pourquoi on m'en veut. Effrayé, le visage dissimulé entre mes bras croisés, je pleure. J'ai si mal à la tête. J'aperçois Nénette qui m'observe. Son regard paraît chercher une connivence que je ne saisis pas. L'image de ses yeux tristes s'imprègne dans mon cerveau. Et je les entends avec leurs questions et leurs cris.

— Jules, Jules.

Qu'on me laisse tranquille.

Je me retrouve en suspension au-dessus de mon corps. Tout le monde semble affolé. J'ai du mal à le concevoir puisque je ne ressens plus aucune émotion. D'en haut, j'assiste à la scène. Plusieurs soldats m'entourent. L'un d'eux s'agenouille à mes côtés.

— Jules, Jules ! Serre-moi la main, Jules.

Tandis que des brancardiers évacuent les trois artilleurs, un des secouristes se dirige vers moi et dit :

— Celui-là a l'air moins amoché.

Mais lorsqu'il se penche au-dessus de moi, je ne respire plus.

Marcel arrive en trombe, affolé, et crie :

— Ne me fais pas ça, Jules ! Pas maintenant, pas aujourd'hui !

Il desserre ma chemise, réclame de l'aide, tente par lui-même de pratiquer sur moi un bouche-à-bouche. Le secouriste le pousse et prend sa place.

Je perçois leurs voix à travers un long couloir, baigné de lumière qui m'absorbe peu à peu. Une chaleur réconfortante et un bien-être ineffable m'envahissent tandis que je progresse avec légèreté dans ce tunnel. J'entrevois soudain le visage de mon grand-père Fernand qui m'accueille avec bienveillance.

40

Célestine était inquiète, inquiète pour Jules et pour Marcel. Tôt dans la journée, Louise avait frappé à sa porte. Elle tenait entre ses mains deux enveloppes. D'ordinaire si dure, elle avait parlé d'une voix mal assurée, presque chevrotante :

— C'est étrange que Jules n'ait pas reçu ces lettres. Crois-tu que quelque chose de grave est arrivé ?

— Avec cette guerre et tous les déplacements des soldats ces dernières semaines, les courriers peuvent se perdre, affirma Célestine d'un ton faussement rassurant. Ne nous alarmons pas à tort.

— C'est aujourd'hui son anniversaire, j'aurais tellement aimé le lui souhaiter.

Une larme roula sur la joue de Louise. Ses yeux cernés témoignaient des cauchemars qui la hantaient, tenaillant tout son être d'une culpabilité grandissante. Célestine en fut tout émue. Elle la serra dans ses bras en lui murmurant des mots réconfortants. En réalité, Célestine ne vivait plus. L'armistice venait d'être signé, mais en un mois elle n'avait reçu aucune nouvelle, ni de Jules ni de ses enfants. Partout dans le village, on déplorait des victimes de cette fichue guerre et, comme si c'était insuffisant, la grippe espagnole poursuivait son lent travail de sape. On demeurait désormais sur le qui-vive, attentif à la moindre toux, au moindre accès de fièvre. Un homme était mort au combat dans la ferme en face. C'était aussi le cas du fils et du petit-fils du meunier, sans compter les amis et les connaissances. Chaque famille était associée de près ou de loin à un drame. Les femmes présentes au village guettaient le facteur en se signant puis vaquaient à leurs occupations, le cœur lourd, à l'affût des bruits de pas sur la route ou des roues de charrette.

Louise fit chauffer sur le poêle un reste de café du matin, pendant que Célestine rejoignait la bancelle. Une fois le breuvage servi, elle prit place de l'autre côté de la table dans un silence contrit. Les deux femmes demeurèrent ainsi muettes un long moment avant que Célestine ne prenne la parole.

— Comment va Hector, l'as-tu vu ces jours-ci ?

— Toujours ses douleurs au dos. Yolande l'aide beaucoup, mais une chute pareille dans l'escalier, ça ne pardonne pas. Encore qu'il s'en sort bien.

— Oui. Et affaibli comme il est, il ne faudrait pas qu'il attrape cette fichue grippe.

Puis Louise se leva pour partir. Célestine s'extirpa de la bancelle avec difficulté, le visage grimaçant de douleur à cause des raideurs accumulées ces dernières années.

— Et les lettres, tu ne les reprends pas ?

— Tu le verras avant moi, quoi qu'il en soit…

— Garde-les.

Lesdites lettres émanaient d'une certaine Ombeline, qui résidait à Niort et dont l'existence avait intrigué les deux femmes. Louise, suivant le conseil de sa mère, emporta les missives.

Célestine vaqua à ses occupations habituelles jusqu'au soir en évitant de remuer de sombres idées, mit de l'ordre dans sa demeure et rentra du bois pour le feu. Afin de traire la vache qu'il lui restait, elle prit la direction de l'étable, en se remémorant malgré elle les paroles de sa fille, peinée de l'avoir vu aussi triste.

Quel âge aurait Jules aujourd'hui ? Trente-trois ans, estima-t-elle.

Cheminant dans ses pensées, elle n'entendit pas immédiatement les pas sur le sentier pentu qui menait à sa maison. Un mouvement insolite se produisit derrière ses épaules, l'obligeant à tendre l'oreille. On venait. Le jour commençait à décliner.

Qui donc pouvait lui rendre visite en cette heure tardive ? Elle se retourna lentement et plissa les yeux. Dans le crépuscule du soir se découpaient deux silhouettes d'hommes, en habit de soldat, le menton noirci par une épaisse barbe. Elle s'avança pour mieux les distinguer et demeura interdite. Devant elle se trouvaient Jules et Marcel. Elle porta les doigts à sa bouche, incrédule, pour ne pas crier. Des larmes embuèrent ses yeux.

— Mes petits, fit-elle.

Ils s'élancèrent vers elles et l'étreignirent tour à tour. Elle embrassa Marcel et le pressa tout contre son cœur, puis s'approcha de Jules, vit les larmes qui embrumaient ses yeux, des yeux qui paraissaient immenses sur son visage amaigri. Elle tendit la main vers le bandage qui enserrait sa tête et le tint entre ses bras un long instant, laissant les larmes libératrices s'échapper de ses yeux. Elle aurait souhaité arrêter le temps, prolonger à l'infini cette étreinte afin de le garder auprès d'elle, à jamais.

— Bon anniversaire, fit-elle, un éclair de tendresse dans le regard.

Puis les larmes se transformèrent en sourire et en rire lorsque Jules, fou de joie, tenta de la soulever du sol.

— Mes petits, comme vous m'avez manqué !

41

Les heures qui suivirent furent intenses, riches d'émotion et prometteuses de bonheur à vivre. Louise manqua de s'évanouir en voyant son grand fils regagner la maison. Elle l'étreignit si étroitement qu'il en fut décontenancé, emprunté par ses années d'absence et peu habitué à de telles effusions de sa part. L'arrivée de Tom vint combler cet instant de grâce. D'abord hésitant et dubitatif, tant les années de guerre avaient transformé son frère, le jeune homme émit des cris de joie qui n'appartenaient qu'à lui, le serra dans ses bras et effectua une sorte de danse qui les émut tous. Ce fut un moment inoubliable.

Puis les jours s'écoulèrent, paisibles, ceux de la reconstruction. Lorsqu'il estima l'instant propice, Jules raconta à sa mère son expérience singulière, qu'il nommait son voyage express. Il lui confia ce qu'il avait entrevu de l'accident de Tom, expliqua comment les événements s'étaient enchaînés, ce fameux jour. Louise tomba des nues en découvrant la véritable personnalité du Jabot et les raisons qui l'avaient poussé à se montrer si présent dans leurs vies, elle qui lui accordait son entière confiance. La colère et l'aversion qui la submergèrent laissèrent pourtant la place à l'impuissance. Le Jabot venait de décéder de la grippe espagnole. Quant à Nénette, qui aurait pu dire où elle résidait désormais ? L'avenir n'était plus à la rancœur, il fallait aller de l'avant.

Par miracle, Quito et ses cousins avaient survécu à la guerre même s'ils en conservaient des séquelles. Jocelyn avait été blessé au pied par un tir de Mauser et l'avocat rentrait avec le visage balafré. Ils étaient néanmoins vivants et allaient pouvoir chérir leur famille. À l'office de Noël, Jules avait revu Marcelline, alors veuve de guerre et mère de trois enfants. Ses regards en disaient long sur l'amour qu'elle lui portait encore, malgré les années passées. Louise observa, ravie, les œillades furtives qu'elle adressait à Jules depuis sa place à l'église. Elle espérait enfin rattraper le temps perdu et donner à son fils la tendresse dont elle n'avait pas su le combler.

Cependant, la permission accordée aux soldats fut de courte durée, à peine plus d'un mois et Jules dut repartir avec Marcel, d'abord à la caserne de Rouen puis dans les Vosges. Tant que le traité de paix n'était pas signé, les armées maintenaient leur position aux abords des frontières en y exerçant la pression nécessaire. Les deux hommes marchèrent de longues heures, obéissant à la discipline militaire qui ne s'était pas assouplie avec la fin de la guerre, mais au moins, ils partaient l'esprit libre, certains de pouvoir rentrer chez eux. Toutes les pensées de Jules convergeaient vers Ombeline. La simple évocation de son prénom se dissipait en vapeur sucrée, en onguent, capable à lui seul d'apaiser toutes les blessures. Il ignorait où elle se trouvait, ses derniers courriers n'ayant obtenu aucune réponse.

À Paris, au mois de février 1919, Marcel et lui prirent le train pour la Lorraine. Devant la gare de l'Est, les cicatrices des bombardements parisiens s'exhibaient encore, à la vue de tous. Un obus envoyé par les canons longue portée, au mois de mars 1918, avait explosé boulevard de Strasbourg.

Un attroupement continu de civils et de soldats était penché au-dessus du trou, en partie recouvert de gravats et tout juste protégé par des caissons de bois. Ils évoluèrent parmi la masse humaine agglutinée, peinèrent à s'en extirper et poursuivirent leur marche.

Deux individus affublés de masques et portant des écriteaux arpentaient la foule. Ces amas grotesques de tissu leur recouvraient le bas du visage jusqu'aux yeux et débordaient sur le côté comme un semblant de barbe. On ne pouvait que les remarquer. Les passants s'écartaient pour les observer. Sur l'un des panneaux, on pouvait lire : « Le Boche est vaincu mais la grippe ne l'est pas » tandis que l'autre mentionnait : « Masquez-vous les uns les autres. L'essayer c'est l'adopter. » Leur accoutrement amusa fortement les deux frères. Les messages à visée pédagogique étaient loin de déclencher l'effet escompté. Les passants les dévisageaient avec curiosité et ironie. En parvenant à leur hauteur, Marcel déclama :

— Quand on a combattu à la guerre, on ne craint plus rien.

Sa remarque remporta l'unanimité et fit naître d'autres commentaires peu élogieux. Profitant de cette diversion il proposa :

— Elle habite où, ta Lizzy ?

— J'ai l'adresse. Tu crois qu'on a le temps d'y filer ?

— Ça se tente.

Ils empruntèrent le métro puis évoluèrent dans des rues que Marcel reconnut pour y avoir effectué son apprentissage de boulanger. Ils parvinrent à destination en arpentant la voie commerçante. Jules identifia immédiatement la façade de la maison à sa porte bleue en ogive, surmontée d'une arche. De chaque côté, un vase romain contenait un rosier dont les branches grimpaient sur des treillis. La sculpture qui chapeautait l'ensemble représentait des oiseaux picorant les graines d'un panier tressé. *La fresque aux martinets*, se souvint-il.

Ils sonnèrent et tambourinèrent à la porte, sans succès. À côté de l'habitation se trouvait un fleuriste, qui sortit de sa boutique en entendant le vacarme.

— La dame est partie. Ça fait longtemps déjà, ça remonte aux premiers bombardements, au printemps de l'an passé. Dans la famille, je crois. Je ne saurais pas vous dire quand elle va revenir.

— Tu vois, s'exclama Marcel, tout n'est pas perdu ! Ta copine a dû l'accompagner. Tu n'as plus qu'à attendre qu'elle te donne de ses nouvelles.

42

Jules revint à la ferme au mois d'avril mais aucune lettre ne l'attendait. Devait-il se résigner ? Les cheveux coupés, enfin débarrassés des poux qui l'avaient empoisonné durant toute cette maudite guerre, il avait rasé sa barbe pour ne garder que la moustache, avait repris un peu de poids et ne faisait presque plus de cauchemars.

Debout dans la salle à manger, il soupira en regardant à travers la fenêtre. Tom avait été ravi de les accompagner à l'église et esquissait au-dehors de petits pas de danse qui le firent sourire. Quant à Ernest, il lui adressa un signe de la main. Père et fils étaient devenus très proches. Après le dîner, ils partaient tous deux explorer la ferme en engageant de longues conversations. Tom les suivait parfois. Jules ne s'était jamais senti autant aimé par ses parents.

Louise avait disparu dans sa chambre pour y ranger son pardessus. Elle ouvrit l'armoire. Les lettres d'Ombeline reposaient toujours sur une des étagères entre deux tabliers. Elle ne s'était pas résolue à les lui donner, effrayée par ce qu'elles pouvaient contenir, ce passé qu'elle ignorait. *Une femme, un amour potentiel qui l'éloignera à nouveau de nous. Pas question.* Elle les saisit, les camoufla sous une pile de draps et vint retrouver Jules dans le salon, le sourire aux lèvres. Celui-ci l'étreignit comme il en avait pris l'habitude ces dernières semaines, en regardant par-dessus son épaule à travers la fenêtre, les yeux perdus dans le lointain. Physiquement présent mais si loin déjà dans ses pensées. Les oiseaux chantaient et commençaient à bâtir leur nid. La journée idéale pour dessiner de nouveaux projets et tenir ses promesses.

Jules donnait beaucoup de son temps à la ferme et s'investissait totalement dans ce labeur. Faire fructifier la terre, assurer la prospérité du domaine, ces choses simples l'aidaient à se reconstruire. Conformément à sa pensée, il avait écrit à Louis Fournier à Saint-Thomas-en-Argonne dans l'espoir qu'il soit toujours vivant. Il reçut sa réponse un matin d'avril 1919. La lettre contenait le poème que l'auteur avait pris la peine de recopier. Il le lui avait dédicacé avec ces mots :

À Jules, pour que l'art illumine sa vie.
La guerre
Ce joli coin d'Argonne depuis des mois tressaille.
Il a ses flancs ouverts par toute cette mitraille,
Ses mille neuf cent quatorze années de rudes combats,
Et l'on s'en souviendra de Vienne à Saint-Thomas.
Sous le fer et le feu, les habitants chassés,
Les femmes, les enfants, les vieillards désolés
Sont partis émigrants, tel un troupeau perdu,
Abandonnant leurs toits, les champs et la charrue.
Les obus meurtriers ont crevé les maisons.
De partout retentit la grand' voix du canon.
L'on n'entend plus chanter les mâles laboureurs.
Leur voix est bien éteinte et fait place aux pleurs.
Sur le coteau là-bas près de Sébastopol,
Le fameux 75 souvent prend la parole,
À l'abri des genêts dans la forêt d'Haulzy

Et vaillamment, toujours gronde sur les ennemis.
La vie n'est pas gaie, c'est trop de solitude
Mais le devoir est là et ne semble pas rude.
Tous ces braves combattants ne connaissent pas la plainte.
Ils sont heureux et fiers de cette cruelle étreinte.
À la lisière des bois, les tombes fraîches encore
De ceux qui ont lutté et en braves sont morts,
Frappés au champ d'honneur dans ce petit coin-là.
Passant, découvre-toi, des Français dorment là.
Et là-bas derrière nous, des gens à bonne mine
Vivent heureux et tranquilles à l'abri de nos poitrines.
Sainte-Menehould en paix heureusement ne voit pas
Ceux qui marchant au feu ne se relèvent pas.
Vivez tous bien tranquilles, nous veillerons sur vous.
S'il vous reste des loisirs, pensez un peu à nous.

LOUIS FOURNIER, 29 NOVEMBRE 1914

Ce fameux 75 a bien failli me coûter la vie, réalisa-t-il.

La lecture du poème l'émut plus qu'il ne l'aurait imaginé. Là-bas, sur le champ de bataille, ces vers avaient ressuscité en lui une partie inanimée. Ils représentaient sa résilience, le feu intérieur qui l'avait maintenu en vie. Son visage s'illumina d'un sourire de reconnaissance pour celui qui avait su lui redonner l'espoir. Les yeux brillants, il replia la lettre et sortit, aspirant à un peu de solitude.

La journée était printanière. Il mena la charrette par la route principale afin d'apporter au café-épicerie des fûts de chêne emplis de cidre. Le tenancier en avait passé commande auprès d'Ernest. Il s'était alors proposé de lui rendre ce service, cela lui permettrait de revoir les aînés du village, qui seraient sans doute attablés devant des dominos. Les fleurs d'aubépine s'étiolaient, inondant les chemins de milliers de pétales blancs, comme après un mariage ou une fête. *Celle du renouveau*, pensa-t-il. Un bruit de moteur parvint à ses oreilles. Une voiture, telle qu'il en circulait de plus en plus fréquemment dans le village. Il se retourna pour la voir. Celle-ci arrivait de Rouen, comme le signalaient les couleurs de sa carrosserie. Elle s'arrêta devant la mairie. Jules fut tenté de poursuivre son chemin mais un sentiment inexplicable le fit rester malgré tout. Plus que le simple intérêt de découvrir qui venait, une sorte d'intuition. Il arrêta la charrette et attendit.

Deux passagers s'extirpèrent de la voiture, avec raideur, des Hodengeois que Jules connaissait bien. Puis une jeune femme, élégamment habillée de bleu, les suivit. Sa tenue contrastait avec les vêtements ordinaires des villageoises. Elle suscita la curiosité des quelques passants présents, lesquels ralentirent leurs pas pour l'observer. Jules n'en crut pas ses yeux.

La silhouette d'Ombeline se découpait dans la clarté du jour printanier, éclatante de beauté, comme une fleur nouvellement éclose. Sa princesse, son ange du Trianon. Elle avait effectué le trajet jusqu'à lui pour le retrouver. Il en fut bouleversé. Des frissons irradièrent sa nuque tandis que des picotements naissaient au fond de ses yeux. Il ne pouvait les détacher de cette apparition enchantée, lui qui avait tant rêvé de cet instant. Il s'échappa de son émerveillement, sauta de la charrette et se dirigea lentement vers elle. Le soleil parut donner plus de vigueur pour éclabousser le décor. Dans la lumière printanière, chaque élément était à sa place et convergeait vers cette scène, tant de fois fantasmée qu'elle semblait irréelle. Les clients du café étaient sortis, curieux d'assister à ce spectacle peu commun.

Saisi par l'émotion au gré des pas qui le rapprochaient d'elle, il mit la main sur ses lèvres pour les empêcher de trembler. Elle lui offrit un sourire merveilleux, irrésistible, dont elle seule connaissait le secret. Un sourire propre à suspendre le cours du temps. Il s'avança vers elle, posa délicatement ses doigts sur son visage, embrassa ses lèvres puis l'étreignit.

— Mon martinet enjôleur, fit-elle, dans un souffle. J'ai trouvé tes lettres en rentrant de province, elles m'ont bouleversée.

Ses yeux scintillaient comme une promesse de lendemains heureux. Il eut la sensation de renaître.

— Tu m'as tant manqué, répondit-il simplement.

L'aube d'un jour nouveau se profilait au lointain.

Remerciements

Merci tout d'abord à Frédéric Thibaud et à ses collaboratrices de m'avoir accordé leur confiance une nouvelle fois.

Merci à mes lecteurs et à mes lectrices de la première heure pour leur avis éclairé et leurs encouragements, Céline Martineau et Jean-Pierre Lafillé, Christine Boulet-Groult, Nathalie et Sandrine Cannebotin, Mathilde Roger.

À Gilles, qui supporte ma passion, parfois dévorante, pour l'écriture.

À vous, lecteurs, qui me découvrez ou qui continuez à me suivre, j'espère que mon histoire vous aura plu.

L'idée de ce roman m'est apparue lors d'une visite au Tréport, en haut du funiculaire, sur les vestiges de l'hôtel Trianon. J'ai eu très envie de faire revivre ce haut lieu de la villégiature.

Je souhaitais aussi donner une continuité à mon premier roman, *Les Pommiers de l'orage*, en avançant dans l'histoire et en y réintégrant le personnage de Célestine.

Pour le travail documentaire, je me suis rendue à Fécamp et dans la ville d'Eu pour y consulter les archives des journaux. Merci aux responsables du fonds patrimonial Banse de Fécamp de m'avoir si bien accueillie. Merci également à Pascal Demouchy, archiviste de la mairie d'Eu de m'avoir apporté quelques suppléments d'information.

Concernant l'hôtel Trianon, merci à Séverine Gourlin, employée aux affaires culturelles du Tréport, de m'avoir gentiment envoyé les plans de l'établissement.

Pour la dernière partie enfin, j'ai pu admirer la tâche du Comité franco-allemand dans sa restauration de la Vallée

Moreau. La publication et les visites filmées du site m'ont été d'une grande aide. Celles menées par monsieur Lunard en particulier. Je remercie Ludivine Huart de m'avoir transmis le document.
Louis Fournier était mon arrière-grand-père maternel. J'ai eu beaucoup de plaisir à faire croiser son destin avec celui de Jules et à vous livrer son poème.
Mon amie bretonne, Yvette Lamézec, m'a inspirée par sa générosité et par ses expressions pour le personnage d'Yvette, situé à Mers-les-Bains. Je la remercie d'avoir accepté que je la mêle à mon histoire.
Une pensée pour Hélène Clavequin dont les traits et l'enthousiasme m'ont inspiré le visage d'Ombeline.
Et pour finir, quelques mots sur l'hôtel Trianon. Inauguré en juin 1912, il connut un succès de courte durée avec l'arrivée de la guerre, durant laquelle il servit d'hôpital militaire. Des centaines de soldats y furent soignés, notamment pendant la bataille de la Somme. Entre les deux guerres, les touristes y vinrent moins nombreux, lui préférant la côte atlantique, devenue plus abordable. Il fut détruit par les Allemands au cours de la Seconde Guerre. Aujourd'hui, il n'en reste que l'escalier et les balustres.

À ce propos, n'hésitez pas à visiter ma page officielle sur Facebook.

LES POMMIERS DE L'ORAGE

ALINE CANNEBOTIN

Dans un petit village du pays de Bray, en Normandie, Lise emménage dans sa nouvelle maison. À l'occasion de travaux dans cette ancienne longère, elle découvre, dissimulé dans un mur, un journal intime vieilli par le temps. Il appartenait à une certaine Célestine, ayant vécu au même endroit, un siècle plus tôt. Au fil des pages, elle raconte son quotidien, son travail harassant et la violence d'un mari alcoolique. Cette mère de famille rêve surtout d'une vie meilleure. Avide de découvrir le monde, Célestine fait un jour la connaissance de Baptiste, un Normand d'Étretat. Leur relation adultérine n'a aucun avenir dans un village où tout se sait. Et puis un drame survient : le mari de Célestine est retrouvé mort… En 2016, par le biais de ce journal intime qui a traversé les âges, Lise va découvrir les secrets d'une femme à la conquête de sa liberté.

Passions, trahisons et drames
dans la campagne normande.

Achevé d'imprimer en octobre 2021
sur les presses de la Nouvelle Imprimerie Laballery
58500 Clamecy
Numéro d'impression : 110712

Imprimé en France

La Nouvelle Imprimerie Laballery est titulaire de la marque Imprim'Vert®